Diogenes Taschenbuch 20747

W0086980

F. Scott Fitzgerald

Die letzte Schöne des Südens

Erzählungen
Aus dem
Amerikanischen von
Walter Schürenberg,
Elga Abramowitz und
Walter E. Richartz

Diogenes

Titel der Originalausgabe: ›Taps at Reveille‹, 1935
Hinweis am Ende dieses Bandes
›Anziehung‹ erschien zuerst in *Die besten Stories* im
Lothar Blanvalet Verlag, Berlin, 1954; ›Die letzte Schöne des
Südens‹ und ›Eine Frau mit Vergangenheit‹ in *Ein Diamant
– so groß wie das Ritz* im Aufbau Verlag, Berlin, 1972
Alle übrigen Erzählungen erscheinen hier
erstmals in deutscher Sprache
Umschlagillustration aus ›Les Choses de Paul Poiret‹
von Georges Lepape, 1911

Veröffentlicht als Diogenes Taschenbuch, 1980
Alle deutschen Rechte vorbehalten
Copyright © 1980
Diogenes Verlag AG Zürich
80/89/8/2
ISBN 3 257 20747 6

Inhalt

Anziehung

I

Den angenehmen, überaus prächtigen Boulevard säumten in gefälligen Abständen Villen im Neu-England-Kolonialstil – freilich solche ohne Schiffsmodell in der Halle. Als die neuen Bewohner hier herausgezogen waren, hatten sie die Schiffsmodelle entfernt und schließlich den Kindern geschenkt. Die nächste Querstraße war eine komplette Ausstellung einer anderen Architekturphase: des spanischen Bungalow-Stils der Westküste. Und zwei Straßen weiter blickten die runden Erkerfenster und Türmchen von 1897 melancholisch auf flinke Omnibusse und Straßenbahnen herab – antike Kästen, die Swamis, Yogis, Hellseher, Kostümschneider, Tanzlehrer, Kunstschulen und Chiropraktiker beherbergten. Ein kleiner Rundgang um den Block konnte, wenn man gerade einen schlechten Tag hatte, zu einer deprimierenden Angelegenheit werden.

Auf den grünen Gehrändern des modernen Boulevards spielten Kinder, deren Knie die Flecken des Chromzeitalters aufwiesen, mit allerlei zweckvoll erdachtem Spielzeug – Eisengestänge, um Ingenieure, Soldaten, um ganze Männer, und Puppen, um gute Mütter aus ihnen zu machen. Aber erst wenn die Puppen so ramponiert waren, daß sie nicht mehr wie wirkliche Babys sondern wie Puppen aussahen, begannen die Kinder sie zu lieben. Alles

7

in der Gegend – sogar der Märzsonnenschein – war frisch und zukunftsfreudig, neu und dünnblütig, wie es sich für eine Stadt gehört, die in fünfzehn Jahren ihre Bevölkerung verdreifacht hat.

Unter den wenigen Dienstboten, die an diesem Morgen zu sehen waren, fiel ein hübsches junges Dienstmädchen auf, das damit beschäftigt war, die Stufen vor dem größten Haus der Straße abzufegen. Sie war eine großgewachsene, ungebildete Mexikanerin mit den großen und simplen Ambitionen, wie sie zu diesem Ort und dieser Zeit paßten – sie fühlte sich bereits als Luxus, denn sie bekam hundert Dollar im Monat lediglich dafür, daß sie ihre persönliche Freiheit aufgegeben hatte. Beim Aufwischen sah Dolores immer mit einem Auge zur Innentreppe hin, denn Mr. Hannafords Wagen wartete schon, und er selbst würde jeden Augenblick zum Frühstück herunterkommen. An diesem Morgen aber kam erst das andere Problem – nämlich ob es ihre Pflicht oder nur eine Gefälligkeit sei, der englischen Nurse mit dem Kinderwagen über die Treppe zu helfen. Die Nurse sagte jedesmal »Bitte« und »Vielen Dank«, aber Dolores haßte sie und hätte sie gerne, wenn auch ohne jeden besonderen Grund, windelweich geprügelt. Wie die meisten Lateiner unter dem stimulierenden Einfluß des Lebens in Amerika fühlte sie sich unwiderstehlich zu Gewalttätigkeiten getrieben.

Die Nurse entkam für diesmal und war mit ihrem blauen Cape schon hochmütig in die Ferne entschwebt, als Mr. Hannaford, lautlos heruntergekommen, in den Rahmen der Haustür trat.

»Guten Morgen.« Er lächelte Dolores zu; er war jung und sah ungewöhnlich gut aus. Dolores trat vor Schreck auf ihren Besen und verlor das Gleichgewicht. George

Hannaford eilte die Stufen hinab und erreichte sie, als sie gerade unter wortreichen mexikanischen Flüchen wieder auf die Beine kam. Er machte eine hilfreiche Geste, berührte sie nur leicht am Arm und sagte: »Hoffentlich haben Sie sich nichts getan.«

»O nein.«

»Ich glaube, ich war schuld; ich hab Sie wohl erschreckt, als ich da so plötzlich herauskam.«

Seine Stimme klang aufrichtig bedauernd, und sein Blick war ernstlich bekümmert.

»Sind Sie sicher, daß Sie unverletzt sind?«

»Ach, natürlich.«

»Nicht den Knöchel verstaucht?«

»Ach, keine Rede.«

»Es tut mir sehr leid.«

»Ach was, Sie konnten nichts dafür.«

Er stand noch stirnrunzelnd, während sie hineinging. Dolores war unverletzt, und da sie sehr helle war, kam ihr blitzschnell der Gedanke an ein Liebesverhältnis mit ihm. Sie betrachtete sich mehrmals in dem Spiegel in der Anrichte und trat beim Kaffee-Eingießen dicht an Mr. Hannaford heran. Aber er las seine Zeitung, und sie sah, daß heute nichts weiter zu machen war.

Hannaford stieg in seinen Wagen und fuhr zu Jules Rennard. Jules war ein gebürtiger Franzose aus Kanada und George Hannafords bester Freund; sie waren einander sehr zugetan und konnten viele Stunden zusammen verbringen. Beide waren in ihrem Geschmack und ihrer Denkungsart einfach und solide, charakterlich vornehm, und schätzten in einer Welt der Hohlheiten und Bizarrerien jeder im anderen eine gewisse ruhige Verläßlichkeit.

Er traf Jules beim Frühstück an.

»Ich möchte Barracudas angeln gehen«, sagte George unvermittelt. »Wann bist du frei? Ich will mit dem Boot runter nach Niederkalifornien.«

Jules hatte scharze Ringe um die Augen. Er hatte gestern das größte Problem seines Lebens aus der Welt geschafft, indem er sich mit seiner Ex-Frau auf zweihunderttausend Dollar geeinigt hatte. Er hatte zu jung geheiratet, und die ehemalige Hausangestellte aus den Slums von Quebec hatte bei ihrem Versagen, mit seinem Emporkommen Schritt zu halten, bei Drogen Zuflucht gesucht. Gestern, vor den Augen der Anwälte, hatte ihre letzte Bosheit darin bestanden, ihm mit einem Telefonapparat den Finger zu quetschen. Für eine Weile hatte er nun von Frauen genug und ging auf den Vorschlag einer Fischfangtour bereitwillig ein.

»Was macht das Baby?« fragte er.

»Das Baby ist prächtig.«

»Und Kay?«

»Kay ist nicht ganz bei Verstand, aber ich nehme keinerlei Notiz davon. Was hast du mit deiner Hand gemacht?«

»Erzähl ich dir ein andermal. Was ist denn mit Kay los, George?«

»Eifersüchtig.«

»Auf wen?«

»Helen Avery. Hat aber nichts auf sich. Sie ist nicht bei Verstand, das ist alles.« Er stand auf. »Ich habe mich schon verspätet«, sagte er. »Laß mich wissen, wann du frei bist. Ab Montag ist's mir jederzeit recht.«

George ging. Er fuhr einen endlosen Boulevard hinauf, der sich zu einem langgewundenen, asphaltierten Fahrweg verengte und drüben in das hüglige Gelände hinaufführte.

Irgendwo in der weiten Ödnis erhob sich eine Häuser-
gruppe: ein scheunenartiges Gebäude, eine Reihe von
Büros, ein großes Schnellrestaurant und ein halbes Dutzend kleiner Bungalows. Der Chauffeur setzte Hannaford
am Haupteingang ab. Er ging hinein und passierte mehrere Glasverschläge, deren jeder durch Schwingtüren
abgeteilt und mit einer Stenotypistin besetzt war.

»Ist jemand bei Mr. Schroeder?« fragte er vor einer Tür,
an der dieser Name stand.

»Nein, Mr. Hannaford.«

Zugleich fiel sein Blick auf eine junge Dame, die abseits
an einem Schreibtisch arbeitete. Er zögerte ein wenig.

»Hallo, Margaret«, sagte er. »Wie geht's dir, Liebling?«

Eine gepflegte, bleiche Schönheit sah auf, etwas stirnrunzelnd, noch ganz bei der Arbeit. Es war Miß Donovan,
das Script-girl, eine langjährige Freundin.

»Oh, guten Tag George, sah dich gar nicht reinkom-
men. Mr. Douglas will heute nachmittag am Drehbuch
arbeiten.«

»Nun gut.«

»Hier sind die Änderungen, die wir Donnerstag abend
beschlossen haben.« Sie lächelte zu ihm empor, und
George wunderte sich zum tausendsten Male, weshalb sie
sich nie als Filmschauspielerin versucht habe.

»Geht in Ordnung«, sagte er. »Genügen die Anfangsbuchstaben?«

»Sehen genau aus wie die von George Harris.«

»Durchaus, Liebling.«

Als er damit fertig war, steckte Pete Schroeder den Kopf
aus seiner Tür und winkte ihm. »George, komm schnell!«
sagte er anscheinend aufgeregt. »Hier ist jemand am
Telefon, das mußt du hören.«

Hannaford ging hinein.

»Nimm den Hörer und sag hallo«, wies ihn Schroeder an. »Sag nicht, wer du bist.«

»Hallo«, sagte Hannaford gehorsam.

»Wer ist da?« fragte eine Mädchenstimme.

Hannaford legte die Hand auf die Sprechmuschel. »Was soll ich nun weiter?«

Schroeder kicherte, und Hannaford zauderte, halb lächelnd, halb mißtrauisch.

»Wen wünschen Sie zu sprechen?« improvisierte er ins Telefon.

»George Hannaford will ich sprechen. Am Apparat?«

»Ja.«

»Oh, George, ich bin's.«

»Wer?«

»Ich – Gwen. Ich hatte entsetzliche Mühe, dich ausfindig zu machen. Man sagte mir –«

»Gwen – wie weiter?«

»Gwen! Kannst du nicht verstehen? Aus San Franzisco – letzten Donnerstagabend.«

»Bedaure«, sagte George, »muß ein Irrtum sein.«

»Ist dort George Hannaford?«

»Ja.«

Die Stimme wurde ein wenig aggressiv: »Schön, also hier spricht Gwen Becker, mit der du vorigen Donnerstagabend in San Franzisco zusammen warst. Hat keinen Zweck, so zu tun, als kenntest du mich nicht, denn du kennst mich.«

Schroeder nahm George den Apparat aus der Hand und hängte auf.

»Hat wieder jemand mein Double gespielt, oben in Frisco«, sagte Hannaford.

»Wenigstens wissen wir, wo du Donnerstag abend gewesen bist!«

»Für mich ist das nicht mehr lustig – wenigstens nicht seit jenem verrückten Zeller-Mädchen. Die lassen sich einfach nicht überzeugen, daß sie angeführt worden sind, denn immer sieht einem der Mann irgendwie ähnlich. Was Neues, Pete?«

»Gehen wir rüber ins Atelier und sehen.«

Sie gingen zusammen durch eine Hintertür hinaus und über einen schmutzigen Weg, öffneten in der hohen weißen Mauer des Studios ein Pförtchen und traten in das Halbdunkel.

Hier und da bewegten sich Gestalten in dem dämmrigen Zwielicht und wandten George Hannaford ihre bleichen Gesichter zu wie die Seelen im Fegefeuer, wenn sie einen Halbgott vorübergehen sehen. Hin und wieder hörte man Flüstern, verhaltene Stimmen und, offenbar aus großer Ferne, das weiche Tremolo einer kleinen Orgel. Als sie um die Ecke von ein paar Häuserkulissen bogen, kamen sie in das weiße gleißende Licht einer Bühne, auf der zwei Personen bewegungslos verharrten.

Ein Schauspieler im Frack, dessen Hemdbrust, Kragen und Manschetten rosa glänzten, machte Anstalten, Stühle für sie zu holen, aber sie winkten ab und blieben beobachtend stehen. Eine ganze Zeit passierte auf der Bühne gar nichts – niemand bewegte sich. Eine ganze Batterie von Lampen erlosch mit wildem Zischen und ging dann wieder an. Von weither klang das traurige Pochen eines Hammers, als suche dort jemand Einlaß in ein fernes Nirgendwo. Dann erschien oben zwischen den blendend hellen Lampen ein blaues Gesicht und rief irgend etwas Unverständliches ins Dunkel hinauf. Dann wurde das

Schweigen durch eine leise deutliche Stimme von der Bühne her unterbrochen:

»Wenn Sie wissen wollen, weshalb ich keine Strümpfe anhabe, sehen Sie in meiner Garderobe nach. Gestern habe ich mir vier Paar verdorben und heute morgen schon zwei . . . Dieses Kleid wiegt allein sechs Pfund.«

Aus der Gruppe der Beobachter trat einer vor und musterte die braunen Beine des Mädchens; der Mangel in ihrer Bekleidung fiel kaum auf, aber sie hatte zum Ausdruck gebracht, daß sie ihn auf keinen Fall zu beheben gedachte. Die junge Dame war verärgert, und um diese Tatsache anzudeuten, hatte es nur einer kleinen Nuance in ihrem Blick bedurft, so stark war die Ausstrahlung ihrer Persönlichkeit. Sie war ein dunkelhaariges hübsches Mädchen mit einer Figur, die wohl eher zur Fülle neigen würde, als ihr lieb war. Sie war gerade erst achtzehn.

Eine Woche früher – und George Hannafords Herz hätte bei diesem Zwischenfall gestockt. Das war genau der Stand ihrer gegenseitigen Beziehung. Zwischen ihm und Helen Avery war noch kein Wort gefallen, an dem Kay hätte Anstoß nehmen können, aber am zweiten Drehtag dieses Films hatte sich etwas angesponnen, das Kay sogleich gewittert hatte. Vielleicht hatte es sogar schon früher begonnen, denn bei der ersten Probevorführung eines Films mit Helen Avery hatte er beschlossen, daß sie seine Partnerin werden müßte. Helen Averys Stimme und wie sie am Ende eines Satzes die Augen senkte wie in einem bewußten Akt der Selbstbeherrschung, hatte ihn fasziniert. Er spürte, daß sie beide sich mit etwas abgefunden hatten, daß sie je zur Hälfte irgendein Geheimnis über die Menschen und das Leben entdeckt hatten, und wenn sie aufeinander zueilten, müßte daraus ein Liebeseinverständnis von nahezu unglaublicher Intensität werden. Das Versprechen und die Möglichkeit, die darin lag, hatten ihm zwei Wochen lang keine Ruhe gelassen, waren aber jetzt im Hinschwinden.

Hannaford war dreißig und nur durch eine Kette von Zufällen zum Film gekommen. Nach einem Jahr technischen Studiums auf einem kleinen College hatte er eine Stellung bei einer Elektro-Gesellschaft angenommen. Sein Debüt in einem Filmstudio hatte darin bestanden, daß er eine Reihe von Jupiterlampen zu reparieren hatte. Als einmal Not am Mann war, sprang er in einer kleinen Rolle ein und schnitt gut ab, aber ein volles Jahr danach dachte er daran nur als an eine flüchtige Episode seines Lebens zurück. Vieles dabei hatte ihn zunächst abgestoßen – der geradezu hysterische Egoismus und die allgemeine Erregbarkeit, die sich unter einem hauchdünnen Schleier von outrierter Kameradschaftlichkeit verbargen. Erst vor kurzem, als Männer wie Jules Rennard zum Film kamen, waren ihm die Augen für die hier sich bietende Möglichkeit eines anständigen und gesicherten Privatlebens aufgegangen, wie er es als erfolgreicher Ingenieur nicht haben würde. Und am Ende gab ihm der Erfolg festen Boden unter die Füße.

Kay Tompkins hatte er in den alten Griffith-Ateliers in Mamaroneck getroffen, und als sie heirateten, war das – anders als bei den meisten Filmehen – eine frische und ganz persönliche Angelegenheit gewesen. Später, als sie dann ganz miteinander verwachsen waren, hatte man auf sie gezeigt: »Seht, das ist mal ein Filmehepaar, das es fertigbringt zusammenzubleiben.« Viele Menschen – Leute, die aus dem Anblick ihrer Ehe ein Surrogat von Sicherheit schöpften – wären um eine Illusion ärmer geworden, wenn sie beide nicht zusammengeblieben wären, und ihre Liebe festigte sich gewissermaßen in dem Bemühen, dieser Erwartung gerecht zu werden.

Er verstand es, die Frauen durch eine unverbindliche Höflichkeit von sich fernzuhalten, unter der sich freilich eine entschlossene Wachsamkeit verbarg; sobald er merkte, daß jener gewisse Strom eingeschaltet wurde, gab er sich in Gefühlsdingen völlig naiv. Kay erwartete mehr von Männern und nahm sich mehr heraus, doch auch sie kontrollierte sorgfältig das Herzensthermometer. Bis gestern abend, da sie ihm sein Interesse für Helen Avery vorwarf, hatte es zwischen ihnen so gut wie gar keine Eifersucht gegeben.

Als George Hannaford das Studio verließ, war er in Gedanken noch mit Helen Avery beschäftigt. Er ging zu seinem Bungalow, der am Weg gegenüber lag. Erstens war er entsetzt bei dem Gedanken, daß irgend jemand sich zwischen ihn und Kay drängen könnte, zweitens jedoch fühlte er ein Bedauern darüber, daß er jene Möglichkeit schon lange nicht mehr ins Auge gefaßt hatte. Es war doch ein überwältigendes Glücksgefühl gewesen, ähnlich den Erlebnissen während seiner ersten Erfolgsperiode, als er noch nicht so »gemacht« war, daß ihm kaum noch etwas Besseres vom Leben zu erwarten blieb; es war etwas, das man hervorholen und verstohlen ansehen konnte, ein immer wieder neues geheimnisvolles Entzücken. Liebe war es nicht, denn er war gegen Helen Avery kritischer eingestellt als je gegenüber Kay. Aber sein Gefühl dieser Woche war entschieden bedeutungsvoll und nachhaltig gewesen, und er war nun, da es vergangen war, höchst beunruhigt.

Bei der Arbeit an jenem Nachmittag waren sie selten

zusammen, aber er spürte ihre Gegenwart und wußte, daß es ihr mit ihm ebenso ging.

Lange Zeit stand sie mit dem Rücken zu ihm, und als sie sich schließlich umwandte, streiften ihre Augen aneinander vorbei wie Vogelschwingen. Zugleich wurde ihm bewußt, daß sie beide sich recht weit vorgewagt hatten; gut, daß wenigstens er sich zurückgezogen hatte. Er war erleichtert, daß gegen Ende der Aufnahme jemand kam, um Helen abzuholen.

Nachdem er sich umgezogen hatte, ging er noch einmal ins Bürogebäude, um kurz mit Schroeder zu sprechen. Auf sein Klopfen antwortete niemand; er drückte die Klinke und trat ein. Drinnen war Helen Avery – allein.

Hannaford schloß die Tür, und sie blickten einander an. Sie sah sehr jung, erschreckt aus. Im nächsten Augenblick, ohne daß ein Wort gesprochen wurde, entschied sich, daß sie jetzt etwas klären müßten. Geradezu erleichtert fühlte er, wie der heiße Gefühlsstrom von seinem Herzen in den Körper zurücktrat.

»Helen!«

Sie sagte: »Ja?« Leise, mit leidvoller Stimme.

»Die Sache ist mir entsetzlich peinlich.« Seine Stimme zitterte.

Plötzlich fing sie zu weinen an, wurde schmerzhaft und hörbar von Schluchzen geschüttelt. »Haben Sie ein Taschentuch?« sagte sie.

Er gab ihr ein Taschentuch. Im selben Augenblick waren draußen Schritte zu hören. George öffnete die Tür ein wenig, gerade noch rechtzeitig, um Schroeder am Eintreten zu hindern und ihm das Schauspiel ihrer Tränen zu entziehen.

»Niemand da«, sagte er schelmisch. Noch einen

Moment hielt er die Schulter gegen die Tür, dann gab er langsam nach.

Als er dann in seinem Wagen saß, fragte er sich, wann Jules wohl frei sein werde, um mit ihm auf Fischfang zu fahren.

II

Kay Tompkins hatte seit ihrem zwölften Jahr Männer getragen wie Ringe – an jedem Finger einen. Ihr Gesicht war rund und jugendlich, hübsch, aber auch energisch, und das wurde noch betont durch das Spiel der Brauen und Wimpern ihrer klar leuchtenden, haselnußbraunen Augen. Sie war eine Senatorentochter aus einem der Weststaaten und bemühte sich bis zu ihrem siebzehnten Jahr vergebens, in einer westlichen Kleinstadt Furore zu machen; dann lief sie von Hause fort und ging zur Bühne. Sie gehörte zu jenen Menschen, von denen viel mehr Wesens gemacht wird, als ihre Leistungen eigentlich verdienen.

Die Aura von Verzückung, die sie umgab, war nur der Widerschein der allgemeinen Weltstimmung. Während sie in Ziegfeld-Revuen kleine Rollen spielte, besuchte sie zugleich die Studentenbälle in Yale. Bei einem kurzen Abstecher in den Film lernte sie George Hannaford kennen. Er war schon zum Star des neuen »Naturburschen«-Typs aufgerückt, der damals gerade en vogue war. Bei ihm fand sie, was sie immer gesucht hatte.

Augenblicklich befand sie sich in dem bekannten labilen Zustand. Sechs Monate war sie hilflos und ganz von George abhängig gewesen. Jetzt aber, da ihr Sohn unter das strenge Regime einer herrschsüchtigen englischen Nurse gekommen war, fühlte Kay sich wieder frei und hatte plötzlich das Bedürfnis, ihre Reize zu erproben. Es sollte alles wieder so sein wie zuvor, als man noch an kein Baby dachte. Sie glaubte auch, daß George sie in letzter Zeit als allzu selbstverständlich hinnahm; außerdem hatte sie den starken Verdacht, daß er sich für Helen Avery interessiere.

Als George Hannaford an diesem Abend nach Hause kam, hatte er bei sich ihren Streit vom Vorabend schon als unwichtig abgetan; daher war er ehrlich betroffen, als sie ihn nur ganz oberflächlich begrüßte.

»Was ist los?« fragte er alsbald. »Soll das ein Abend werden wie gestern?«

»Hast du daran gedacht, daß wir heute ausgehen?« sagte sie und wich damit einer Antwort aus.

»Wohin denn?«

»Zu Katherine Davis. Ich wußte nicht, ob du hingehen wolltest –«

»Ich will schon.«

»Ich wußte aber nicht, ob du mitkommen würdest. Arthur Busch hat versprochen, mich abzuholen.«

Sie aßen schweigend zu Abend. George hatte keinerlei Geheimnis, an dem er hätte naschen können wie ein Kind am Marmeladenglas, aber er fühlte sich beunruhigt und spürte zugleich, daß die Atmosphäre mit Argwohn, Zorn und Eifersucht geladen war. Bis vor kurzem hatten sie miteinander ein kostbares Gut gehütet, das ihr Haus zu einem der harmonischsten von ganz Hollywood machte. Jetzt war es plötzlich wie überall sonst. Er fühlte sich gemein und unstet. Es hatte nicht viel gefehlt, daß er dieses Strahlende und Kostbare herabgewürdigt und entstellt hätte. Aus einem plötzlichen Gefühlsüberschwang ging er quer durchs Zimmer und wollte schon den Arm um ihre Schultern legen, als die Türglocke ertönte. Einen Augenblick später meldete Dolores, daß Mr. Arthur Busch gekommen sei.

Busch war ein häßlicher Mann, ein bekannter Drehbuchschreiber und neuerdings auch Regisseur. Noch vor einigen Jahren hatte er sie beide als Held und Heldin verehrt, und auch jetzt noch, da er schon eine einflußreiche Position in der Filmindustrie hatte, ließ er sich gleichmütig von Kay bei solchen Gelegenheiten wie heute abend ausnutzen. Er war seit langem in sie verliebt, da das aber von vornherein hoffnungslos war, machte es ihn nicht weiter unglücklich.

Sie gingen zusammen zu der Party. Es war eine Hauseinweihung mit einer Hawaiianer-Kapelle, und die Gäste waren zum überwiegenden Teil von der alten Garde. Leute, die in den ersten Griffith-Filmen gespielt hatten, gehörten nach allgemeiner Ansicht zur alten Garde, auch wenn sie selbst kaum über dreißig waren. Sie unterschieden sich von den Neukömmlingen und waren sich dessen wohl bewußt. Die bloße Tatsache, daß sie schon im Film gearbeitet hatten, ehe er von der goldenen Aura des Erfolgs umgeben war, verlieh ihnen eine gewisse Würde und Lauterkeit. Sie hatten sich trotz ihres überwältigenden Ruhms ihr schlichtes Wesen bewahrt und hatten – anders als die junge Generation, der alles in den Schoß fiel – die Beziehung zum wirklichen Leben nicht verloren. Zumal die Frauen, etwa ein halbes Dutzend, waren sich ihrer Einzigartigkeit besonders bewußt. Es gab keinen Nachwuchs, der ihre Plätze einnehmen konnte; wohl hatte dieses oder jenes hübsche Gesicht die Einbildungskraft des Publikums für ein Jahr gefesselt, aber die von der alten Garde waren schon legendär und alterslos wie Götter. Bei alledem waren sie noch jung genug, um zu glauben, daß ihre Zeit noch lange nicht vorbei sei.

George und Kay wurden überschwenglich begrüßt; es kam Bewegung in die Gesellschaft, und alle machten ihnen Platz. Die Hawaiianer-Kapelle spielte, und die Geschwister Duncan sangen mit Klavierbegleitung. Sobald George sah, wer alles da war, vermutete er auch Helen Avery unter den Gästen, und das verstimmte ihn. Es schien ihm nicht angebracht, daß sie an dieser Gesellschaft, in der er und Kay sich seit Jahren ruhig und ungezwungen bewegten, teilhaben sollte.

Er sah sie zuerst, als jemand die Schwingtür zur Küche öffnete, und ein wenig später, als sie hereinkam und ihre Blicke sich trafen, war er ganz sicher, daß er sie nicht liebte. Er stand auf, um sie zu begrüßen, und merkte bei ihren ersten Worten, daß auch mit ihr etwas vorgegangen war, was die Stimmung des Nachmittags verflüchtigt hatte. Sie hatte eine große Rolle bekommen.

»Ich bin wie berauscht!« rief sie glücklich aus. »Ich hätte nie geglaubt, daß ich eine Chance hätte; dabei habe ich an nichts anderes gedacht, seitdem ich vor einem Jahr das Buch las.«

»Das ist fabelhaft. Ich freue mich sehr.«

Dennoch hatte er das Gefühl, er müsse ein entschuldigendes Bedauern in seinen Blick legen. Von einer Szene wie der zwischen ihnen beiden an diesem Nachmittag gab es keinen Übergang zu einem beiläufigen freundschaftlichen Interesse. Plötzlich lachte sie auf.

»Oh, was sind wir doch für Schauspieler, George – Sie und ich.«

»Was meinen Sie damit?«

»Das wissen Sie selbst.«

»Nein.«

»O doch, Sie wissen es. Jedenfalls wußten Sie es heute nachmittag. Ein Jammer, daß wir keine Filmkamera dabei hatten.«

Darauf ließ sich nun absolut nichts erwidern, oder er hätte ihr auf der Stelle eine Liebeserklärung machen müssen. Er grinste nur verständnisvoll. Andere Gäste traten herzu und lenkten sie ab. In dem beruhigten Gefühl, daß der Abend eine Klärung gebracht hätte, begann George ans Nachhausegehen zu denken. Eine sentimentale ältere Dame – Mutter von irgend jemand – kam aufgeregt auf ihn zu und teilte ihm umständlich mit, wie sehr sie an ihn glaube. Eine halbe Stunde war er so höflich und nett zu ihr, wie nur er es fertigbrachte. Dann ging er zu Kay, die den ganzen Abend mit Arthur Busch zusammengesessen hatte, und schlug vor, nach Hause zu gehen.

Sie blickte unwillig auf. Die Wirkung mehrerer Whiskys bei ihr war nicht zu verkennen. Sie wollte noch nicht gehen, sträubte sich indessen nur wenig und stand auf, und George ging nach oben, um seinen Mantel zu holen. Als er wieder herunterkam, sagte ihm Katherine Davis, daß Kay schon hinaus zum Wagen gegangen sei.

Es waren inzwischen noch mehr Gäste gekommen. Um einen allgemeinen Abschied zu vermeiden, ging er durch die Verandatür hinaus auf den Rasen. Kaum zehn Schritte weit erblickte er die Gestalten von Kay und Arthur Busch, die sich gegen eine helle Straßenlaterne abzeichneten. Sie standen dicht zusammen und sahen einander in die Augen. Er bemerkte, daß sie sich bei den Händen hielten.

Nach der ersten Verblüffung machte George instinktiv kehrt, ging den gleichen Weg zurück, eilte durch das Zimmer, das er eben erst verlassen hatte, und trat geräuschvoll aus der Vordertür. Aber Kay und Arthur Busch standen noch genau so und wandten sich nur zögernd und mit verträumten Blicken endlich um und sahen ihn. Dann gaben sie sich beide einen Ruck, lösten sich voneinander, als sei es eine körperliche Anstrengung. George sagte Arthur Busch mit betonter Herzlichkeit Aufwiedersehen, und einen Augenblick später fuhren er und Kay durch den klaren kalifornischen Abend heimwärts.

Er sagte nichts. Kay sagte nichts. Er konnte es nicht glauben. Er vermutete wohl, daß Kay hin und wieder einen Mann geküßt habe, doch hatte er es nie mit eigenen Augen gesehen noch überhaupt daran gedacht. Hier lag der Fall anders; da war Zärtlichkeit mit im Spiel gewesen, und Kays Augen hatten etwas Verschleiertes, Hintergründiges gehabt, wie er es nie zuvor bei ihr gesehen hatte.

Ohne ein Wort miteinander gesprochen zu haben, traten sie ins Haus. An der Tür zur Bibliothek machte Kay halt und blickte hinein.

»Drinnen ist jemand«, sagte sie und fügte gleichgültig hinzu: »Ich geh nach oben. Gute Nacht.«

Während sie die Treppe hinaufeilte, kam der Besucher aus der Bibliothek in die Halle.

»Mr. Hannaford –«

Es war ein junger Mann, bleich und verbissen; sein Gesicht war George irgendwie bekannt, doch er erinnerte sich nicht, wo er es schon gesehen hatte.

»Mr. Hannaford?« sagte der junge Mann. »Ich kenne

Sie von Ihren Filmen her.« Er blickte George an, offensichtlich etwas verlegen.

»Was kann ich für Sie tun?«

»Wenn Sie vielleicht hereinkommen wollten?«

»Was soll das? Ich weiß ja gar nicht, wer Sie sind.«

»Mein Name ist Donovan. Ich bin Margaret Donovans Bruder.« Sein Gesicht verhärtete sich ein wenig.

»Ist etwas mit ihr?«

Donovan machte eine Geste zur Tür. »Kommen Sie bitte herein.« Seine Stimme klang jetzt selbstbewußt, fast drohend.

George zögerte, dann ging er mit in die Bibliothek. Donovan folgte ihm und stellte sich – Beine gespreizt und Hände in den Taschen – ihm gegenüber am Tisch auf.

»Hannaford«, sagte er mit dem Ton eines Mannes, der krampfhaft bemüht ist, sich in Wut zu steigern. »Margaret fordert fünfzigtausend Dollar.«

»Wovon zum Teufel sprechen Sie?«

»Margaret fordert fünfzigtausend Dollar«, wiederholte Donovan.

»Sie sind Margaret Donovans Bruder?«

»Ja.«

»Das glaube ich Ihnen nicht.« Aber er sah jetzt die Ähnlichkeit. »Weiß Margaret, daß Sie hier sind?«

»Sie schickt mich. Für fünfzigtausend will sie die beiden Briefe herausgeben und die Sache auf sich beruhen lassen.«

»Was für Briefe?« George mußte unwillkürlich lachen. »Da hat sich wohl Schroeder wieder einen Scherz erlaubt, wie?«

»Das ist kein Scherz, Mr. Hannaford. Ich meine die Briefe, die Sie heute nachmittag unterzeichnet haben.«

Eine Stunde später ging George völlig benommen nach oben. Das war so plump eingefädelt, daß es verblüffend und beleidigend zugleich war. Angesichts der Tatsache, daß eine Freundin aus sieben langen Jahren ihn auf einmal Schriftstücke unterzeichnen ließ, die ganz etwas anderes enthielten, als ihm vorgetäuscht wurde, geriet für ihn eine ganze fragwürdig gewordene Welt ins Wanken. Selbst jetzt noch dachte er weniger an seine Verteidigung als voll Ingrimm an das verruchte Spiel, das man mit ihm getrieben hatte. Er versuchte sich zu rekonstruieren, was Margaret nach und nach zu diesem rücksichtslosen Verzweiflungsschritt gebracht haben könne.

Sie hatte zehn Jahre lang als Script-girl in verschiedenen Studios und für verschiedene Produzenten gearbeitet. Erst hatte sie zwanzig, dann hundert Dollar die Woche verdient. Sie sah reizend aus und war obendrein intelligent. Sie hätte sich in diesen Jahren jederzeit um eine Probeaufnahme bewerben können, doch irgendwie hatte es ihr dazu an Initiative und Ehrgeiz gefehlt. Nicht selten hatte sie mit ihrem Urteil hoffnungsvolle Anfänger gefördert oder scheitern lassen. Sie selbst aber saß nach wie vor im Vorzimmer der Direktoren und wurde sich mehr und mehr bewußt, daß die Jahre dahinschwanden.

Daß sie gerade ihn, George, als Opfer ausersehen hatte, verwunderte ihn am meisten. Einmal, in dem Jahr vor seiner Heirat, war ihre Beziehung vorübergehend wärmer geworden. Er hatte sie zu einem Mayfair-Ball mitgenommen und erinnerte sich, daß er sie auf der Heimfahrt im Wagen geküßt hatte. Dieser Flirt schleppte sich zögernd eine Woche lang hin. Bevor sich aber etwas Ernsteres daraus entwickelte, war er in den Osten gefahren und hatte Kay getroffen.

Der junge Donovan hatte ihm einen Durchschlag der von ihm unterschriebenen Briefe gezeigt. Sie waren auf der Schreibmaschine getippt, die er in seinem Bungalow auf dem Filmgelände hatte, und waren glaubwürdig und sorgfältig abgefaßt. Sie waren abgefaßt als Liebesbriefe und enthielten seine Versicherung, daß er Margaret Donovans Liebhaber sei, daß er sie heiraten wolle und daß er zu diesem Zweck seine Scheidung betreiben werde. Es war schier unglaublich. Irgendwer mußte Zeuge gewesen sein, als er sie heute mittag unterschrieb, und mußte gehört haben, wie sie sagte: »Ihre Anfangsbuchstaben sehen genau wie die von Mr. Harris aus.«

George war müde. Er trainierte gerade für ein Football-spiel, in dem er nächste Woche gefilmt werden sollte, mit der südkalifornischen Universitätsmannschaft als Statisten, und er brauchte regelmäßigen Schlaf. Mitten in einer wirren und verzweifelten Gedankenfolge über Margaret Donovan und Kay gähnte er plötzlich, kleidete sich mechanisch aus und ging zu Bett.

Noch ehe der Morgen dämmerte, erschien ihm Kay in einem Garten. Hinter dem Garten war ein Fluß, auf dem Boote mit grünen und gelben Lichtern langsam in der Ferne vorbeizogen. Sternenlicht fiel wie ein sanfter Regen auf das schlafende Antlitz der dunklen Welt, auf die schwarzen phantastischen Formen der Bäume, das still glitzernde Wasser und das jenseitige Ufer.

Das Gras war feucht, und Kay kam eilig zu ihm gelaufen; ihre dünnen Pantöffelchen waren vom Tau durchnäßt. Sie stellte sich auf seine festen Schuhe, schmiegte sich eng an ihn und hielt ihr Gesicht empor wie ein aufgeschlagenes Buch.

»Denk dran, wie lieb du mich hast«, wisperte sie. »Ich verlange ja nicht, daß du mich immer so liebst, aber du sollst dran denken.«

»Du wirst mir immer so viel bedeuten wie jetzt.«

»O nein, versprich mir nur, daß du immer dran denkst.« Die Tränen kamen ihr. »Ich werde anders sein, aber irgendwo in meinem Innern vergraben, werde ich immer so sein wie heute abend.«

Die Szene verschwamm allmählich, und George entrang sich seinem Traum. Er setzte sich im Bett auf; es war Morgen. Von draußen hörte er die Nurse, die seinem Söhnchen die ersten kleinen Anstandsfinessen für zwei Monate alte Babys beibrachte. Aus dem Nachbargarten schrie ein kleiner Junge aus unerfindlichen Gründen: »Wer hat den Schlagbaum auf mich fallen lassen!«

Noch im Pyjama ging George ans Telefon und rief seinen Rechtsanwalt an. Dann klingelte er nach seinem Barbier, und während er sich rasieren ließ, brachten seine Gedanken ein wenig Ordnung in das Chaos vom Vorabend. Erstens mußte er sich mit Margaret Donovan auseinandersetzen; zweitens mußte er diese Sache von Kay fernhalten, die in ihrem augenblicklichen Zustand das Schlimmste für möglich halten würde, und drittens mußte er mit Kay ins reine kommen. Letzteres schien ihm von allem das Wichtigste zu sein.

Als er fertig angezogen war, hörte er unten das Telefon klingeln und nahm, Gefahr witternd, den Hörer ab.

»Hallo . . . Oh, ja.« Aufblickend vergewisserte er sich, daß beide Türen zu waren. »Guten Morgen, Helen . . .

Schon recht, Dolores. Ich nehme das Gespräch hier oben ab.« Er wartete, bis sie unten aufgelegt hatte.

»Wie geht's Ihnen denn heut morgen, Helen?«

»George, ich rief schon gestern abend an. Ich kann gar nicht sagen, wie leid es mir tut.«

»Leid tut? Wieso?«

»Wie ich Sie gestern abend behandelt habe. Ich weiß nicht, was in mich gefahren war, George. Ich habe die ganze Nacht nicht geschlafen, mußte immer denken, wie häßlich ich zu Ihnen war.«

Ein neues Chaos brach auf den schon schwer mitgenommenen George herein.

»Seien Sie nicht albern«, sagte er. Und dann hörte er sich zu seiner eigenen Bestürzung fortfahren: »Zuerst begriff ich's ja nicht, Helen. Doch dann dachte ich, es sei besser so.«

»Oh, George«, kam ihre Stimme wieder, ganz zart.

Neues Schweigen. Er versuchte, seine Manschette zuzuknöpfen.

»Ich mußte Sie einfach anrufen«, sagte sie dann. »Ich konnte die Dinge nicht so lassen.«

Der Manschettenknopf fiel zu Boden; er bückte sich, ihn aufzuheben, und sagte dann, um die kleine Unterbrechung zu kaschieren, sehr eindringlich »Helen!« ins Telefon.

»Ja, George?«

In diesem Augenblick öffnete sich die Tür vom Treppenhaus, und Kay kam mit einem Anflug von Mißbilligung ins Zimmer. Sie zögerte.

»Bist du beschäftigt?«

»Schon recht.« Einen Moment starrte er in die Sprechmuschel. »Nun denn, auf Wiedersehen«, stammelte er unvermittelt und hängte auf. Er wandte sich Kay zu: »Guten Morgen.«

»Ich wollte dich nicht stören«, sagte sie steif.

»Du störst mich nicht im geringsten.« Er zauderte. »Das war Helen Avery.«

»Wer es war, interessiert mich nicht. Ich wollte dich nur fragen, ob wir heute abend zum ›Kokosnuß-Wäldchen‹ gehen.«

»Setz dich, Kay.«

»Ich will jetzt über nichts sprechen.«

»Setz dich, nur eine Minute«, sagte er ungeduldig. Sie setzte sich. »Wie lange willst du das nun so weitertreiben?« fragte er.

»An mir liegt's nicht. Wir sind einfach fertig miteinander, George, das weißt du so gut wie ich.«

»Das ist doch absurd«, sagte er. »Noch vor einer Woche –«

»Ganz gleich. Wir haben uns seit Monaten diesem Punkt genähert, und jetzt ist es soweit.«

»Du meinst, du liebst mich nicht mehr?« Er war nicht übermäßig beunruhigt. Solche Szenen hatte es schon mehrmals zwischen ihnen gegeben.

»Ich weiß nicht. Vermutlich werde ich dich immer irgendwie lieben.« Plötzlich brach sie in Schluchzen aus. »Oh, es ist alles so traurig. Er liebt mich schon so lange.«

George starrte sie fassungslos an. Auge in Auge mit diesem offenbar echten Gefühl, fand er keine Worte. Sie war ihm also nicht böse, drohte nicht, machte keine Szene, dachte überhaupt nicht an ihn, sondern war einzig und allein mit ihren Gefühlen für einen anderen Mann beschäftigt.

»Was soll das?« rief er. »Willst mir etwa sagen, du liebst diesen Mann?«

»Ich weiß nicht«, sagte sie hilflos.

Er tat einen Schritt auf sie zu, dann ging er zum Bett, legte sich darauf und starrte unglückselig die Decke an. Nach einer Weile klopfte das Dienstmädchen und meldete, Mr. Busch und Mr. Castle, Georges Rechtsanwalt, seien unten. Das sagte ihm jetzt gar nichts. Kay ging in ihr Zimmer, und er stand auf und folgte ihr.

»Wir wollen sagen lassen, wir seien ausgegangen«, sagte er. »Wir können irgendwo hingehen und über das alles sprechen.«

»Ich will nicht.«

Und schon war sie wieder abwesend, ihm mit jeder Minute rätselhafter und ferner gerückt. Die Gegenstände auf ihrem Toilettentisch schienen nur noch einer Fremden zu gehören.

Mit ausgetrockneter Kehle setzte er hastig zu einer Rede an. »Wenn du immer noch an Helen Avery denkst, das ist Unsinn. Außer dir habe ich mir nie aus jemand auch nur so viel gemacht.«

Sie gingen hinunter ins Wohnzimmer. Es war schon fast Mittag – wieder ein strahlend heller kalifornischer Tag ohne ein Lüftchen. George bemerkte, daß Arthur Buschs zerknittertes Gesicht in dem Sonnenschein blaß und übermüdet aussah, als dieser jetzt einen Schritt auf George zutrat und dann stehenblieb, als warte er auf etwas – eine Herausforderung, einen Vorwurf, einen Boxhieb.

Blitzartig lief die Szene, die sich jetzt abspielen würde, in Georges Gehirn ab. Er sah sich über die Bühne gehen, sah seine Rolle – unendlich viele Rollen, aber in jedem Fall würde Kay gegen ihn und auf Arthur Buschs Seite stehen. Und plötzlich verwarf er jeden möglichen Schritt.

»Ich hoffe, Sie entschuldigen mich«, sagte er eilig zu Mr. Castle. »Ich rief Sie nur an, weil ein Script-girl namens Margaret Donovan fünfzigtausend Dollar für ein paar Briefe haben will, die ich ihr angeblich geschrieben habe. Natürlich ist die ganze Geschichte –« Er brach ab. Es kam nicht darauf an. »Ich werde Sie morgen aufsuchen.« Damit ging er zu Kay und Arthur, so daß nur sie ihn hören konnten.

»Von euch beiden weiß ich nichts – wie ihr euch entschließen wollt. Aber laßt mich aus der Sache; ihr habt nicht das geringste Recht, mich da hineinzuziehen, denn an mir liegt's nicht. Ich will mit euren Gefühlen nichts zu schaffen haben.«

Dann wandte er sich und ging hinaus. Sein Wagen wartete draußen. »Nach Santa Monica«, sagte er; das war der erste beste Name, der ihm gerade einfiel. Der Wagen fuhr hinaus in die ewig strahlende Sonne.

Er fuhr drei Stunden weit, an Santa Monica vorbei und weiter auf Long Beach zu, auf einer anderen Straße. Nur aus einem Augenwinkel blickte er hinaus wie auf eine beliebige Landschaft und schenkte ihr nur einen Bruchteil seiner Aufmerksamkeit. Er stellte sich Kay und Arthur Busch vor und wie sie den Nachmittag verbringen würden. Kay würde reichlich Tränen vergießen, und die Situation würde ihnen anfangs unerwartet und ungemütlich vorkommen; doch die zärtliche Abendstimmung würde sie zueinander führen. Unwiderstehlich würden sie sich einander zuwenden, und er würde mehr und mehr in die Position eines feindlichen Außenstehenden geraten.

Kay hatte gewollt, daß er sich zu einer schmutzigen

Szene erniedrigen und sich um sie balgen sollte. Dazu war er nicht der Mann; er haßte Szenen. Wenn er sich erst einmal herabließ, mit Arthur Busch einen Ringkampf um Kays Herz aufzuführen, würde er sich selbst untreu. Er wäre dann selbst nur ein kleiner Arthur Busch, und sie hätten etwas miteinander gemein wie ein beschämendes Geheimnis. George konnte kein Theater machen, und die Millionen Menschen, vor deren Augen seine Gemütsbewegungen und seine wechselnde Mimik zehn Jahre lang über die Leinwand geflimmert waren, hatten sich darin nicht getäuscht. Seit diese hübschen Augen eines damals Zwanzigjährigen in der künstlichen Märchenferne eines Griffith-Wildwestfilms aufgeleuchtet waren, hatte sein Publikum buchstäblich den Aufstieg eines geraden und ehrlichen, rechtdenkenden, romantischen Mannes verfolgt, dem das glanzvolle Leben nur wie etwas Zufälliges anhaftete.

Es war sein Fehler, daß er sich zu bald sicher gefühlt hatte. Plötzlich wurde ihm klar, daß die beiden Fairbanks, wenn sie nebeneinander an einem Tisch saßen, in keiner Weise posierten. Sie dienten dem Schicksal nur als Geiseln. Vielleicht war er in die seltsamste Gemeinschaft verschlagen, die es in dieser reichen, wilden, gelangweilten Welt überhaupt gab, und wenn hier eine Ehe glücklich werden sollte, mußte man entweder nichts von ihr erwarten oder unausgesetzt beieinander sein. Einen Moment lang hatte er Kay aus dem Blick verloren und stolperte blindlings in einen Abgrund.

In solchen Gedanken und noch im Zweifel, wohin er sich wenden und was er anfangen sollte, kam er an einem Apartment-Haus vorbei, dessen Anblick seiner Erinnerung einen Stoß gab. Es lag an den Ausläufern der Stadt,

ein schauderhafter, rosa getünchter Bau, darauf berech-
net, etwas darzustellen, doch ein so billiger und nachlässi-
ger Abklatsch, daß man nur annehmen konnte, der Archi-
tekt habe, als er zu bauen begann, längst vergessen, was er
eigentlich kopieren wollte. Und plötzlich erinnerte sich
George, daß er hier einmal Margaret Donovan abgeholt
hatte, an dem Abend des Mayfair-Balls.

»Halten Sie bei diesem Haus«, wies er den Chauffeur
an.

Er ging hinein. Der schwarze Liftboy starrte ihn mit
offenem Mund an, während sie nach oben fuhren. Margaret Donovan öffnete selbst.

Als sie ihn erblickte, schrak sie mit einem leisen Aufschrei zurück und wich, während er eintrat und die Tür
hinter sich schloß, weiter vor ihm zurück in das Vorzimmer. George folgte ihr.

Draußen dämmerte es schon, und die Wohnung machte
einen düsteren und trostlosen Eindruck. Das letzte Tages-
licht fiel weich auf die Standardmöbel und auf die Galerie
signierter Fotos von Filmgrößen, die eine ganze Wand
bedeckten. Margarets Gesicht war bleich, und während
sie ihn anstarrte, rang sie nervös die Hände.

»Was soll dieser Unsinn, Margaret?« sagte George und
bemühte sich, jeden vorwurfsvollen Ton zu vermeiden.
»Brauchst du so dringend Geld?«

Sie schüttelte unbestimmt den Kopf. Ihre Augen fixier-
ten ihn nach wie vor mit einem Ausdruck des Schreckens.
George sah zu Boden.

»Ich nehme an, die Idee ging von deinem Bruder aus.
Jedenfalls kann ich nicht glauben, daß du so töricht bist.«
Er blickte auf und versuchte, die überlegene, zurechtwei-
sende Haltung zu wahren, mit der man zu einem ungezo-

genen Kind spricht, aber als er ihr Gesicht sah, verließen ihn alle Vorsätze, und er fühlte nur noch Mitleid. »Ich bin etwas müde. Hast du etwas dagegen, wenn ich mich setze?«

»Nein.«

»Ich bin heute ein wenig durcheinander«, sagte George nach einer Weile. »Alle scheinen's heute auf mich abgesehen zu haben.«

»Wieso, ich dachte« – ihre Stimme wurde mitten im Satz ironisch – »ich dachte, alle Welt liebt dich, George.«

»Keineswegs.«

»Nur ich?«

»Ja«, sagte er zerstreut.

»Ich wünschte, nur ich wäre es gewesen. Aber dann wärst du natürlich nicht der du bist.«

Plötzlich ging ihm auf, daß sie das ernst meinte.

»Aber das ist ja Unsinn.«

»Wenigstens bist du hier«, fuhr Margaret fort. »Wahrscheinlich sollte ich mich darüber freuen. Und ich freue mich auch. Ganz entschieden. Ich habe mir oft vorgestellt, daß du in dem Sessel da säßest, genau um diese Zeit, wenn es schon dunkelt. Ich dachte mir immer kleine Einakter aus, wie sich das abspielen würde. Willst du etwas davon hören? Es fängt damit an, daß ich zu dir herüberkomme und auf dem Boden dir zu Füßen sitze.«

George fühlte sich abgestoßen und gebannt zugleich; er wartete verzweifelt auf ein Wort, bei dem er einhaken und der Sache eine andere Wendung geben könnte.

»Ich habe dich so oft da sitzen sehen, daß du jetzt ebenso unwirklich aussiehst wie dein Geist. Nur daß dein wundervolles Haar auf einer Seite vom Hut gedrückt ist und du dunkle Ringe oder etwas Schwarzes unter den

Augen hast. Du siehst blaß aus, George. Wahrscheinlich warst du gestern abend aus.«

»Allerdings. Und als ich nach Hause kam, fand ich deinen Bruder auf mich wartend vor.«

»Er hat warten gelernt, George. Er kommt soeben aus dem Gefängnis von San Quentin, wo er die letzten sechs Jahre gewartet hat.«

»Dann war das also seine Idee?«

»Wir haben es gemeinsam ausgebrütet. Ich wollte mit meinem Anteil nach China gehen.«

»Und warum seid ihr auf mich als Opfer verfallen?«

»Das gab der Sache einen realeren Anstrich. Einmal, vor fünf Jahren, dachte ich, du würdest dich in mich verlieben.«

Das Trotzige in ihrer Stimme schmolz plötzlich dahin, und im letzten Lichtschimmer konnte man sehen, daß ihr Mund zitterte.

»Ich habe dich jahrelang geliebt«, sagte sie – »seit dem ersten Tag, als du hier in den Westen und ins Real Art-Studio kamst. Du hattest eine so gute Meinung von den Leuten, George. Ganz gleich wer – du gingst auf sie zu und zogst etwas zur Seite wie einen Vorhang, der dir im Wege war, und dann kanntest du sie. Ich bemühte mich um deine Liebe, ganz wie alle anderen, aber das war schwierig. Du zogst die Menschen nahe an dich heran und hieltst sie so, daß sie weder vor noch zurück konnten.«

»Das ist alles pure Einbildung«, sagte George und runzelte unbehaglich die Stirn, »und ich habe es nicht in der Gewalt –«

»Nein, ich weiß, du hast keine Gewalt über deinen Charme. Du bedienst dich seiner nur. Wer ihn hat, braucht nur die Hand auszustrecken und geht durchs

Leben und zieht Leute an sich, von denen er gar nichts will. Ich mache dir keinen Vorwurf. Wenn du mich nur nicht geküßt hättest an dem Abend nach dem Mayfair-Ball. Vermutlich war's der Champagner.«

George hatte das Gefühl, eine Musikkapelle, die er lange nur von ferne gehört hatte, spiele plötzlich unter seinem Fenster. Er hatte schon immer geahnt, daß solche Dinge um ihn her vorgingen. Jetzt im Nachdenken darüber wurde ihm klar, was er schon immer gewußt hatte: daß Margaret ihn liebte, aber die leise Musik, als welche diese Gefühle an sein Ohr drangen, hatte für ihn keine Beziehung zum realen Leben gehabt. Nur Phantome, die er aus dem Nichts beschworen hatte, ohne zu denken, daß sie je Gestalt annehmen könnten. Auf einen Wink von ihm sollten sie spurlos dahinwelken.

»Du kannst dir nicht vorstellen, wie das war«, fuhr Margaret nach einer Pause fort. »Was du nur so hingesagt und längst vergessen hast – Erinnerungen, mit denen ich mich Nacht für Nacht schlafen gelegt habe und versucht, etwas mehr aus ihnen herauszupressen. Nach jenem Abend auf dem Mayfair-Ball gab es keine anderen Männer mehr für mich. Und es gab andere, wie du weißt – massenhaft. Aber immer sah ich dich irgendwo über das Filmgelände gehen, den Blick zu Boden gerichtet und, als sei dir gerade etwas Komisches passiert, ein wenig vor dich hinlächelnd, wie es deine Art ist. Und ich ging an dir vorbei, du blicktest auf und lächeltest wahrhaftig: ›Hallo, Liebling!‹ ›Hallo, Liebling‹ und mir wollte das Herz zerspringen. Das ereignete sich viermal jeden Tag.«

George erhob sich, und auch sie sprang rasch auf.

»Oh, ich habe dich gelangweilt«, schluchzte sie leise. »Ich hätte das wissen müssen. Du willst nach Hause. Ja –

sonst noch was? Richtig. Die Briefe magst du immerhin haben.«

Sie nahm sie aus einem Schreibtisch, trug sie zu einem Fenster und vergewisserte sich bei dem Schein einer Laterne.

»Wundervolle Briefe. Sie würden dir Ehre machen. Ich war wohl recht töricht, wie du sagst, aber du solltest eine Lehre daraus ziehen – besser hinsehen beim Unterschreiben oder so ähnlich.« Sie zerriß die Briefe in kleine Fetzen und warf sie in den Papierkorb. »Nun geh«, sagte sie.

»Warum soll ich jetzt gehen?«

Zum drittenmal in vierundzwanzig Stunden sah er sich Tränen gegenüber, todtraurigen, hemmungslosen Tränen.

»Bitte geh«, schluchzte sie leidenschaftlich – »oder bleib, wenn du willst. Ich gehöre dir auf Anhieb, das weißt du. Du kannst jede Frau in der Welt haben, brauchst nur die Hand zu heben. Würde es dir mit mir Spaß machen?«

»Margaret –«

»Ach, so geh schon.« Sie setzte sich und wandte ihr Gesicht ab. »Du würdest ohnehin im nächsten Augenblick recht blöde dreinschauen. Das liebst du doch nicht, oder? Also geh.«

George stand hilflos da, versuchte sich in sie hineinzudenken und etwas zu sagen, das nicht überheblich war, aber es fiel ihm nichts ein.

Er bemühte sich, seinen persönlichen Kummer, sein unbehagliches Gefühl, seine unbestimmte Zornaufwallung zu unterdrücken, und merkte nicht, daß sie ihn beobachtete, alles begriff und den Konflikt liebte, der sich auf seinem Gesicht spiegelte. Plötzlich gaben seine in den letzten vierundzwanzig Stunden überanstrengten Nerven nach, und er fühlte seine Augen trübe werden und ein Würgen in der Kehle. Er schüttelte hilflos mit dem Kopf. Dann wandte er sich – immer noch ahnungslos, daß sie ihn beobachtete, ihn liebte, bis sie dachte, das Herz werde ihr brechen – und schritt zur Tür hinaus.

IV

Der Wagen hielt vor seinem Haus. Alles war dunkel bis auf schwaches Licht aus dem Kinderzimmer und der unteren Diele. Er hörte das Telefon, aber bis er drinnen war und sich meldete, war niemand mehr in der Leitung. Ein paar Minuten lang wanderte er in der Dunkelheit umher, tastete sich von Stuhl zu Stuhl und zum Fenster, wo er in die hohle Nacht hinausstarrte.

Es war seltsam, so allein zu sein, sich allein zu fühlen. Doch in seinem überreizten Zustand empfand er das nicht als unangenehm. Die peinlichen Vorfälle von gestern abend hatten ihm Helen Avery unendlich ferngerückt, dagegen hatte das Gespräch mit Margaret auf sein persönliches Unglück wie eine Katharsis gewirkt. Bald würde es auf ihn zurückfallen, das wußte er, doch im Augenblick war sein Geist zu matt, sich zu erinnern, sich etwas vorzustellen oder sich Gedanken zu machen.

So verging wohl eine halbe Stunde. Er sah Dolores aus der Küche kommen, die Abendzeitung von der Türschwelle aufheben und damit wieder in die Küche gehen, um als erste einen Blick hineinzutun. Mit der vagen Absicht, seinen Koffer zu packen, ging er nach oben. Er öffnete die Tür von Kays Zimmer und fand sie auf dem Bett liegend.

Einen Augenblick war er sprachlos. Er ging um das dazwischenliegende Badezimmer herum und dann wieder in ihr Zimmer und knipste das Licht an.

»Was gibt's?« fragte er beiläufig. »Fühlst du dich nicht wohl?«

»Ich habe versucht, etwas zu schlafen«, sagte sie. »George, glaubst du nicht auch, daß dieses Mädchen verrückt geworden ist?«

»Welches Mädchen?«

»Margaret Donovan. So etwas Abscheuliches habe ich im Leben nicht gehört.«

Einen Augenblick dachte er, es hätten sich neue Komplikationen ergeben.

»Fünfzigtausend Dollar!« rief sie entrüstet. »Ich würde sie ihr nicht einmal geben, wenn an der Sache etwas Wahres wäre. Sie gehörte ins Gefängnis.«

»Oh, das ist nur halb so schlimm«, sagte er. »Sie hat einen Bruder, der ein gerissener Bursche ist, und es war seine Idee.«

»Sie ist zu allem fähig«, sagte Kay feierlich. »Und du bist einfach ein Narr, wenn du das nicht siehst. Ich habe sie nie gemocht. Ihre Haare sehen so schmutzig aus.«

»Nun, und was weiter?« fragte er ungeduldig und fügte hinzu: »Wo ist Arthur Busch?«

»Er ist gleich nach dem Lunch nach Hause gegangen, vielmehr: ich habe ihn fortgeschickt.«

»Du bist zu dem Ergebnis gekommen, daß du ihn nicht liebst?«

Sie blickte fast überrascht auf. »Ihn lieben? Ach, du meinst wegen heute morgen. Ich war nur wütend auf dich; das hättest du dir denken können. Er tat mir gestern abend ein wenig leid, aber vermutlich war's nur der Whisky.«

»Nun, was sollte es aber, als du –« Er brach ab. Wohin er sich auch wandte, überall stieß er auf Wirrwarr, und er war fest entschlossen, sich keine Gedanken mehr zu machen.

»Lieber Himmel!« rief Kay aus. »Fünfzigtausend Dollar!«

»Ach, beruhige dich. Sie hat die Briefe zerrissen – hatte sie selbst geschrieben – und alles ist wieder in Ordnung.«

»George.«

»Ja?«

»Douglas wird sie natürlich sofort an die Luft setzen.«

»Wieso denn? Er wird gar nichts davon erfahren.«

»Soll das heißen, daß du nicht für ihre Entlassung sorgen willst? Nach dieser Sache?«

Er sprang auf. »Glaubst du, daß sie damit rechnet?« rief er.

»Womit?«

»Daß ich ihr kündigen lassen werde.«

»Natürlich mußt du das.«

Er suchte hastig im Telefonbuch.

»Oxford –« verlangte er.

Nach ungewöhnlich langer Zeit meldete sich die Vermittlung: »Bourbon Apartments.«

»Miß Margaret Donovan bitte.«

»Moment –« Das Telefonfräulein unterbrach sich. »Wollen Sie bitte eine Minute warten.« Er blieb in der Leitung; die Minute verging und noch eine. Dann die Stimme des Telefonfräuleins: »Ich konnte eben nicht sprechen. Miß Donovan hatte einen Unfall. Sie hat versucht, sich zu erschießen. Als Sie anriefen, trug man sie gerade hier durch, ins Katherinen-Hospital.«

»Ist sie – ist es ernst?« fragte George fast von Sinnen.

»Erst dachte man so, aber jetzt hofft man, sie durchzubringen. Sie wollen die Kugel herausoperieren.«

»Danke.«

Er stand auf und wandte sich Kay zu.

»Sie hat einen Selbstmordversuch unternommen«, sagte er mit gepreßter Stimme. »Ich muß ins Hospital hinüber. Ich habe mich heute nachmittag recht dumm benommen. Ich glaube, ich bin zum Teil schuld daran.«

»George«, sagte Kay plötzlich.

»Was?«

»Ist es nicht unklug, sich da hineinziehen zu lassen? Die Leute könnten sagen –«

»Ich geb keinen Heller drum, was sie sagen«, entgegnete er barsch.

Er ging in sein Zimmer und machte sich automatisch zum Ausgehen fertig. Als er sein Gesicht im Spiegel sah, schloß er mit einem plötzlichen Ausruf des Widerwillens die Augen und ließ seine Haare ungekämmt.

»George«, rief Kay aus dem Nebenzimmer, »ich liebe dich.«

»Ich liebe dich auch.«

»Jules Rennard hat angerufen. Irgendwas mit Barracuda-Angeln. Fändest du es nicht lustig, eine Gesellschaft zusammenzubringen, eine gemischte Gesellschaft, Männlein und Weiblein?«

»Irgendwie reizt mich das nicht. Überhaupt die ganze Idee mit dem Barracuda-Angeln –«

Unten läutete das Telefon, und er ging. Dolores war schon am Apparat.

Es war eine Dame, die schon zweimal angerufen hatte.

»Ist Mr. Hannaford zu Hause?«

»Nein«, sagte Dolores prompt. Sie streckte die Zunge

heraus und hängte auf, als George Hannaford gerade die Treppe herunterkam. Sie half ihm in den Mantel, wobei sie sich möglichst dicht an ihn drängte, öffnete die Tür und ging mit ihm ein paar Schritte hinaus unter das Vordach.

»Miester Hannaford«, sagte sie plötzlich. »die Miß Avery, die hat heut fünf-, sechsmal angerufen. Ich sagen ihr, Sie aus, und nix sagen zu Missus.«

»Was?« Er starrte sie an und fragte sich, wieviel sie wohl von seinen Angelegenheiten wisse.

»Die eben wieder angeruft und ich sagen, Sie aus.«

»Schon gut«, sagte er zerstreut.

»Miester Hannaford.«

»Ja, Dolores?«

»Ich mir heut morgen nix getan, als ich von Treppe fiel.«

»Das freut mich. Gute Nacht, Dolores.«

»Gute Nacht, Miester Hannaford.«

George schenkte ihr ein schwaches, flüchtiges Lächeln, zog gleichsam den Schleier zwischen ihnen fort und machte ihr unwillkürlich Hoffnung, an den tausend Entzückungen und Wundern teilzuhaben, die nur ihm bekannt waren und über die er allein gebot. Dann ging er zum wartenden Wagen, und Dolores setzte sich vor dem Haus auf die Stufen, rieb die Hände aneinander mit einer Geste der Verzückung oder des Erwürgens und betrachtete die schmale Sichel des bleichen Mondes, der gerade am kalifornischen Himmel emporstieg.

Vor der Möbeltischlerei

Das Auto hielt an der Ecke der Sechzehnten und irgendeiner etwas verkommen wirkenden Nebenstraße. Die Dame stieg aus. Der Mann und das kleine Mädchen blieben im Wagen.

»Ich werde ihm sagen, es darf nicht mehr als zwanzig Dollar kosten«, sagte die Dame.

»Schon recht. Hast du die Pläne?«

»Oh«, – sie griff nach ihrer Handtasche auf dem Rücksitz – »ja, jetzt habe ich sie«.

»Dites qu'il ne faut pas avoir des forts placards«, sagte der Mann. »Ni du bon bois.«

»Ist recht.«

»Ich wünschte, ihr würdet nicht französisch reden«, sagte das kleine Mädchen.

»Et il faut avoir une bonne hauteur. L'un des Murphys était comme ça.«

Er zeigte mit der Hand anderthalb Meter vom Boden. Die Dame schritt durch eine Tür, die mit »Möbeltischler« beschildert war, und entschwand über eine kleine Treppe.

Der Mann und das kleine Mädchen sahen sich ohne besondere Neugier um. Die Nachbarhäuser waren aus roten Ziegeln, ausdruckslos und still. Es gab ein paar Schwarze, die weiter oben auf der Straße dies oder das verrichteten, und gelegentlich kam ein Automobil vorbei. Es war ein schöner Novembertag.

»Hör zu«, sagte der Mann zu dem kleinen Mädchen, »ich habe dich lieb.«

»Ich dich auch«, sagte das kleine Mädchen und lächelte artig.

»Hör zu«, fuhr der Mann fort. »Siehst du das Haus dort drüben?«

Das kleine Mädchen sah hin. Es war ein Anbau hinter einem Laden. Sein Inneres war zum größten Teil durch Vorhänge kaschiert, aber hinter den Vorhängen schien sich etwas zu regen. Ein lose in den Angeln hängender Fensterladen schlug alle paar Minuten vor und zurück. Weder der Mann noch das kleine Mädchen hatten das Haus je gesehen.

»Hinter diesen Vorhängen sitzt eine Märchenprinzessin«, sagte der Mann. »Du kannst sie nicht sehen, aber sie ist da und wird von einem Oger verborgen gehalten. Weißt du, was ein Oger ist?«

»Ja.«

»Nun, also diese Prinzessin ist sehr sehr schön und hat langes goldenes Haar.«

Beide beobachteten das Haus. Der Zipfel eines gelben Kleides erschien für Augenblicke in einem der Fenster.

»Das ist sie«, sagte der Mann. »Die Leute, die da wohnen, bewachen sie für den Oger. Er hält den König und die Königin zehntausend Meilen unter der Erde gefangen. Sie kann nicht heraus, bis der Prinz die drei –« er stockte.

»Und was, Daddy, die drei was?«

»Die drei – sieh! Da ist sie wieder.«

»Die drei was?«

»Die drei – die drei Steine, die den König und die Königin befreien werden.«

44

Er gähnte.

»Und was dann?«

»Dann kann er kommen und dreimal an jedes Fenster klopfen, und dadurch wird sie frei.«

Der Kopf der Dame erschien im Obergeschoß des Möbeltischlers.

»Er hat noch zu tun«, rief sie herunter. »Nein, was für ein schöner Tag!«

»Und warum, Daddy?« fragte das kleine Mädchen. »Warum will der Oger sie da festhalten?«

»Weil er nicht zur Kindtaufe eingeladen war. Der Prinz hat schon einen Stein in Präsident Coolidges Kragen-knopfschachtel gefunden. Jetzt sucht er nach dem zweiten in Island. Jedesmal, wenn er einen Stein findet, leuchtet das Zimmer, in dem die Prinzessin festgehalten wird, blau auf. Das ist ja *toll*!«

»Was, Daddy?«

»Eben als du dich abgewandt hast, sah ich, wie das Zimmer ganz blau wurde. Das bedeutet, daß er den zweiten Stein gefunden hat.«

»Toll!« sagte das kleine Mädchen. »Sieh nur! Wieder ist es blau geworden, das heißt, er hat den dritten Stein gefunden.«

Von diesem Wetteifer angesteckt, blickte der Mann vorsichtig umher und seine Stimme wurde heiser.

»Siehst du, was ich jetzt sehe?« fragte er. »Die Straße herauf kommt – kommt der Oger höchstselbst, getarnt – du weißt ja: verwandelt wie Mombi im *Land von Oz*.«

»Ich verstehe.«

Beide beobachteten die Szene. Der kleine Junge, mehr als schmächtig, ging mit großen Schritten zu der Woh-nungstür und klopfte an; niemand antwortete, aber er schien das auch nicht erwartet zu haben oder besonders enttäuscht zu sein. Er nahm ein Stück Kreide aus der Tasche und begann, etwas unter die Türklingel zu malen.

»Er bringt magische Zeichen an«, flüsterte der Mann. »Er will sicher sein, daß die Prinzessin aus dieser Tür nicht herauskommt. Er scheint zu wissen, daß der Prinz den König und die Königin befreit hat, und will nun rechtzeitig zur Stelle sein.«

Der kleine Junge zögerte einen Augenblick; dann ging er an eins der Fenster und rief etwas Unverständliches hinein. Nach einer Weile machte eine Frau das Fenster auf und gab eine Antwort, die in dem scharfen Wind verwehte.

»Sie sagt, daß sie die Prinzessin eingeschlossen hat«, erläuterte der Mann.

»Sieh nur den Oger«, sagte das kleine Mädchen. »Er malt magische Zeichen auch unter das Fenster. Und auf den Gehsteig. Warum nur?«

»Natürlich will er verhindern, daß sie herauskommt. Darum tanzt er auch so herum. Auch das gehört zum Zauber – es ist ein Zaubertanz.«

Der Oger entfernte sich mit großen Schritten. Zwei Männer überquerten vor ihnen die Straße und verschwanden.

»Wer sind die, Daddy?«

»Das sind zwei Soldaten des Königs. Ich vermute, das Heer zieht sich drüben auf der Market Street zusammen, um das Haus zu umzingeln. Weißt du, was ›umzingeln‹ bedeutet?«

»Ja. Sind diese Männer auch Soldaten?«

»Ja, die auch. Und ich glaube, der Alte dahinter ist der

46

König selbst. Er beugt sich ganz tief herunter, damit die Leute des Ogers ihn nicht erkennen.«

»Wer ist die Dame?«

»Das ist eine Hexe, eine Freundin des Ogers.«

Der Fensterladen schlug heftig zu und öffnete sich dann langsam wieder.

»Das ist das Werk der guten und der bösen Feen«, erklärte der Mann. »Sie sind unsichtbar, aber die bösen Feen wollen den Fensterladen schließen, damit niemand hineinsehen kann, und die guten Feen wollen ihn öffnen.«

»Die guten Feen siegen jetzt.«

»Ja.« Er blickte auf das kleine Mädchen. »Du bist meine gute Fee.«

»Ja. Sieh doch Daddy! Was ist das für ein Mann?«

»Er gehört auch zur Armee des Königs.« Der Buchhalter von Mr. Miller, dem Juwelier, ging vorbei und bot einen ziemlich unmartialischen Anblick. »Hörst du den Pfiff? Das heißt, sie sammeln sich. Und hör – da geht auch die Trommel.«

»Da ist die Königin, Daddy. Sieh mal, dort. Ist das die Königin?«

»Nein, das ist ein Mädchen namens Miß Television.« Er gähnte. Er dachte an etwas Erfreuliches, das ihm gestern begegnet war. Er geriet in eine Art von Trance. Dann blickte er wieder auf seine kleine Begleiterin und sah, daß sie sehr glücklich war. Sie war sechs und sah entzückend aus. Er gab ihr einen Kuß.

»Der Mann da mit der Eisbombe ist auch einer von des Königs Soldaten«, sagte er. »Er wird das Eis dem Oger auf den Kopf stülpen und so sein Gehirn einfrieren, damit er nichts Schlimmes mehr anrichten kann.«

Mit den Augen folgte sie dem Mann die Straße hinunter.

Andere Männer gingen vorbei. Ein Nigger in einer gelben Niggerjacke fuhr mit einem Wägelchen vor mit der Aufschrift »The Delaware Upholstery Co«. Der Fensterladen schlug wieder zu und öffnete sich dann ganz langsam.

»Sieh nur, Daddy, die guten Feen gewinnen wieder die Oberhand.«

Der Mann war alt genug, um zu wissen, daß er sich nach dieser Zeit zurücksehnen würde – die stille Straße bei dem schönen Wetter und das Mysterium, das sich vor den Augen des Kindes abspielte, ein Mysterium, das er erschaffen hatte, aber dessen Glanz und Verwobenheit er selbst nie wieder erblicken oder anrühren könnte. Stattdessen berührte er wieder die Wange seines Töchterchens und fügte, ihr zu Gefallen, noch einen kleinen Jungen und einen hinkenden Mann in die Geschichte ein.

»Oh, ich liebe dich«, sagte er.

»Ich weiß, Daddy«, antwortete sie, geistesabwesend. Sie starrte unentwegt auf das Haus. Für einen Moment schloß er die Augen und versuchte mit ihren Augen zu sehen, aber er vermochte es nicht – jene zerschlissenen Vorhänge waren für ihn auf immer geschlossen. Da gab es nur gelegentlich kleine Nigger und kleine Jungen und das Wetter, das ihn an den Zauber vergangener Morgenstunden erinnerte.

Die Dame kam aus dem Tischlerladen.

»Wie ist es gegangen?« fragte er.

»Gut. Il dit qu'il a fait de maisons de poupée pour les Du Ponts. Il va le faire.«

»Combien?«

»Vingt-cinq. Entschuldige, daß es so lange gedauert hat.«

»Sieh, Daddy, da gehen noch viel mehr Soldaten!«

Sie fuhren ab. Als sie ein paar Kilometer gefahren waren, wandte der Mann sich um und sagte: »Wir haben unerhörte Dinge gesehen, während du da drinnen warst.« Er faßte die Geschichte kurz zusammen. »Zu schade, daß wir nicht warten und die Befreiung erleben konnten.«

»Aber das haben wir doch«, rief das Kind. »Sie schafften die Befreiung in der nächsten Straße. Und da liegt auch der Leib des Ogers in dem kleinen Hof dort. König, Königin und Prinz wurden getötet, und die Prinzessin ist jetzt Königin.«

Er hatte seinen König und seine Königin gern gemocht und fand, daß über sie allzu summarisch verfügt worden sei.

»Du mußtest natürlich deine Heldin haben«, sagte er etwas unwillig.

»Sie wird eines Tages irgendwen heiraten und zum Prinzen machen.«

Sie fuhren weiter und waren mit ihren Gedanken woanders. Die Dame dachte an das Puppenhaus, denn sie war früher arm gewesen und hatte als Kind nie eins gehabt, und der Mann dachte daran, daß er nahezu eine Million Dollar besaß. Das kleine Mädchen aber dachte an die wunderlichen Begebenheiten in der winzigen Straße, die sie hinter sich gelassen hatten.

Die letzte Schöne des Südens

I

Nachdem Atlanta seinen vollendeten und theatralischen südlichen Charme entfaltet hatte, unterschätzten wir alle Tarleton. Es war dort noch etwas heißer als überall sonst, wo wir gewesen waren – ein Dutzend Rekruten brach am ersten Tag in der Sonne Georgias zusammen –, und wenn man die Kuhherden durch die Geschäftsstraßen trotten sah, von farbigen Treibern mit »Hi-ja« angetrieben, verfiel man in der heißen Helle in eine Art Trance – man hätte gern eine Hand oder einen Fuß bewegt, um sich zu vergewissern, daß man lebendig war.

Also blieb ich im Lager draußen und ließ mir von Leutnant Warren erzählen, was mit den Mädchen los war. Das ist jetzt fünfzehn Jahre her, und ich habe vergessen, was ich damals empfand, außer daß die Tage einer nach dem andern dahingingen, besser als heute, und daß mein Herz leer war, denn oben im Norden feierte sie, deren Abglanz ich drei Jahre lang geliebt hatte, Hochzeit. Ich sah die Zeitungsausschnitte und die Zeitungsfotos. Es war »eine romantische Kriegstrauung«, alles sehr prunkvoll und traurig. Deutlich spürte ich das dunkle Strahlen des Himmels, unter dem das Ereignis stattfand, und da ich ein junger Snob war, empfand ich im Grunde mehr Neid als Trauer.

Eines Tages ging ich nach Tarleton, um mir dort die Haare schneiden zu lassen, und traf zufällig einen netten Jungen namens Bill Knowles, der zu meiner Zeit in Harvard gewesen war. Er hatte zu der Abteilung der Nationalgarde gehört, die vor uns im Lager war; im letzten Augenblick aber war er zur Luftwaffe übergewechselt und zurückgelassen worden.

»Freut mich, daß ich dich getroffen habe, Andy«, sagte er mit übertriebenem Ernst. »Bevor ich nach Texas gehe, werde ich dich über alles informieren, was ich weiß. Es gibt wirklich nur drei Mädchen hier . . .«

Ich war interessiert; das mit den drei Mädchen hatte etwas Mystisches.

». . . und das ist eine von ihnen.«

Wir standen vor einem Drugstore, und er schob mich hinein und stellte mich einer jungen Dame vor, die ich sogleich verabscheute.

»Die beiden andern sind Ailie Calhoun und Sally Carrol Happer.«

Die Art, wie er Ailie Calhouns Namen aussprach, ließ mich vermuten, daß er sich für sie interessierte. Der Gedanke, was sie wohl anfangen würde, wenn er fort war, beschäftigte ihn; wenn es nach ihm ginge, sollte die Zeit für sie still und ereignislos vergehen.

In meinem Alter zögere ich nicht, zu gestehen, daß gänzlich unritterliche Bilder von Ailie Calhoun – welch reizender Name! – vor mir aufstiegen. Ein schönes Mädchen, auf das ein anderer ältere Rechte hat – so etwas gibt es nicht für einen Dreiundzwanzigjährigen; doch wenn Bill mich gefragt hätte, hätte ich zweifellos allen Ernstes geschworen, daß Ailie mir wie eine Schwester teuer sei. Er fragte nicht; er machte gerade laut seinem Ärger darüber

Luft, daß er jetzt fort mußte. Drei Tage später rief er mich an und sagte mir, am nächsten Morgen sei es soweit und er werde mich am Abend zu ihr mitnehmen.

Wir trafen uns vor dem Hotel und gingen in die Stadt durch die blütenreiche, heiße Dämmerung. Die vier weißen Säulen des Calhounschen Hauses waren der Straße zugewandt, und die Terrasse dahinter mit den herabhängenden, ineinander verflochtenen, emporkletternden Weinranken war so dunkel wie eine Höhle.

Als wir den Gartenweg entlangschritten, stürzte ein Mädchen in einem weißen Kleid mit dem Ruf aus der Tür: »Es tut mir leid, daß ich mich so verspätet habe!«, und als sie uns erblickte, fügte sie hinzu: »Ach, ich dachte, ich hätte euch schon vor zehn Minuten kommen hören . . .«

Sie hielt inne, als ein Stuhl knarrte und ein dritter Mann, ein Flieger aus dem Lager Harry Lee, aus der Dunkelheit der Terrasse trat.

»Ach, Canby!« rief sie. »Wie geht's?«

Er und Bill Knowles warteten so gespannt wie zwei Prozeßgegner.

»Canby, ich möchte Ihnen etwas zuflüstern, mein Lieber«, rief sie gleich darauf. »Du entschuldigst uns doch, Bill.«

Sie gingen ein paar Schritte beiseite. Gleich darauf sagte Leutnant Canby höchst ungehalten in grimmigem Ton: »Dann also Donnerstag, aber dabei bleibt es.« Mit einem kaum wahrnehmbaren Kopfnicken zu uns herüber ging er davon, den Gartenweg hinunter, und die Sporen, mit denen er vermutlich sein Flugzeug zur Eile antrieb, funkelten im Lampenlicht.

»Kommen Sie doch – ich kann mich im Augenblick nicht auf Ihren Namen besinnen . . .«

Da war er – der Mädchentyp des amerikanischen Südens in seiner ganzen Reinheit. Ich hätte Ailie Calhoun erkannt, auch wenn ich nie Ruth Draper gehört und nie Marse Chan gelesen hätte. Sie besaß die mit reizender, zungenfertiger Unkompliziertheit überzuckerte Gewandtheit, die Andeutung eines Hintergrunds von liebevollen Vätern, Brüdern und Verehrern, der bis in das heroische Zeitalter des Südens zurückreichte, die makellose Kühle, die man im unaufhörlichen Kampf mit der Hitze erlangt. In ihrer Stimme gab es Töne, mit denen Sklaven Befehle erteilt wurden, Töne, die Yankee-Hauptleuten alle Kraft nahmen, und dann wieder sanfte, schmeichelnde Klänge, die ungewohnt lieblich mit der Nacht verschmolzen.

In der Dunkelheit konnte ich sie kaum erkennen, aber als ich aufstand und gehen wollte – es war klar, daß meine Anwesenheit nicht länger erwünscht war –, stand sie in dem orangefarbenen Lichtschein, der aus der Tür kam. Sie war klein und sehr blond; sie hatte zu viel fieberrotes Rouge im Gesicht, was noch durch eine clownhaft weißgepuderte Nase unterstrichen wurde, aber sie leuchtete durch dies alles hindurch wie ein Stern.

»Wenn Bill fort ist, werde ich Abend für Abend allein hier sitzen. Vielleicht begleiten Sie mich zu den Tanzveranstaltungen im Landklub.« Diese rührende Prophezeiung ließ Bill auflachen. »Warten Sie einen Augenblick«, sagte Ailie leise. »Ihre Gewehre sitzen schief.«

Sie rückte das Abzeichen auf meinem Spiegel gerade und sah eine Sekunde lang mit einem Blick zu mir auf, in dem mehr als Neugier lag. Es war ein suchender Blick, als frage sie: Könntest du es sein? Wie Leutnant Canby schritt ich widerwillig davon in den plötzlich schal gewordenen Abend.

Zwei Wochen später saß ich mit ihr auf demselben Portikus oder vielmehr lag sie halb in meinen Armen und berührte mich doch kaum – wie sie das fertigbrachte, weiß ich nicht mehr. Ich versuchte ohne Erfolg, sie zu küssen – ich hatte das bereits seit fast einer Stunde versucht. Wir führten ein scherzhaftes Streitgespräch darüber, daß ich es nicht aufrichtig meinte. Meine Theorie lautete, daß ich mich in sie verlieben würde, wenn sie mir erlaubte, sie zu küssen. Sie behauptete dagegen, daß ich offensichtlich nicht ganz aufrichtig sei.

In der Pause zwischen zwei solchen Auseinandersetzungen erzählte sie mir von ihrem Bruder, der in seinem letzten Studienjahr in Yale gestorben war. Sie zeigte mir sein Bild – es war ein hübsches, ernstes Gesicht mit einer Leyendecker-Stirnlocke – und erklärte mir, falls sie jemand kennenlernte, der ihm gleichkomme, würde sie heiraten. Ich fand diesen Familienidealismus entmutigend; trotz meines verwegenen Selbstvertrauens fühlte ich mich nicht stark genug, den Wettkampf mit dem Toten aufzunehmen.

So verstrich dieser Abend und andere Abende, und es endete damit, daß ich mit der Erinnerung an den Duft von Magnolienblüten und in einer Stimmung vager Unzufriedenheit ins Lager zurückkehrte. Ich küßte sie niemals. Sonnabendabends gingen wir zu Vaudevillevorstellungen und in den Landklub, wo sie nur selten zehn Schritte hintereinander mit ein und demselben Mann tanzte, und sie nahm mich mit zu Gartenfesten, wo ganze Tiere im Freien am Spieß gebraten wurden, und zu wilden Wassermelonenparties, und niemals hielt sie es der Mühe wert, meine Gefühle für sie in Liebe zu verwandeln. Heute weiß ich, daß das nicht schwierig gewesen wäre, aber sie war eine kluge Neunzehnjährige, und sie hatte wohl erkannt, daß wir gefühlsmäßig nicht zusammenpaßten. So wurde ich statt dessen ihr Vertrauter.

Wir sprachen über Bill Knowles. Sie zog Bill ernsthaft in Betracht, denn obwohl sie es nicht zugeben wollte, hatten ein Winter in einer New-Yorker Schule und ein Ball in Yale bewirkt, daß sich ihre Blicke nach Norden richteten. Sie sagte, sie glaube nicht, daß sie einen Mann aus dem Süden heiraten würde. Und allmählich sah ich, daß sie bewußtseins- und willensmäßig anders war als die anderen Mädchen, die Niggerlieder sangen und in der Bar des Landklubs das Würfelspiel Craps spielten. Deshalb fühlten Bill und ich und andere uns zu ihr hingezogen. Wir erkannten sie an.

Im Juni und Juli, als Gerüchte von Schlachten und Schrecknissen in Übersee undeutlich und wirkungslos zu uns drangen, schweiften Ailies Augen hier und dort über die Tanzfläche des Landklubs, auf der Suche nach etwas Besonderem unter den hochgewachsenen jungen Offizieren. Sie zog einige in ihren Bann, die sie mit unfehlbarem Scharfblick auswählte – abgesehen von Leutnant Canby, den sie angeblich verachtete, mit dem sie sich aber dennoch verabredete, »weil er es so aufrichtig meinte« –, und den ganzen Sommer lang teilten wir ihre Abende unter uns auf.

Eines Tages sagte sie alle ihre Verabredungen ab – Bill Knowles hatte Urlaub und würde nach Tarleton kommen. Wir erörterten das Ereignis mit wissenschaftlicher Unpersönlichkeit – würde er sie zu einer Entscheidung bewegen können? Leutnant Canby hingegen benahm sich gar nicht unpersönlich; er machte sich lästig. Er sagte ihr, wenn sie Knowles heiratete, würde er in seinem Flugzeug zweitausend Meter hoch aufsteigen, den Motor abstellen und abstürzen. Er machte ihr Angst – mein letztes Rendezvous mit ihr vor Bills Ankunft mußte ich an ihn abtreten.

Eines Sonnabendabends kam sie mit Bill Knowles in den Landklub. Sie waren ein schönes Paar, und wieder empfand ich Neid und Trauer. Als sie zusammen tanzten, spielte die Drei-Mann-Kapelle »After you've gone« so schmerzlich und unvollkommen, daß ich es noch heute hören kann – als tropfe aus jedem Takt eine kostbare Minute jener Zeit. Ich wußte nun, daß mir Tarleton ans Herz gewachsen war, und ich schaute mich halb in Panik um, ob nicht aus der warmen, singenden Dunkelheit draußen, die Paar um Paar in Organdy und olivfarbenem Tuch freigab, irgendein Gesicht auf mich zukäme. Es war eine Zeit der Jugend und des Krieges, und niemals wieder gab es so viel Liebe ringsumher.

Als ich mit Ailie tanzte, schlug sie plötzlich vor, wir wollten hinausgehen und uns in ein Auto setzen. Sie wollte wissen: Warum bemühten sich die Männer heute abend nicht um sie? Glaubten sie, sie sei bereits verheiratet?

»Wirst du heiraten?«

»Ich weiß nicht, Andy. Manchmal, wenn er mich behandelt, als sei ich etwas Heiliges, durchschauert es mich.« Ihre Stimme klang gedämpft und wie aus weiter Ferne. »Und dann . . .«

Sie lachte. Ihr Körper, der so zart und zerbrechlich war, berührte meinen, ihr Gesicht war zu mir emporgewandt, und jetzt auf einmal, wo Bill Knowles nur zehn Meter entfernt war, hätte ich sie endlich küssen können. Unsere

Lippen berührten sich leicht, versuchsweise; dann bog ein Fliegeroffizier um die Ecke der Säulenterrasse, neben der wir standen, spähte in unsere Dunkelheit und zögerte.

»Ailie.«

»Ja.«

»Wissen Sie schon, was heute nachmittag passiert ist?«

»Was?« Sie beugte sich vor; schon ihre Stimme verriet ihre Spannung.

»Horace Canby ist abgestürzt. Er war sofort tot.«

Sie stand langsam auf und stieg aus dem Wagen.

»Sie meinen, er war tot?« sagte sie.

»Ja. Man weiß nicht, was los war. Sein Motor . . .«

»Oh!« Ihr rauhes Flüstern drang durch die Hände, die plötzlich ihr Gesicht bedeckten. Wir betrachteten sie hilflos, als sie den Kopf auf den Rand des Autos legte und krampfhaft schluchzte, ohne Tränen zu vergießen. Nach einer Minute holte ich Bill, der verlassen dastand und besorgt nach ihr Ausschau hielt, und sagte ihm, sie wolle nach Hause fahren.

Ich setzte mich draußen auf die Stufen. Ich hatte Canby nicht leiden können, aber sein schrecklicher, sinnloser Tod hatte mehr Wirklichkeit für mich als der tägliche Tod von Tausenden in Frankreich. Nach ein paar Minuten kamen Ailie und Bill heraus. Ailie wimmerte ein wenig, doch als sie mich sah, blieb ihr Blick auf mir haften, und sie trat schnell zu mir.

»Andy«, sie sprach mit rascher, leiser Stimme, »natürlich darfst du zu niemand ein Wort über das verlauten lassen, was ich dir gestern von Canby erzählt habe. Was er gesagt hat, meine ich.«

»Natürlich nicht.«

Sie sah mich noch einen Augenblick länger an, wie um

ganz sicherzugehen. Endlich war sie sicher. Dann stieß sie einen so sonderbaren kleinen Seufzer aus, daß ich meinen Ohren kaum traute, und ihre Augenbrauen hoben sich in gespielter Verzweiflung – jedenfalls kann man es nur so nennen.

»An-dy.«

Ich blickte beunruhigt zu Boden, denn ich merkte, daß sie mich auf die unheilvolle Wirkung aufmerksam machen wollte, die sie ungewollt auf Männer ausübte.

»Gute Nacht, Andy!« rief Bill, als sie in ein Taxi stiegen.

»Gute Nacht«, sagte ich, und beinahe hätte ich hinzugefügt: »Du armer Narr.«

II

Natürlich hätte ich, wie das Leute in Büchern tun, eine jener schönen moralischen Entscheidungen fällen und sie verachten sollen. Im Gegenteil – ganz ohne Zweifel hätte sie mich immer noch haben können, wenn sie nur mit dem kleinen Finger gewinkt hätte.

Ein paar Tage später machte sie es wieder gut, indem sie nachdenklich sagte: »Ich weiß, du findest, es war scheußlich von mir, in einem solchen Augenblick an mich zu denken, aber es war so ein grauenvoller Zufall.«

Mit dreiundzwanzig hatte ich noch keine festen Überzeugungen außer der einen, daß einige Menschen stark und anziehend waren und tun konnten, was sie wollten, während andere erwischt wurden und Schande auf sich luden. Ich hoffte, daß ich zur ersten Gruppe gehörte. Bei Ailie war ich mir dessen sicher.

Andere Vorstellungen, die ich mir von ihr machte, mußte ich revidieren. Als ich einmal mit einem Mädchen eine lange Diskussion über Küssen hatte – damals sprachen die Leute noch mehr vom Küssen, als daß sie tatsächlich küßten –, erwähnte ich, daß Ailie nur zwei oder drei Männer geküßt hätte, und das nur dann, wenn sie glaubte, sie habe sich verliebt. Ich war ziemlich fassungslos, als das Mädchen vor Lachen buchstäblich auf dem Fußboden lag.

»Aber es ist die Wahrheit«, versicherte ich ihr und wußte plötzlich, daß es nicht die Wahrheit war. »Sie hat es mir selber erzählt.«

»Ailie Calhoun! Du lieber Gott! Na, voriges Jahr auf der Frühlingsparty im Technischen Institut . . .«

Das war im September. Wir konnten jede Woche nach Übersee abkommandiert werden, und aus dem vierten Ausbildungslager traf ein letzter Schub Offiziere ein, um uns auf Kriegsstärke zu bringen. Das vierte Lager war nicht wie die ersten drei – die Offiziersanwärter kamen aus der Mannschaft, ja sogar aus den Reihen der Eingezogenen. Sie hatten merkwürdige Namen ohne Vokale darin. Und abgesehen von ein paar jungen Milizionären war es keineswegs selbstverständlich, daß sie überhaupt irgendeine Erziehung genossen hatten. Unsere Kompanie bekam Leutnant Earl Schoen aus New Bedford in Massachusetts dazu – physisch ein Prachtexemplar, wie ich kaum je eins gesehen habe. Er war einsfünfundachtzig groß, hatte schwarzes Haar, eine frische Gesichtsfarbe und glänzende dunkelbraune Augen. Er war nicht sehr klug und ganz gewiß ungebildet, aber er war ein guter Offizier, hochmütig und achtunggebietend und mit jenem kleidsamen Anflug von Eitelkeit, der dem Militär wohl ansteht. Ich vermutete, daß New Bedford eine Landstadt war, und führte seine Anmaßung und Aufgeblasenheit darauf zurück.

Zwei Offiziere mußten sich nun immer ein Zimmer teilen, und er kam in meinen Barackenraum. Binnen einer Woche wurde das Privatfoto eines Mädchens aus Tarleton brutal an die Bretterwand genagelt.

»Sie ist kein Ladenmädel oder so was. Sie kommt aus der Gesellschaft, verkehrt mit den besten Leuten hier.«

Am nächsten Sonntagnachmittag lernte ich die Dame kennen – am Rande eines beinahe privaten Schwimmbassins irgendwo auf dem Lande. Als Ailie und ich erschienen, hob sich Schoens muskulöser Körper in einem Badeanzug am anderen Ende des Schwimmbassins wellenschlagend halb aus dem Wasser.

»He, Leutnant!«

Als ich zurückwinkte, lächelte er, zwinkerte mit den Augen und deutete mit einer Kopfbewegung auf das Mädchen neben ihm. Dann versetzte er ihr einen Rippenstoß und machte eine Kopfbewegung zu mir hin. Es war eine Art Vorstellung.

»Wer ist der Mann da neben Kitty Preston?« fragte Ailie, und als ich es ihr sagte, behauptete sie, er sähe wie ein Straßenbahnschaffner aus, und tat, als suche sie ihr Umsteigebillett.

Gleich darauf kraulte er kraftvoll und anmutig durch das Bassin und kletterte an unserem Ende aus dem Wasser. Ich stellte ihn Ailie vor.

»Wie gefällt Ihnen mein Mädchen, Leutnant?« fragte er. »Ich habe Ihnen doch gesagt, daß sie in Ordnung ist, was?« Er machte eine Kopfbewegung zu Ailie hin, diesmal um anzudeuten, daß sein Mädchen und Ailie in den gleichen Kreisen verkehrten. »Wie wär's, wenn wir einen Abend alle zusammen ins Hotel essen gehen?«

Gleich darauf überließ ich die beiden sich selbst. Es amüsierte mich, zu sehen, daß Ailie sichtbar zu dem Schluß gelangt war, dies sei jedenfalls nicht der ideale Mann. Aber es war nicht so einfach, Leutnant Earl Schoen loszuwerden. Er ließ seinen Blick heiter und harmlos über ihre hübsche, feingliedrige Gestalt gleiten und entschied, daß Ailie sogar noch besser sei als die andere. Zehn Minuten später sah ich sie zusammen im Wasser. Ailie schwamm mit verbissenen kleinen Stößen los, und Schoen platschte geräuschvoll vor ihr her und um sie herum, hielt manchmal inne und starrte sie fasziniert an, etwa wie ein Junge, der eine Seemannspuppe betrachtet.

Den Rest des Nachmittags blieb er an ihrer Seite. Schließlich kam Ailie zu mir herüber und flüsterte lachend: »Er hängt sich an mich. Er glaubt, ich habe kein Fahrgeld bezahlt.«

Sie drehte sich rasch um. Miß Kitty Preston stand mit merkwürdig rotem und heißem Gesicht vor uns.

»Ailie Calhoun, ich dachte nicht, daß du alles dransetzen würdest, einem anderen Mädchen den Mann auszuspannen.« Etwas wie Angst ob der drohenden Szene malte sich auf Ailies Gesicht. »Ich dachte, du bist dir zu gut für so was.«

Miß Prestons Stimme war leise, aber sie hatte jene Schärfe, die man auf größere Entfernung eher fühlen als hören kann, und ich sah, wie Ailies klare schöne Augen in Panik hierhin und dorthin blickten. Glücklicherweise schlenderte jetzt Earl selber heiter und unschuldig auf uns zu.

»Wenn dir etwas an ihm liegt, solltest du dich vor ihm

wirklich nicht kleiner machen, als du bist«, erwiderte Ailie sofort mit hocherhobenem Kopf.

Ihr Wissen um die traditionelle Verhaltensweise stand gegen Kitty Prestons naive, leidenschaftliche Besitzgier oder, wenn man so lieber will, Ailies »Gute Erziehung« gegen die »Gewöhnlichkeit« der anderen. Sie wandte sich ab.

»Warten Sie einen Augenblick, Kindchen!« rief Earl Schoen. »Was ist mit Ihrer Adresse? Vielleicht würde ich Sie gerne mal anrufen.«

Sie sah ihn auf eine Art an, die Kitty ihren völligen Mangel an Interesse hätte deutlich machen sollen.

»Diesen Monat bin ich beim Roten Kreuz sehr beschäftigt«, sagte sie, und ihre Stimme war so kühl wie ihr glatt zurückgekämmtes blondes Haar. »Auf Wiedersehen.«

Auf dem Heimweg lachte sie. Bisher hatte sie ein Gesicht gemacht, als sei sie unwissentlich in eine zweifelhafte Affäre verwickelt worden; dieser Ausdruck verschwand nun.

»Sie wird diesen jungen Mann nie halten können«, sagte sie. »Er will jemand Neues.«

»Offenbar will er Ailie Calhoun.«

Der Gedanke erheiterte sie.

»Er könnte mir seine Knipszange zum Anstecken geben wie die Anstecknadel einer Studentenverbindung. Wie komisch! Wenn Mutter je so was wie ihn unser Haus betreten sähe, würde sie sich ganz einfach hinlegen und sterben.«

Und um Ailie Gerechtigkeit widerfahren zu lassen: Es dauerte volle vierzehn Tage, bis Earl Schoen einen Besuch bei ihr machte, obwohl er sie bei dem nächsten Tanzvergnügen im Landklub derart bestürmte, daß sie tat, als sei sie verärgert.

»Er ist ein ganz rüder Bursche, Andy«, flüsterte sie mir zu. »Aber er meint es so aufrichtig.«

Sie gebrauchte das Wort »rüde« ohne die Verurteilung, die darin gelegen hätte, wäre Earl Schoen ein junger Mann aus dem Süden gewesen. Sie kannte es nur mit dem Verstand, ihr Ohr konnte keine Yankeestimme von der anderen unterscheiden. Und aus irgendeinem Grunde starb Mrs. Calhoun nicht, als Earl auf der Schwelle stand. Die anscheinend so unausrottbaren Vorurteile von Ailies Eltern erwiesen sich als ein bequemes Phänomen, das auf ihren Wunsch hin verschwand. Diesmal waren es ihre Freunde, die staunten. Ailie, die sich stets ein wenig erhaben über Tarleton gedünkt hatte, Ailie, deren Verehrer stets so sorgfältig ausgewählt und stets die »nettesten« Männer des Lagers waren – Ailie und Leutnant Schoen! Ich bekam es satt, allen Leuten zu versichern, daß sie lediglich Zerstreuung suchte, und in der Tat hatte sie jede Woche jemand anderen – einen Marinefähnrich aus Pensacola, einen alten Freund aus New Orleans –, aber in den Zwischenzeiten war stets Earl Schoen an ihrer Seite.

Es kam der Befehl, daß sich eine Vorausabteilung von Offizieren und Unteroffizieren zum Hafen begeben und nach Frankreich einschiffen sollte. Mein Name stand auf der Liste. Ich war eine Woche lang auf dem Schießplatz gewesen, und als ich ins Lager zurückkehrte, wurde ich sogleich von Earl Schoen am Rockaufschlag festgehalten.

»Wir veranstalten eine kleine Abschiedsparty in der Offiziersmesse. Nur du, ich, Hauptmann Craker und drei Mädchen.«

Earl und ich sollten die Mädchen heranschaffen. Wir

wählten Sally Carrol Happer und Nancy Lamar aus und gingen dann zu Ailies Haus. An der Tür empfing uns der Butler mit der Ankündigung, sie sei nicht zu Hause.

»Nicht zu Hause?« wiederholte Earl verblüfft. »Wo sie denn?«

»Hat nicht gesagt, wo, hat nur gesagt, ist nicht zu Hause.«

»Das ist doch aber verdammt komisch!« rief Earl. Er schritt auf der wohlbekannten dunklen Terrasse hin und her, während der Butler an der Tür wartete. Plötzlich kam ihm ein Gedanke. »Weißt du«, sagte er zu mir, »weißt du, ich glaube, sie ist beleidigt.«

Ich wartete. Er wandte sich streng an den Butler: »Sagen Sie ihr bitte, daß ich sie ganz kurz sprechen muß.«

»Wie soll ich ihr was sagen, wo sie nicht zu Hause ist?«

Wieder schritt Earl nachdenklich auf der Terrasse hin und her. Dann nickte er ein paarmal und sagte: »Sie ist beleidigt wegen etwas, was in der Stadt passiert ist.«

Mit ein paar Worten erklärte er mir die Sache.

»Paß auf, du wartest im Auto«, sagte ich. »Vielleicht kann ich das in Ordnung bringen.« Und als er sich zögernd entfernte: »Oliver, bitte richten Sie Miß Ailie aus, daß ich sie unter vier Augen zu sprechen wünsche.«

Nach kurzer Diskussion überbrachte der Butler die Botschaft, und einen Augenblick später kam er mit der Antwort zurück: »Miß Ailie sagt, den andern Herrn will sie nie wiedersehen. Sie sagt, Sie sollen hereinkommen, wenn Sie wollen.«

Sie war in der Bibliothek. Ich hatte erwartet, ein Bild kühler, beleidigter Würde zu erblicken, aber sie sah aufgelöst, verwirrt, verzweifelt aus. Ihre Augen waren rot gerändert, als habe sie seit Stunden langsam und qualvoll geweint.

»Ach, guten Tag, Andy«, sagte sie gebrochen. »Ich habe dich schon so lange nicht gesehen. Ist er weg?«

»Also, Ailie . . .«

»Also, Ailie!« rief sie. »Also, Ailie! Er hat mit mir gesprochen, verstehst du. Er hat den Hut gezogen. Er stand drei Meter von mir entfernt, mit dieser gräßlichen – dieser gräßlichen Frau – hatte sie untergehakt und redete auf sie ein, und dann, als er mich sah, zog er den Hut. Andy, ich wußte nicht, was ich tun sollte. Ich mußte in den Drugstore gehen und um ein Glas Wasser bitten, und ich hatte solche Angst, er könnte hinterherkommen, daß ich Mr. Rich bat, er soll mich durch die Hintertür hinauslassen. Ich möchte ihn niemals wiedersehen und niemals wieder etwas von ihm hören.«

Ich redete. Ich sagte das, was man in solchen Fällen sagt. Ich redete eine halbe Stunde lang. Ich konnte sie nicht umstimmen. Ein paarmal antwortete sie, indem sie irgend etwas über seine mangelnde »Aufrichtigkeit« murmelte, und zum vierten Mal fragte ich mich, was dieses Wort für sie bedeutete. Gewiß nicht Beständigkeit, vielmehr, vermutete ich fast, eine besondere Art, in der sie betrachtet werden wollte.

Ich stand auf und wollte gehen. Und dann hupte es draußen unglaublicherweise dreimal ungeduldig. Es war verblüffend. Das Hupen sagte so klar, als ob Earl im Zimmer stünde: Also gut, scher dich zum Teufel! Ich denke nicht daran, die ganze Nacht hier zu warten.

Ailie sah mich entgeistert an. Und plötzlich trat ein sonderbarer Ausdruck in ihr Gesicht, breitete sich darauf aus, flackerte und löste sich in einem weinerlichen hysterischen Lächeln auf.

»Ist er nicht grauenvoll?« rief sie in hilfloser Verzweiflung. »Ist er nicht fürchterlich?«

»Beeil dich!« sagte ich rasch. »Nimm dein Cape. Das heute ist unser letzter Abend.«

Und immer noch kann ich diesen Abend ganz genau nachempfinden: das Kerzenlicht, das über die nackten Bretter der Baracke zuckte, in der die Offiziersmesse untergebracht war, über die ramponierten Papierdekorationen, die von der Party der Nachschubkompanie übriggeblieben waren, die traurige Mandoline irgendwo in einer Kompaniestraße, die in der allumfassenden Wehmut des scheidenden Sommers immer wieder »My Indiana Home« spielte. Die drei Mädchen, verloren in dieser geheimnisvollen Männerstadt, empfanden auch etwas – eine flüchtige Verzauberung, als säßen sie auf einem Zauberteppich, der im ländlichen Süden niedergegangen war, und jeden Augenblick konnte ihn der Wind erfassen und fortwehen. Wir tranken auf uns und auf den Süden. Dann ließen wir unsere Servietten und leeren Gläser und ein bißchen von der Vergangenheit auf dem Tisch zurück und schritten Hand in Hand ins Mondlicht hinaus. Man hatte bereits den Zapfenstreich gespielt; alles war still bis auf das weit entfernte Wiehern eines Pferdes und ein lautes, hartnäckiges Schnarchen, über das wir lachten, und das Knacken des ledernen Schulterriemens, als der Wachposten am Schilderhaus sein Gewehr mit beiden Händen schräg vor der Brust hielt. Craker hatte Dienst; wir anderen stiegen in ein bereitstehendes Auto und setzten Crakers Mädchen in Tarleton ab.

Dann fuhren Ailie und Earl, Sally und ich, zwei Paare

auf dem breiten Rücksitz, jedes Paar vom anderen abgewandt, flüsternd und mit sich beschäftigt, in die weite, ebene Dunkelheit hinaus.

Wir fuhren durch Fichtenwälder, deren Boden dicht mit Flechten und spanischem Moos bedeckt war, und zwischen den blaßgelben Baumwollfeldern eine Straße entlang, die so weiß war wie der Rand der Welt. Wir parkten unterm Sprenkelschatten einer Mühle, wo wir das Geräusch von fließendem Wasser hörten und das unruhige Piepen der Vögel, und über allem lag ein Glanz, der überall einzudringen versuchte – in die verfallenen Niggerhütten, in das Auto, in die schnellen Schläge unserer Herzen. Der Süden sang uns zu – ich hätte gern gewußt, ob sie sich noch daran erinnern. Ich erinnere mich – die kühlen, bleichen Gesichter, die schläfrigen, verliebten Augen und die Stimmen:

»Fühlst du dich wohl?«

»Ja; du auch?«

»Ganz bestimmt?«

»Ja.«

Plötzlich wußten wir, daß es spät war und daß nichts mehr kommen würde. Wir fuhren nach Hause.

Am nächsten Tag brach unsere Abteilung nach Camp Mills auf, aber ich kam zu guter Letzt doch nicht nach Frankreich. Wir verbrachten einen kalten Monat auf Long Island, marschierten, den Helm an der Seite festgeschnallt, an Bord eines Truppentransporters und marschierten dann wieder herunter. Der Krieg war vorbei. Ich hatte den Krieg verpaßt. Als ich nach Tarleton zurückkam, versuchte ich alles, um aus der Armee entlassen zu werden, aber ich hatte ein reguläres Offizierspatent, und so dauerte es fast den ganzen Winter. Earl Schoen aber war einer der ersten, die demobilisiert wurden. Er wollte sich eine gute Stellung suchen, »solange man noch die Auswahl hatte«. Ailie wollte sich nicht festlegen, aber sie hatten vereinbart, daß er zurückkommen solle.

Im Januar verschwanden die Lager bereits, die zwei Jahre lang die kleine Stadt beherrscht hatten. Nur noch der anhaltende Gestank des Verbrennungsofens erinnerte einen an das geschäftige Treiben. Die Leute, die noch übriggeblieben waren, konzentrierten sich verbittert um das Hauptquartier der Division mit den mißmutigen Berufsoffizieren, die den Krieg ebenfalls verpaßt hatten.

Und nun kamen die jungen Männer von Tarleton aus allen Teilen der Welt zurück – einige in kanadischer Uniform, einige mit Krücken oder leeren Ärmeln. Ein zurückgekehrtes Bataillon der Nationalgarde marschierte zu Ehren seiner Toten in offener Formation durch die Straßen und ließ dann die Romantik für immer hinter sich – bald verkauften sie in den Geschäften der Stadt Waren über den Ladentisch. Bei den Tanzveranstaltungen im Landklub mischten sich nur wenige Uniformen unter die Smokings.

Kurz vor Weihnachten traf unerwartet Bill Knowles ein und reiste am nächsten Tag wieder ab – entweder hatte er Ailie ein Ultimatum gestellt, oder sie hatte sich endlich entschlossen. Ich sah sie manchmal, wenn sie nicht von heimgekehrten Helden aus Savannah und Augusta mit Beschlag belegt war, aber ich kam mir vor wie ein altmodisches Überbleibsel – und das war ich auch. Sie wartete auf Earl Schoen mit so großer Unsicherheit, daß sie nicht gern darüber sprach. Drei Tage vor meiner endgültigen Entlassung kam er.

Das erste Mal begegnete ich ihnen, als sie zusammen die

Market Street entlanggingen, und ich glaube, nie in meinem Leben hat mir ein Paar so leid getan, obwohl sich das gleiche vermutlich in jeder Stadt wiederholte, in der es Militärlager gegeben hatte. Alles nur Erdenkliche war falsch an Earls Äußerem. Sein Hut war grün mit einer übertriebenen Feder darauf, sein Anzug hatte Schlitze und war mit Tressen eingefaßt, einer grotesken Mode gehorchend, der die Modeinserate und der Film ein Ende gemacht hatten. Offensichtlich war er bei seinem alten Friseur gewesen, denn sein Haar fiel locker auf seinen sauber rasierten rosa Hals. Nicht daß er schäbig und armselig gewirkt hätte, aber man spürte sofort das Milieu von Fabrikstadttanzsälen und Ausflugslokalen – oder vielmehr Ailie spürte es. Denn sie hatte sich die Wirklichkeit niemals richtig vorstellen können; in dieser Kleidung war selbst die natürliche Anmut seines prachtvollen Körpers verschwunden. Zuerst prahlte er mit seiner guten Stellung; sie würden ganz leidlich auskommen, bis er eine Gelegenheit sah, »leicht Geld zu machen«. Aber von dem Augenblick an, als er in ihre Welt zurückkehrte und sich deren Bedingungen unterwarf, muß er gewußt haben, daß die Sache hoffnungslos war. Ich weiß nicht, was Ailie sagte, oder wie schwer ihr Kummer gegenüber ihrer Bestürzung wog. Sie handelte schnell – drei Tage nach seiner Ankunft fuhren Earl und ich zusammen im Zug nach Norden.

»Na, das ist nun zu Ende«, sagte er schwermütig. »Sie ist ein fabelhaftes Mädel, aber viel zu intellektuell für mich. Ich meine, sie sollte einen reichen Mann heiraten, der ihr eine großartige gesellschaftliche Stellung bieten kann. So was Hochgestochenes ist nichts für mich.« Und dann, etwas später: »Sie sagte, ich soll in einem Jahr wiederkommen und sie besuchen, aber ich fahre nie wieder hin. Dieses ganze aristokratische Gehabe ist gut, wenn du das Geld dafür hast, aber . . .«

»Aber es war alles nicht echt«, wollte er schließen. Die Provinzgesellschaft, in der er sich sechs Monate lang mit so großer Genugtuung bewegt hatte, erschien ihm jetzt affektiert, geziert und künstlich.

»Sag mal, hast du gesehn, was da vorhin eingestiegen ist?« fragte er mich nach einer Weile. »Zwei fabelhafte Mädels, und ganz allein. Weiß du was, wir ziehen in den nächsten Wagen und laden sie zum Essen ein. Ich nehme die in Blau.« Als er schon durch den halben Wagen hindurch war, drehte er sich plötzlich zu mir um. »Sag mal, Andy«, fragte er stirnrunzelnd, »eine Frage – was glaubst du, woher wußte sie, daß ich Straßenbahnschaffner war? Ich hab ihr das doch nie gesagt.«

»Keine Ahnung.«

III

Diese Erzählung ist nun an einer der großen Lücken angelangt, die mich anstarrten, als ich begann. Sechs Jahre lang, während ich in Harvard mein Jurastudium beendete und Verkehrsflugzeuge baute und Straßenpflaster, das unter Lastwagen zerbröckelte, mit einem festen Unterbau versah, war Ailie Calhoun kaum mehr als ein Name auf einer Weihnachtskarte; etwas, das an warmen Abenden, wenn ich mich an die Magnolienblüten erinnerte, sacht in mein Gemüt wehte. Gelegentlich fragte mich ein Bekannter aus meiner Armeezeit: »Was ist eigentlich aus dem blonden Mädchen geworden, das so beliebt war?«, aber ich wußte es nicht. Eines Abends traf ich im »Mont-martre« in New York zufällig Nancy Lamar und erfuhr, daß Ailie sich mit einem Mann in Cincinnati verlobt hatte, daß sie in den Norden gefahren war, um seine Familie zu besuchen, und dann die Verlobung gelöst hatte. Sie war so hübsch wie nur je und hatte immer einen oder zwei leidenschaftliche Verehrer. Aber weder Bill Knowles noch Earl Schoen waren je wiedergekommen.

Etwa um dieselbe Zeit hörte ich, daß Bill Knowles ein Mädchen geheiratet hatte, das er auf einem Schiff kennen-gelernt hatte. Da hat man's – nicht viel, um sechs Jahre wiedergutzumachen.

Seltsamerweise kam ich beim Anblick eines Mädchens in der Dämmerung auf einem kleinen Bahnhof in Indiana auf die Idee, in den Süden zu fahren. Das Mädchen in steifem rosa Organdy schlang ihre Arme um einen Mann, der aus unserem Zug ausstieg, und zog ihn zu einem bereitstehenden Auto, und ich fühlte so etwas wie einen stechenden Schmerz. Es schien mir, als entführe sie ihn in die verlorene Mittsommerwelt meiner frühen zwanziger Jahre, als die Zeit stillgestanden hatte und wo reizende Mädchen, nur undeutlich sichtbar wie die Vergangenheit selber, immer noch durch die im Dämmerlicht liegenden Straßen schlenderten. Ich glaube, Poesie ist der Traum, den ein Mann aus dem Norden vom Süden träumt. Aber erst Monate später schickte ich Ailie ein Telegramm und folgte ihm sogleich nach Tarleton.

Es war Juli. Das Jefferson-Hotel sah merkwürdig schä-big und muffig aus – ein Förderungsverein stimmte im Speisesaal, den meine Erinnerung so lange Offizieren und Mädchen zugeeignet hatte, in Abständen Lieder an. Ich erkannte den Taxichauffeur wieder, der mich zu Ailies

Haus fuhr, doch sein »Natürlich erinnere ich mich, Leutnant« klang nicht sehr überzeugend. Ich war nur einer von zwanzigtausend.

Es waren sonderbare drei Tage. Ich glaube, etwas von Ailies erstem Jugendglanz muß den Weg alles Irdischen gegangen sein, aber ich kann das nicht mit Sicherheit sagen. Sie war physisch immer noch so anziehend, daß man gern die Persönlichkeit berührt hätte, die auf ihren Lippen zitterte. Nein – die Veränderung ging tiefer.

Ich sah sofort, daß sie sich jetzt anders gab. Die Töne des Stolzes, die Andeutungen, daß sie die Geheimnisse einer strahlenderen, schöneren Vorkriegszeit kannte, waren aus ihrer Stimme verschwunden; es war keine Zeit mehr dafür, als sie jetzt in der halb lachenden, halb verzweifelten neckischen Art des neueren Südens drauflosplapperte. Und alles wurde in dieses neckische Geplauder hineingestopft, damit nur ja keine Pause entstand und man keine Zeit zum Nachdenken hatte – die Gegenwart, die Zukunft, sie selbst, ich. Wir gingen zusammen zu einer Rowdy-Party im Hause eines jungen Ehepaares, und sie war der nervöse, strahlende Mittelpunkt des Festes. Schließlich war sie nicht mehr achtzehn, und sie war so anziehend wie nie zuvor in der Rolle des unbekümmerten Clowns.

»Hast du irgendwas von Earl Schoen gehört?« fragte ich sie am zweiten Abend, auf dem Weg zum Tanz im Landklub.

»Nein.« Sie war einen Augenblick lang ernst. »Ich denke oft an ihn. Er war der . . .« Sie zögerte.

»Sprich weiter.«

»Ich wollte sagen, der Mann, den ich am meisten liebte,

aber das stimmt ja nicht. Ich liebte ihn niemals wirklich, sonst hätte ich ihn trotz allem geheiratet, nicht wahr?« Sie sah mich fragend an. »Zumindest hätte ich ihn nicht so behandelt, wie ich es getan habe.«

»Es war unmöglich.«

»Natürlich«, pflichtete sie mir unsicher bei. Ihre Stimmung schlug um; sie wurde frivol: »Wie die Yankees uns arme kleine Mädchen aus dem Süden betrogen haben! Mein Gott!«

Als wir den Landklub betraten, tauchte sie wie ein Chamäleon in der Menschenmenge unter, die mir fremd war. Es war eine neue Generation auf der Tanzfläche, die weniger Würde hatte als jene, die ich gekannt hatte, aber niemand war so sehr ein Teil ihres trägen, fieberischen innersten Wesens wie Ailie. Möglicherweise hatte sie begriffen, daß sie in ihrer ursprünglichen Sehnsucht, der Provinzatmosphäre von Tarleton zu entfliehen, eine Einzelgängerin gewesen war – daß sie einer Generation folgte, deren Schicksal es war, keine Nachfolger zu haben. Wo sie die Schlacht verloren hatte, die hinter den weißen Säulen ihrer Terrasse geschlagen wurde, wußte ich nicht. Aber sie hatte sich verrechnet, hatte irgendwo falsch gesetzt. Ihre wilde Lebhaftigkeit, die selbst jetzt noch genug Männer anzog – selbst die jüngsten und frischesten Mädchen hatten nicht mehr Verehrer als sie –, war ein Eingeständnis ihrer Niederlage.

Ich verließ ihr Haus, wie ich es so oft in jenem entschwundenen Juni verlassen hatte, in einer Stimmung vager Unbefriedigung. Erst Stunden später, als ich mich in meinem Hotelbett hin und her wälzte, begriff ich, was los war, was immer mit mir los gewesen war – daß ich leidenschaftlich und unheilbar in sie verliebt war. Trotz aller Gegensätze zwischen uns war sie für mich immer noch das anziehendste Mädchen, das ich je gekannt hatte, und würde es stets bleiben. Ich sagte ihr das am nächsten Nachmittag. Es war einer jener heißen Tage, die ich so gut kannte, und Ailie saß neben mir in der abgedunkelten Bibliothek auf einer Couch.

»Nein, ich könnte dich nicht heiraten«, sagte sie beinahe erschreckt, »ich liebe dich doch gar nicht auf diese Weise . . . das habe ich nie getan. Und du liebst mich auch nicht. Ich wollte es dir eigentlich nicht jetzt erzählen – ich heirate nächsten Monat. Wir geben es nicht mal vorher bekannt, weil ich das schon zweimal getan habe.« Plötzlich fiel ihr ein, daß ich vielleicht verletzt sein mochte. »Andy, das war doch nur so ein Einfall von dir, nicht wahr? Du weißt doch, daß ich nie einen Mann aus dem Norden heiraten könnte.«

»Wer ist es?« fragte ich.

»Ein Mann aus Savannah.«

»Bist du verliebt in ihn?«

»Natürlich.« Wir lächelten beide. »Natürlich. Was willst du denn von mir hören?«

Es gab keine Zweifel, wie es sie in bezug auf andere Männer gegeben hatte. Sie konnte es sich nicht leisten, Zweifel zu haben. Ich wußte das, weil sie schon lange aufgehört hatte, mir irgend etwas vorzumachen. Ich begriff, daß sie deshalb so natürlich war, weil sie in mir keinen Bewerber sah. Unter der Maske des seinem Instinkt gehorchenden Vollbluts war sie sich stets über sich selbst im klaren gewesen, und sie konnte nicht glauben, daß jemand, der sie nicht kritiklos anbetete, sie wirklich lieben konnte. Das nannte sie »es aufrichtig meinen«; sie fühlte sich sicherer mit Männern wie Canby und Earl Schoen, die nicht imstande waren, Urteile über das scheinbar so aristokratische Herz zu fällen.

»Also gut«, sagte ich, als habe sie mich um die Erlaubnis gebeten, zu heiraten. »Würdest du mir einen Gefallen tun?«

»Alles.«

»Fahr mit mir zum Lager.«

»Aber da steht doch nichts mehr, mein Lieber.«

»Das ist mir egal.«

Wir gingen in die Stadt. Der Taxichauffeur vor dem Hotel wiederholte Ailies Einwand. »Da ist nichts mehr, Captain.«

»Macht nichts. Fahren Sie trotzdem hin.«

Zwanzig Minuten später hielt er auf einer weiten, fremd aussehenden Ebene, die mit neuen Baumwollfeldern übersät und durch einzelne Fichtengruppen gekennzeichnet war.

»Wollen Sie dort rüber, wo man den Rauch sieht?« fragte der Fahrer. »Das ist das neue Staatsgefängnis.«

»Nein. Fahren Sie nur diesen Weg entlang. Ich möchte die Stelle finden, wo ich mal gewohnt habe.«

Die verfallene Tribüne einer alten Rennstrecke, die in der großen Zeit des Lagers gar nicht aufgefallen war, erhob sich in der Einöde. Vergeblich versuchte ich mich zurechtzufinden.

»Fahren Sie diesen Weg weiter, bis hinter die Baumgruppe dort, und biegen Sie dann nach rechts ab – nein, nach links.«

Er gehorchte mit berufsmäßigem Widerwillen.

»Du findest dort gar nichts mehr, Lieber«, sagte Ailie. »Die Bauunternehmer haben alles abreißen lassen.«

Wir fuhren langsam an den Feldern entlang. Hier konnte es gewesen sein . . .

»Gut. Ich möchte aussteigen«, sagte ich plötzlich.

Ich ließ Ailie im Auto zurück. Sie sah sehr schön aus, als der warme Wind mit ihrem langen, lockigen Haar spielte.

Das da konnte die Kompaniestraße gewesen sein und dort, genau gegenüber, die Baracke der Offiziersmesse, wo wir an jenem Abend gegessen hatten.

Der Taxifahrer betrachtete mich nachsichtig, während ich hier und da in dem kniehohen Gestrüpp herumstolperte und in einer Schindel oder einem Stück Dachpappe oder einer rostigen Tomatenbüchse nach meiner Jugend suchte. Ich versuchte eine Baumgruppe anzuvisieren, die mir irgendwie bekannt vorkam, aber es wurde jetzt dunkler, und ich war mir nicht sicher, ob es die richtigen Bäume waren.

»Die alte Rennstrecke wird wieder hergerichtet«, rief Ailie vom Wagen her. »Tarleton wird ganz mondän auf seine alten Tage.«

Nein. Genauer betrachtet, waren es doch nicht die richtigen Bäume. Fest stand nur das eine: daß dieser Ort, einst so voller Leben und Bemühen, verschwunden war, als habe es ihn nie gegeben, und daß Ailie in einem Monat verschwunden sein würde und der Süden für immer leer für mich.

Majestät

Es ist nichts Außergewöhnliches, wenn Menschen sich im Lauf eines Lebens als schlechter oder besser erweisen, als wir es vorausgesagt hatten; zumal in Amerika muß man damit immer rechnen. Das Außergewöhnliche ist, wie Menschen ihr Niveau halten, ihrer Bestimmung nachkommen, als würden sie faktisch von einem unausweichlichen Schicksal emporgetragen.

Eine meiner Einbildungen ist, daß niemand mich je darin enttäuscht hat, seit ich achtzehn war und eine wirkliche Begabung von bloßen Taschenspielertricks unterscheiden konnte, und es scheint, daß selbst viele Blender, die ich einst gekannt habe, ganz offenkundig und erfolgreich Blender bis an ihr Lebensende bleiben.

Emily Castleton war in Harrisburg in einem mittelgroßen Haus geboren, kam mit sechzehn nach New York in ein großes Haus, ging auf die Brearley School, zog in ein riesiges Haus um, dann auf einen Landsitz bei Tuxedo Park, reiste ins Ausland, wo sie mehrere schicke Sachen machte und in alle Zeitungen kam. Schon in ihrem Debütantinnenjahr bezeichnete einer dieser französischen Künstler, die so maßgeblich über amerikanische *beautés* urteilen, sie mit elf anderen mehr oder minder bekannten Zelebritäten als eine der typischsten Amerikanerinnen. Zu der Zeit waren viele Männer mit ihm der gleichen Meinung.

Sie war nur mittelgroß, mit einem schönen, etwas großflächigen Gesicht, Augen von solch strahlender Bläue, daß es einem sofort auffiel, wenn man sie nur ansah, und einer Menge dicken blonden Haars – eine fesselnde Schönheit. Ihre Mutter und ihr Vater hatten nicht viel Ahnung von der neuen Welt, in der sie Fuß gefaßt hatten; so mußte Emily alles auf eigene Faust kennenlernen und wurde mehrmals in Situationen verwickelt, bei denen sie etwas von ihrem Schmelz einbüßte. Aber sie hatte noch genug davon. Es gab Verlobungen und halbe Verlobungen, kurzlebige Leidenschaften und dann mit zweiundzwanzig eine große Liebesaffäre, aus der sie verbittert hervorging und auf der Suche nach Glück die Kontinente durchstreifte. Sie wurde »künstlerisch«, wie die meisten reichen unverheirateten Mädchen in jenem Alter, weil künstlerische Menschen irgendein Geheimnis zu besitzen scheinen, ein inneres Refugium, eine Ausflucht. Aber die meisten ihrer Freundinnen waren jetzt verheiratet, und sie war für ihren Vater eine große Enttäuschung; so kam Emily mit vierundzwanzig, Heiratsgedanken im Kopf, wenn nicht im Herzen bewegend, nach Hause.

Es war ein Tiefpunkt in ihrer Laufbahn, und Emily wußte das. Sie hatte ihre Sache nicht gut gemacht. Sie war eins der populärsten, schönsten Mädchen ihrer Generation, mit Charme, Geld und einer Art von Nimbus, aber ihre Generation war bereits auf neuen Wegen. Auf den ersten freundlich herablassenden Wink einer ehemaligen Schulkameradin, jetzt eine junge »Matrone«, ging sie nach Newport und wurde von William Brevoort Blair erobert.

78

Sofort war sie wieder die unvergleichliche Emily Castleton. Der Geist jenes französischen Künstlers ging wieder in den Zeitungen um; das meistberedete Ereignis der wohlhabenden Schicht im Oktober war ihre Hochzeit.

Glanzpunkte einer Society-Hochzeit . . . Harold Castleton läßt eine Reihe von Fünftausend-Dollar-Pavillons errichten, die wie Zirkuszelte miteinander verbunden sind, in denen der Empfang, das Hochzeitsdinner und der Ball stattfinden sollen . . . Annähernd tausend Gäste, darunter viele Industriemagnaten, werden sich mit den Spitzen der Gesellschaft mischen . . . Die Hochzeitsgeschenke werden auf einen Wert von einer Viertelmillion Dollar geschätzt.

Eine Stunde vor dem Beginn der feierlichen Zeremonie in der St.-Bartholomew-Kirche saß Emily vor einem Toilettentisch und betrachtete ihr Gesicht im Spiegel. Sie war ihr Gesicht in diesem Augenblick ein wenig leid, und plötzlich bedrückte sie der Gedanke, daß es in den nächsten fünfzig Jahren mehr und mehr Pflege nötig haben würde.

»Ich sollte aber glücklich sein«, sagte sie laut, »doch es kommen mir nur traurige Gedanken.«

Ihre Cousine, Olive Mercy, die auf dem Bettrand saß, nickte. »Alle Bräute sind traurig.«

»Es ist so vergeudet«, sagte Emily.

Olive runzelte die Stirn.

»Was ist vergeudet? Frauen sind unvollständig, solange sie nicht verheiratet sind und Kinder haben.«

Einen Moment antwortete Emily nicht. Dann sagte sie langsam: »Ja, aber wessen Kinder?«

Olive, die Emily verehrte, haßte sie beinahe zum erstenmal in ihrem Leben. Kein Mädchen unter den Hochzeitsgästen, das nicht mit Freuden Brevoort Blair genommen hätte – darunter auch Olive.

»Du hast Glück«, sagte sie. »So viel Glück, wie du nicht einmal weißt. So wie du redest, verdientest du eine Tracht Prügel.«

»Ich werde ihn schon lieben lernen«, verkündete Emily scherzhaft. »Liebe kommt mit der Ehe. Aber ist das nicht eine höllische Aussicht?«

»Warum so krampfhaft unromantisch?«

»Im Gegenteil, ich bin die romantischste Person, der ich je im Leben begegnet bin. Weißt du, was ich denke, wenn er seine Arme um mich legt? Ich denke, daß, wenn ich aufblicke, ich in Garland Kanes Augen sehe.«

»Aber, wieso dann –«

»Als ich neulich in sein Flugzeug stieg, konnte ich nicht umhin, an Captain Marchbanks zu denken und den kleinen Zweisitzer, in dem wir über den Kanal flogen, wie es uns beiden das Herz brach und wir nie ein Wort darüber gesagt haben wegen seiner Frau. Ich trauere diesen Männern nicht nach; ich trauere nur um den Teil von mir, der in diese Gefühle einging. Ich habe nur noch die Abfälle, um sie Brevoort in einem rosaroten Papierkorb zu überreichen. Es hätte etwas mehr sein müssen; noch wenn ich mich am weitesten fortreißen ließ, dachte ich, ich könnte für den einen etwas aufheben. Aber offenbar ging das nicht.« Sie brach ab und fügte dann hinzu: »Und doch frage ich mich immer.«

Die Situation war zwar begreiflich, aber darum für Olive nicht weniger ärgerlich, und wenn ihre Stellung nicht die einer armen Verwandten gewesen wäre, hätte sie ihre Meinung gesagt. Emily war ganz schön verwöhnt – acht Jahre mit Männern hatten sie überzeugt, daß sie alle nicht gut genug für sie wären, und mit diesem Faktum, das sie vermutlich für wahr hielt, hatte sie sich abgefunden.

»Du bist nervös.« Olive bemühte sich, ihren Unwillen zu verbergen. »Warum legst du dich nicht für eine Stunde hin?«

»Ja«, antwortete Emily geistesabwesend.

Olive ging hinaus. In der unteren Diele stieß sie auf Brevoort Blair, der schon in einem Hochzeits-Cutaway steckte, sogar mit der weißen Nelke im Knopfloch, und in heller Aufregung war.

»Oh, entschuldige mich«, platzte er los. »Ich wollte zu Emily. Es ist wegen der Ringe – welchen, weißt du. Ich habe vier Ringe besorgt, und sie hat sich nie entscheiden können, und ich kann sie ihr doch nicht in der Kirche hinhalten, damit sie ihre Wahl trifft.«

»Ich weiß zufällig, daß sie den ganz aus Platin will. Wenn du sie aber trotzdem fragen willst –«

»Oh, vielen Dank. Ich möchte sie nicht stören.«

Sie standen dicht voreinander, und selbst in diesem Augenblick, als er für sie verloren war, endgültig vergeben, mußte Olive daran denken, wie ähnlich sie und Brevoort einander waren. Haar, Hautfarbe, Gesichtszüge – sie hätten Bruder und Schwester sein können – und sie waren von der gleichen schüchternen Ernsthaftigkeit, der gleichen schlichten Offenheit. All das ging ihr blitzartig durch den Kopf, zusammen mit dem Gedanken, daß die blonde, stürmische Emily mit ihrer Vitalität und ihrer breiten Gefühlsskala, alles in allem, in jeder Beziehung besser für ihn war; und dann wallte, trotz allem, Zärtlichkeit in ihr auf, rein physisches Erbarmen und Sehnen, und ihr schien, sie müsse nur einen halben Schritt vortreten, um sich in seinen weit ausgebreiteten Armen zu finden.

Stattdessen trat sie zurück, ließ ihn los, als hätte sie ihn noch mit ihren Fingerspitzen berührt, und zog dann auch die zurück. Vielleicht drang das leise Zittern ihrer Erregung bis in sein Bewußtsein, denn er sagte plötzlich:

»Wir werden gute Freunde bleiben, nicht wahr? Bitte, denk nicht, daß ich Emily dir wegnehme. Ich weiß, ich kann sie nicht besitzen – niemand könnte das – und ich will es auch nicht.«

Während er noch sprach, sagte sie ihm schweigend Lebewohl, dem einzigen Mann, den sie je in ihrem Leben begehrt hatte.

Sie liebte die zerstreute Unentschlossenheit, mit der er schließlich seinen Hut und Mantel fand und zuversichtlich an der falschen Seite der Tür nach der Klinke griff.

Als er fort war, ging sie in den überaus prächtigen Salon mit seinen gemalten Bacchanalen, den massiven Kerzenleuchtern und den Porträts aus dem achtzehnten Jahrhundert; es hätten Emilys Vorfahren sein können, waren es aber nicht, und gerade dadurch gehörten sie um so mehr zu ihr. Dort blieb sie, wie immer in Emilys Schatten.

Durch die Tür, die zu dem kleinen unbezahlbaren Fleckchen Gras der Sechzigsten Straße hinausführte, das jetzt rings von den Pavillons umgeben war, kam ihr Onkel, Mr. Harold Castleton. Er hatte seinen eigenen Champagner probiert.

»Olive, so hübsch und rein.« Gefühlvoll rief er aus: »Olive, meine Kleine, sie hat es geschafft. Sie war zu Höherem bestimmt; ich habe es schon immer gewußt. Die Guten schaffen es, nicht wahr – die wirklichen Vollblüter. Ich dachte schon, daß der Herr und ich, wir beide, ihr zu viel mitgegeben hätten und daß sie nie zufrieden sein würde, aber jetzt hat sie wieder Boden unter den Füßen, ganz wie ein« – er suchte vergebens nach einer passenden Metapher – »wie ein Vollblut, und es wird ihr hier nicht schlecht gefallen.« Er trat näher. »Du hast geweint, kleine Olive?«

»Nicht sehr.«

»Macht nichts«, sagte er großmütig. »Wenn ich nicht so glücklich wäre, würde ich auch weinen.«

Später, als sie mit zwei anderen Brautjungfern in den Wagen zur Kirche stieg, schien sich in dessen Vibrieren schon das feierliche Beben einer großen Hochzeit ankündigen zu wollen. Am Kirchenportal nahm die Orgel es auf, und später würde es in den Celli und Baßgeigen der Tanzmusik nachzittern, bis es schließlich mit dem Geräusch des Wagens erstarb, der Braut und Bräutigam davontrug.

Rund um die Kirche drängte sich die Menge, und noch drei Meter weit roch die Luft nach Parfum, nach sauberer Menschheit und nach neuen sauberen Kleidern. Über die Massen der Hüte in der Kirche hinweg sah man die beiden Familien zu beiden Seiten in den ersten Reihen sitzen. Die Blairs – mit leicht herablassenden Mienen, was ihnen, den angeheirateten wie auch den echten Blairs, eine gewisse Familienähnlichkeit gab – waren repräsentiert durch die Gardiner Blairs, Senior und Junior; Lady Mary Bowes Howard, geborene Blair; Mrs. Potter Blair; Mrs. Princeß Potowski Parr Blair, geborene Inchbit; Miß Gloria Blair, Master Gardiner Blair III und die teils reichen, teils ärmeren Nebenlinien der Smythe, Bickle, Diffendorfer und Hamn. Die Castletons auf der anderen Seite boten ein weniger eindrucksvolles Bild – Mr. Harold Castleton, Mr. und Mrs. Theodore Castleton und Kinder, Harold Castleton junior und, aus Harrisburg, Mr. Carl Mercy und zwei kleine alte Tanten mit Namen O'Keefe, die etwas verborgen in einer Ecke saßen. Man hatte die beiden Tanten zu ihrer nicht geringen Überraschung am Morgen in eine Limousine gepackt und sie in einem fashionablen Modesalon von Kopf bis Fuß neu einkleiden lassen.

In der Sakristei, wo die Brautjungfern mit ihren großen wippenden Hüten wie Vögel umherflatterten, wurde ein letztes Rouge aufgelegt und wurden noch Nadeln gesteckt, ehe Emily eintreffen konnte. Sie repräsentierten verschiedene Stadien von Emilys Leben – eine Schulkameradin aus Brearley, eine letzte unverheiratete Freundin aus dem Debütantinnen-Jahr, eine Reisebegleiterin aus Europa und das Mädchen, das sie in Newport besucht hatte, als sie Brevoort Blair begegnet war.

Letztere stand an der Tür und lauschte der Musik. »Sie haben Wakeman engagiert«, sagte sie. »Er spielte auch bei meiner Schwester, aber ich werde Wakeman nie bekommen.«

»Warum nicht?«

»Nun, er spielt das selbe Stück wieder und wieder – ›At Dawning‹. Er hat es schon ein halb Dutzend mal gespielt.«

In dem Moment öffnete sich eine andere Tür, und ein junger Mann schaute besorgt herein. »Bald fertig?« fragte er die nächststehende Brautjungfer. »Brevoort hat einen kleinen Wutanfall. Er steht nur da und zerknüllt einen Kragen nach dem anderen –«

»Nur mit der Ruhe«, antwortete die junge Dame. »Die Braut verspätet sich immer um ein paar Minuten.«

»Ein paar Minuten!« protestierte der Brautführer. »Das nenne ich nicht ein paar Minuten. Die werden da draußen schon unruhig und laufen durcheinander wie eine Menge im Straßenverkehr, und der Organist spielt schon eine halbe Stunde dasselbe Stück. Ich werde ihm sagen, er soll einen kleinen Jazz einlegen.«

»Wieviel Uhr ist es?« fragte Olive.

»Viertel nach fünf – zehn Minuten nach fünf.«

»Vielleicht hat es eine Verkehrsstockung gegeben.« Olive verstummte, als Mr. Harold Castleton, gefolgt von einem eifrigen Vikar, sich Einlaß verschaffte und nach einem Telefon verlangte.

Und jetzt tröpfelte es komisch von den vorderen Kirchenbänken zurück, erst einzeln nacheinander, dann zwei und zwei, bis die Sakristei von lauter Verwandtschaft und Konfusion voll war.

»Was ist passiert?«

»Was in aller Welt soll das?«

Ein Chauffeur kam herein und berichtete aufgeregt. Harold Castleton fluchte und bahnte sich mit flammend rotem Gesicht einen Weg zur Tür. Man versuchte, die Sakristei wieder freizumachen, und dann erhob sich, wie zum Ausgleich für diesen tröpfelnden Abgang, ein raunendes Gerede im Hintergrund der Kirche, pflanzte sich zum Altar hin fort, wurde lauter, schneller und erregter, schwoll an und ließ die Leute aufspringen, als wollten sie einen Aufruhr entfachen. Die Verkündigung vom Altar, daß die Trauung verschoben sei, wurde kaum noch gehört, denn mittlerweile wußte ein jeder, daß er Zeuge eines Schlagzeilen-Skandals war, daß man Brevoort Blair vergebens am Altar hatte warten lassen und daß Emily davongelaufen war.

II

Als Olive bei dem Haus der Castletons in der Sechzehnten Straße ankam, waren schon ein Dutzend Reporter da, deren Fragen sie in ihrer Benommenheit gar nicht hörte; sie wünschte verzweifelt, einen gewissen Mann, dem sie sich doch nicht nahen durfte, zu sehen und zu trösten, und als eine Art Ersatz suchte sie ihren Onkel Harold. Sie nahm den Weg ins Haus durch die zusammenhängenden Fünftausend-Dollar-Pavillons, wo Lieferanten und Servierer immer noch zwischen Platten mit Kaviar und Putenbrust und dem pyramidenartigen Hochzeitskuchen bei respektvoll gedämpftem Licht herumstanden und darauf warteten, daß etwas geschehe. Oben fand Olive ihren Onkel, der auf einem Stuhl vor Emilys Toilettentisch saß. Die vor ihm ausgebreiteten Make-up-Utensilien, dieses ringsum sichtbare Repertoire weiblicher Zurüstungen, machte seine denkbar unpassende Anwesenheit hier zu einem Symbol der verrückten Katastrophe.

»Oh, du bist es.« Er sagte das völlig teilnahmslos; er war in den zwei Stunden sichtlich gealtert. Olive legte den Arm um seine gebeugte Schulter.

»Es tut mir so entsetzlich leid, Onkel Harold.«

Plötzlich brach ein Strom von Flüchen aus ihm hervor, versiegte dann, und eine einzelne Träne rann langsam aus einem Auge.

»Ich will meinen Masseur haben«, sagte er. »Sag McGregor, er soll ihn holen.« Er tat einen tiefen gebrochenen Seufzer, wie ein Kind, nachdem es geweint hat, die Luft einzieht, und Olive sah, daß seine Ärmel von dem Toilettentisch ganz voll Puder waren, als hätte er sich weinend darübergelehnt und so seinen Kummer über den teuren Champagner abreagiert.

»Es kam ein Telegramm«, murmelte er. »Es liegt da irgendwo.« Und er fügte leise hinzu: »Von nun an bist *du* meine Tochter.«

»Oh, nein, das darfst du nicht sagen!«

Sie entfaltete das Telegramm und las:

schaffe den sprung nicht käme mir so oder so wie eine närrin vor aber dies ist der kürzere weg tut mir verdammt leid für dich EMILY

Nachdem Olive den Masseur bestellt und ein Dienstmädchen als Wache vor der Tür ihres Onkels postiert hatte, ging sie in die Bibliothek, wo ein verwirrter Sekretär am Telefon bemüht war, einem hartnäckigen Frager nichts zu sagen.

»Ich bin ganz außer mir, Miß Mercy«, rief er in schriller Verzweiflung. »Ich muß sagen, ich bin so aufgebracht, daß ich entsetzliche Kopfschmerzen habe. Schon seit einer halben Stunde war mir, als hörte ich Tanzmusik von da unten herauf.«

Dann merkte Olive plötzlich, daß auch sie nachgerade hysterisch wurde; in den Pausen des Straßenverkehrs drang klar und deutlich eine Melodie herauf:

»– *Is she fair*
Is she sweet
I don't care – cause
I can't compete –
Who's the –«

Sie lief rasch hinunter und durch den Salon, während die Musik in ihren Ohren lauter wurde. Im Eingang zu dem ersten Pavillon blieb sie wie angewurzelt stehen.

Zu den Klängen eines kleinen, aber zweifellos berufs-
mäßigen Orchesters bewegte sich ein Dutzend junger
Tanzpaare auf dem teppichbelegten Fußboden. An der
Bar in der Ecke standen noch mehr junge Männer, und ein
paar Angestellte der Lieferfirma waren eifrig dabei, Cocktails zu mixen und Champagnerflaschen zu öffnen.

»Harold!« rief sie befehlend einen der Tanzenden an.
»Harold!« Ein aufgeschossener junger Mann von achtzehn überließ seine Partnerin einem anderen und kam auf
sie zu.

»Hallo, Olive. Wie hat Vater es aufgenommen?«

»Harold, was in aller Welt –«

»Emily ist verrückt«, sagte er tröstend. »Ich hab's dir
immer gesagt, Emily sei verrückt. Verrückt wie ne Irre.
War sie immer schon.«

»Was soll das hier?«

»Das?« Er blickte sich unschuldig um. »Oh, das sind ein
paar Kommilitonen, die von Cambridge mit mir herüber-
gekommen sind!«

»Aber – *tanzen*!«

»Nun, ist doch keiner gestorben, oder? Ich dachte, wir
könnten ebensogut etwas von diesem –«

»Sag ihnen, sie sollen gehen«, sagte Olive.

»Warum? Was ist denn groß dabei? Diese Freunde
haben die ganze Reise von Cambridge –«

»Es gehört sich einfach nicht.«

»Aber die machen sich doch nichts draus, Olive. Die
Schwester von einem hat dasselbe gemacht – nur am Tag
danach statt am Tag davor. Viele machen das heutzutage.«

»Schick die Musik nach Hause, Harold«, sagte Olive
mit Entschiedenheit, »oder ich geh zu deinem Vater«.

Offenbar war er der Ansicht, daß keine Familie durch

eine Episode auf solch einem hohen Niveau an Würde verlieren könnte, dennoch fügte er sich widerstrebend. Der abgrundtief erschütterte Butler sorgte für das Wegschaffen des Champagners, und die jungen Leute, die etwas beleidigt waren, bewegten sich lässig hinaus in den toleranteren Abend. Allein mit dem Schatten – Emilys Schatten, der über dem Hause hing – ließ Olive sich im Salon nieder, um nachzudenken. Doch im gleichen Augenblick erschien der Butler in der Tür.

»Da ist Mr. Blair, Miß Olive.«

Sie sprang mit einem Ruck auf.

»Wen wünscht er zu sprechen?«

»Das hat er nicht gesagt. Er kam nur herein.«

»Sagen Sie ihm, daß ich hier bin.«

Er kam, eher geistesabwesend als deprimiert, herein und setzte sich auf einen Klavierschemel. Sie wollte sagen, »Komm. Leg deinen Kopf her, du Armer. Was liegt daran.« Aber auch ihr war zum Weinen zumute, und so sagte sie nichts.

»In drei Stunden«, sagte er ruhig. »können wir die Morgenzeitungen bekommen. Es gibt da einen Kiosk in der Neunundfünfzigsten Straße.«

»Das ist doch albern –« begann sie.

»Ich bin nicht oberflächlich«, unterbrach er sie, »dennoch gilt mein Hauptinteresse jetzt den Morgenblättern. Später findet dann in höflichem Schweigen ein Spießrutenlaufen zwischen Verwandten, Freunden und Geschäftspartnern statt. Die eigentliche Affäre bekümmert mich zu meiner eigenen Überraschung überhaupt nicht.«

»Ich würde mich um nichts von alledem bekümmern.«

»Fast bin ich ihr dankbar, daß sie es rechtzeitig getan hat.«

»Warum verreist du nicht?« Olive beugte sich eifrig vor. »Fahr doch nach Europa, bis Gras darüber gewachsen ist.«

»Gras gewachsen.« Er lachte. »Über solche Dinge wächst kein Gras. Ein leises Kichern wird mir für den Rest meines Lebens überallhin folgen.« Er stöhnte. »Onkel Hamilton ist direkt nach Park Row gefahren, um bei den Zeitungsredaktionen vorzusprechen. Er ist aus Virginia und war so unklug, einem Redakteur gegenüber das altmodische Wort ›Reitpeitsche‹ zu benutzen. *Die* Zeitung zu sehen, kann ich kaum erwarten.« Er brach ab. »Wie geht's Mr. Castleton?«

»Es wird ihn freuen, daß du gekommen bist, sich nach ihm zu erkundigen.«

»Deswegen kam ich nicht.« Er zögerte. »Ich kam, um dich etwas zu fragen. Ich möchte fragen, ob du mich morgen früh in Greenwich heiraten willst.«

Für eine Minute fiel Olive kopfüber aus allen Wolken; sie gab einen seltsamen kleinen Laut von sich, und der Mund blieb ihr offen stehen.

»Ich weiß, du magst mich«, fuhr er rasch fort. »Tatsächlich habe ich mir einmal eingebildet, du liebst mich ein bißchen, wenn du diese Anmaßung entschuldigst. Jedenfalls bist du einem Mädchen, das mich einst liebte, sehr ähnlich, und so könnte es doch sein –« Sein Gesicht war rot vor Verlegenheit, aber er kämpfte sich verbissen weiter durch. »Jedenfalls, ich habe dich mächtig gern, und welche Gefühle auch immer ich für Emily gehabt habe, sie sind, wenn ich so sagen darf, verflogen.«

Der Aufruhr in ihr dröhnte so laut, daß ihr schien, er müsse es hören.

»Du würdest mir einen sehr großen Gefallen tun«, fuhr

er fort. »Himmel, ich weiß doch, daß es ein bißchen verrückt klingt, aber was könnte verrückter sein als dieser ganze Nachmittag? Siehst du, wenn du mich heiratest, würden die Zeitungen die Sache ganz anders bringen; sie würden denken, daß Emily fortging, um uns nicht im Wege zu sein, und der Scherz ginge am Ende auf ihre Kosten.«

Tränen der Entrüstung traten in Olives Augen.

»Ich sollte dir ja eigentlich deinen verletzten Stolz zugutehalten, aber ist dir klar, daß dein Antrag eine Beleidigung ist?«

Sein Gesicht sank zusammen.

»Entschuldige«, sagte er nach einem Moment. »Ich glaube, ich war ein gräßlicher Narr, auch nur an so etwas zu denken, aber ein Mann erträgt es nicht, seine ganze Würde wegen der Laune eines Mädchens zu verlieren. Ich sehe ein, daß es unmöglich wäre. Verzeih mir.«

Er stand auf und nahm seinen Stock.

Jetzt war er schon halbwegs zur Tür, und Olive stieg das Herz in die Kehle; ein mächtiger unwiderstehlicher Selbsterhaltungstrieb wogte in ihr empor – schwemmte all ihre Skrupel und ihren Stolz hinweg. Seine Schritte tönten schon in der Halle.

»Brevoort!« rief sie. Sie sprang auf und rannte zur Tür. Er wandte sich um. »Brevoort, wie heißt doch die Zeitung – die, zu der dein Onkel gegangen ist?«

»Wieso?«

»Weil es für die noch nicht zu spät ist, ihre Story umzuschreiben, wenn ich sogleich anrufe! Ich werde sagen, wir hätten heute abend geheiratet!«

Es gibt eine Society in Paris, die lediglich eine heterogene Verlängerung der amerikanischen Society ist. Leute, die da hineingelangen, sind durch hundert Fäden mit dem Mutterland verbunden, und ihre Lustbarkeiten und Extratouren, ihre Aufschwünge und Niederlagen sind für Freunde und Verwandte in Southampton, Lake Forest oder Back Bay ein offenes Buch. So wurden bei Emilys früherem Europa-Aufenthalt ihre jeweiligen Stationen, mit denen sie dem Zug der kontinentalen Jahreszeiten folgte, öffentlich bekanntgemacht; aber von dem Tag an, einen Monat nach der nicht gefeierten Hochzeit, da sie von New York abreiste, verschwand sie völlig von der Bildfläche. Gelegentlich hörte man von einem Brief ihres Vaters, es gab gelegentlich Gerüchte, sie sei in Kairo, Konstantinopel oder in einem weniger besuchten Ort an der Riviera – das war alles.

Einmal, im Jahr darauf, besuchte Mr. Castleton sie in Paris, aber das Treffen führte, wie Olive erzählte, nur dazu, ihn noch mehr zu beunruhigen.

»Es war etwas um sie«, sagte er versonnen, »als wenn – ja, als wenn sie ganz hinten in ihrem Kopf eine Menge Dinge bewegte, an die ich nicht herankonnte. Sie war sehr nett zu mir, aber rein mechanisch und gewohnheitsmäßig – sie hat auch nach dir gefragt.«

Trotz ihres soliden Rückhalts in Gestalt eines drei Monate alten Babys und einer luxuriösen Wohnung an der Park Avenue fühlte Olive sich im Herzen unsicher und verzagt. »Was sagte sie?«

»Sie war über dich und Brevoort entzückt.« Und mit einer Enttäuschung, die er nicht verhehlen konnte, fügte er bei sich hinzu: »Und das, obwohl du die beste Partie in New York geschnappt hast, als sie sie ausschlug.« . . .

. . . Es war mehr als ein Jahr danach, als Mr. Castletons Sekretär sie anrief und fragte, ob Mr. Castleton sie beide noch heute abend sprechen könnte. Sie trafen den alten Mann in seiner Bibliothek, wo er erregt auf- und abschritt.

»So, da haben wir's«, erklärte er heftig. »Die Menschen wollen nicht stillhalten; niemand hält still. Es geht rauf oder runter in dieser Welt. Emily hat sich für letzteres entschieden. Sie scheint irgendwo auf dem Tiefpunkt zu sein. Habt ihr je von einem Mann gehört, der mir als« – er bezog sich auf einen Brief, den er in der Hand hielt – »als ein liederlicher Tunichtgut namens Petrocobesco beschrieben wird? Er nennt sich Prinz Gabriel Petrocobesco, offenbar von – von Nirgendwo. Der Brief kommt von Hallam, meinem europäischen Vertreter, und er enthält einen Zeitungsausschnitt aus dem *Matin*. Anscheinend ist dieser feine Herr von der Polizei aufgefordert worden, Paris zu verlassen, und in dem kleinen Gefolge, das mit ihm abreiste, befand sich eine Amerikanerin, Miß Castleton, von der es gerüchtweise heißt, sie sei die Tochter eines Millionärs. Die kleine Gesellschaft wurde von Gendarmen zum Bahnhof eskortiert.« Mit zitternder Hand reichte er Brevoort Blair Zeitungsausschnitt und Brief. »Was sagt ihr dazu? Emily – und dann so was!«

»Sieht nicht gut aus«, sagte Brevoort stirnrunzelnd.

»Es ist das Ende. Ich fand ihre Abhebungen in letzter Zeit reichlich hoch, aber ich dachte doch nicht, daß sie so einen unterstützen –«

»Womöglich ist es ein Mißverständnis«, meinte Olive. »Vielleicht ist es eine andere Miß Castleton.«

»Es ist Emily, kein Zweifel. Hallam hat sich erkundigt.

Es ist Emily, die sich scheute, in den angenehmen, sauberen Strom des Lebens einzutauchen, und die nun, am Ende, in der Gosse herumschwimmt.«

Schockartig und schneidend scharf empfand Olive plötzlich das Schicksal in seiner äußersten Gegensätzlichkeit. Sie hier mit einem Herrensitz in Westbury Hills, und Emily dort, in einen schändlichen Skandal mit einem deportierten Abenteurer verwickelt.

»Ich habe kein Recht, euch darum zu bitten«, fuhr Mr. Castleton fort. »Schon gar nicht, Brevoort um etwas im Zusammenhang mit Emily zu bitten. Aber ich bin zweiundsiebzig, und Fraser sagt, wenn ich mit der Kur weitere zwei Wochen aussetze, übernimmt er keine Verantwortung, und dann wäre Emily für immer allein. Ich möchte, daß ihr eure Auslandsreise um zwei Monate vorverlegt und hinüberfahrt und sie mir zurückbringt.«

»Aber glaubst du denn, wir hätten den nötigen Einfluß?« fragte Brevoort. »Ich habe keinen Grund anzunehmen, daß sie auf mich hören würde.«

»Es gibt niemand sonst. Wenn ihr nicht fahren könnt, werde ich hinmüssen.«

»Oh, nein«, sagte Brevoort rasch. »Wir werden tun, was wir können, nicht wahr, Olive?«

»Selbstverständlich.«

»Bringt sie zurück – ganz gleich wie – aber bringt sie zurück. Geht notfalls vor Gericht und beeidet, daß sie verrückt ist.«

»Schön, wir werden tun, was wir können.«

Nur zehn Tage nach dieser Unterredung sprachen die Brevoort Blairs bei Mr. Castletons Agenten in Paris vor, um sich nach weiteren Details zu erkundigen. Es gab sie in

Menge, aber sie waren unbefriedigend. Hallam hatte Petrocobesco in verschiedenen Lokalen gesehen – einen dicken kleinen Mann mit einem attraktiv schielenden Blick und einem unstillbaren Durst. Er war von irgendeiner obskuren Nationalität, hatte sich mehrere Jahre in Europa herumgetrieben und weiß-der-Himmel wovon gelebt – wahrscheinlich auf Kosten von Amerikanern, obwohl in letzter Zeit selbst die abseitigsten Kreise der internationalen Gesellschaft, wie Hallam zu wissen glaubte, sich ihm verschlossen hatten. Von Emily wußte Hallam sehr wenig zu berichten. Die beiden hatten sich, wie es hieß, vorige Woche in Berlin und gestern in Budapest aufgehalten. Es war anzunehmen, daß so ein unerwünschtes Subjekt wie Petrocobesco verpflichtet war, sich überall bei der Polizei zu melden, und Hallam empfahl den Blairs, diese Linie weiter zu verfolgen.

Achtundvierzig Stunden später suchten sie, in Begleitung des amerikanischen Vizekonsuls, den Polizeipräfekten in Budapest auf. Der Offizier redete in schnellem Ungarisch auf den Vizekonsul ein, der alsdann den Kern seiner Ausführungen wiedergab – die Blairs waren zu spät gekommen.

»Wo sind sie denn hin?«

»Er weiß es nicht. Er bekam Order, sie weiter abzuschieben, und sie sind gestern abend abgereist.«

Plötzlich schrieb der Präfekt etwas auf ein Stück Papier und händigte es mit einer knappen Bemerkung dem Vizekonsul aus.

»Er sagt, Sie sollten's hier versuchen.«

Brevoort blickte auf den Zettel.

»Nemesdéd – wo ist das?«

Wieder eine Unterhaltung im Eiltempo auf Ungarisch.

»Fünf Stunden von hier mit einem Lokalzug, der nur dienstags und freitags fährt. Heute ist Samstag.«

»Wir mieten ein Auto vom Hotel«, sagte Brevoort.

Nach dem Abendessen fuhren sie los. Es war eine rauhe nächtliche Fahrt quer durch die friedliche ungarische Ebene. Einmal wachte Olive aus einem unruhigen Schlummer auf, als Brevoort und der Chauffeur einen Reifen wechselten; dann noch einmal, als sie bei einem verschlammten Flüßchen anhielten, jenseits dessen man die verstreuten Lichter eines Städtchens sah. Zwei Soldaten in einer fremdartigen Uniform linsten in den Wagen; dann fuhren sie über eine Brücke und weiter durch eine enge gewundene Hauptstraße zu dem einzigen Gasthaus von Nemesdéd; die Hähne krähten schon, als sie auf die wenig einladenden Betten niedersanken.

Olive erwachte mit einem plötzlichen sicheren Gefühl, daß sie Emily aufgespürt hätten; und damit überkam sie auch jene alte Hilflosigkeit vor Emilys Launen; für einen Moment wurde längst Vergangenes und Emilys dominierende Rolle dabei wieder in ihr lebendig, und es erschien ihr fast wie eine Anmaßung, daß sie hier waren. Aber Brevoorts Zielstrebigkeit beruhigte sie und sie hatte wieder Zutrauen gefaßt, als sie hinuntergingen, wo sie einen Gastwirt trafen, der fließend Amerikanisch sprach, das er vor dem Krieg in Chicago gelernt hatte.

»Sie sind hier nicht mehr in Ungarn«, erklärte er. »Sie haben die Grenze nach Csetneki-Ratoth überschritten. Es ist nur ein kleines Land mit zwei Städten, dieser und der Hauptstadt. Von Amerikanern verlangen wir kein Visum.«

»Das ist wohl der Grund, warum sie hierher gekommen sind«, dachte Olive.

»Könnten Sie uns vielleicht einige Informationen über ausländische Besucher geben?« fragte Brevoort. »Wir sind auf der Suche nach einer amerikanischen Dame –« Er beschrieb Emily, ohne ihren mutmaßlichen Begleiter zu erwähnen; während er noch sprach, ging im Gesicht des Wirts eine sonderbare Veränderung vor.

»Lassen mich sehen Ihre Pässe«, sagte er, und dann: »Und warum wollen sehen die Dame?«

»Diese Dame hier ist ihre Cousine.«

Der Wirt zögerte einen Augenblick.

»Ich glaube, ich sie für Sie finden können«, sagte er.

Er rief den Portier; es folgten eilige Anweisungen in einem unverständlichen Idiom. Dann:

»Sie diesem Jungen folgen – er Sie hinführen.«

Sie wurden durch verschmutzte Straßen zu einem halbverfallenen Haus am Rande der Stadt geführt. Ein Mann mit einer Jagdflinte, der draußen herumlungerte, richtete sich auf und fuhr den Jungen scharf an, aber nach dem Austausch einiger Phrasen durften sie passieren, gingen die Treppe hinauf und klopften an eine Tür. Sie öffnete sich ein wenig, und ein Kopf lugte um die Ecke; der Portier sprach wieder, und sie gingen hinein.

Sie standen in einem großen schmutzigen Zimmer, wie man es in einer ärmlichen Fremdenpension in jedem Winkel der westlichen Welt hätte antreffen können – abgeblaßte Wände, zerschlissene Polster, ein unförmiges Bett und eine Luft, die trotz der Kahlheit des Zimmers nach einem in Staubkringeln und abgewetzten Stellen sich abzeichnenden, geisterhaften Meublement des vorigen Jahrzehnts roch. In der Mitte des Zimmers stand ein kleiner beleibter Mann mit verhangenen Augen und einer vorspringenden Nase über einem verwöhnten Kußmündchen; er starrte ihnen gespannt entgegen, als sie eintraten, und wandte sich dann mit einem einzigen angewiderten »Chut!« von ihnen ab. Es waren noch mehrere andere Leute im Zimmer, aber Brevoort und Olive sahen nur Emily, die mit halbgeschlossenen Augen in einem Liegesessel ruhte.

Beim Anblick der beiden öffneten sich die Augen in leichtem Erstaunen; sie machte eine Bewegung, als wollte sie aufspringen, hielt aber stattdessen nur ihre Hand hin, lächelte und sagte ihre Namen in klarem höflichem Ton, weniger als Begrüßung, sondern gewissermaßen um den anderen ihr Erscheinen hier zu erklären. Beim Klang der Namen bequemte sich das Gesicht des kleinen Mannes widerwillig zu einem freundlicheren Ausdruck.

Die beiden Mädchen küßten sich.

»Tütü!« sagte Emily, wie um ihn zur Ordnung zu rufen – »Prinz Petrocobesco, erlauben Sie mir, Ihnen meine Cousine Mrs. Blair und Mr. Blair vorzustellen.«

»*Plaisir*«, sagte Petrocobesco. Er und Emily wechselten einen raschen Blick, worauf er sagte: »Wollen Sie nicht Platz nehmen?« und setzte sich prompt auf den einzigen verfügbaren Stuhl, als spielten sie Reise nach Jerusalem.

»*Plaisir*«, wiederholte er. Olive setzte sich auf das Fußende von Emilys Chaiselongue, und Brevoort holte sich einen Stuhl, der an der Wand stand, und bemerkte dabei die anderen Anwesenden. Da war ein besonders grimmiger junger Mann in einem Cape, der mit verschränkten Armen und blitzenden Zähnen bei der Tür stand, und zwei zerlumpte bärtige Männer, der eine mit einem Revolver in der Hand, der andere resigniert mit gesenktem Kopf, die beide nebeneinander in der Ecke saßen.

»Sie schon lange hier?« fragte der Prinz.

»Erst seit heute morgen.«

Für einen Moment konnte Olive nicht umhin, die beiden miteinander zu vergleichen: den großen gutaussehenden Amerikaner und den unsympathischen Südeuropäer, der wohl kaum als Kandidat für Ellis Island in Frage gekommen wäre. Dann blickte sie auf Emily – das gleiche dicke blonde, gleichsam durchsonnte Haar, die Augen, die an ein bewegtes Meer denken ließen. Ihr Gesicht war leicht verhärtet, da waren schwache neue Linien um ihren Mund, aber es war die Emily von einst – dominierend, blendend, reich an Möglichkeiten. Es war eine Schande, bei soviel Schönheit und Charakter in einer miesen Herberge am Ende der Welt zu landen.

Der Mann in dem Cape antwortete auf ein Klopfen an der Tür und händigte Petrocobesco eine schriftliche Nachricht aus, der sie las, wieder »*Chut!*« rief und sie Emily weiterreichte.

»Du siehst, es gibt keine Kaleschen«, sagte er bekümmert auf Französisch. »Sie wurden alle zerstört – bis auf eine, und die ist im Museum. Auf alle Fälle, ich will ein Pferd.«

»Nein«, sagte Emily.

»Doch, doch, doch!« brüllte er. »Wen geht es etwas an, wie ich gehe?«

»Mach hier keine Szene, Tütü.«

»Szene!« Er schäumte. »Szene!«

Emily wandte sich an Olive: »Ihr seid per Automobil gekommen?«

»Ja.«

»Ein großes Luxus-Auto? Mit einem Verdeck zum Aufklappen?«

»Ja.«

»Hier«, sagte Emily zum Prinzen. »Wir können das Wappen an den Seiten aufmalen lassen.«

»Moment mal«, sagte Brevoort. »Dieses Auto gehört einem Hotel in Budapest.«

Emily hörte offenbar gar nicht hin.

»Janierka könnte das machen«, fuhr sie nachdenklich fort.

An diesem Punkt gab es eine neue Unterbrechung. Der kümmerliche Mann in der Ecke sprang plötzlich auf und machte Anstalten, zur Tür zu rennen, worauf der andere Mann den Revolver hob und ihn mit dessen dickem Ende auf den Kopf schlug. Der Mann taumelte und wäre zusammengesackt, hätte sein Angreifer ihn nicht zu dem Stuhl zurückgeschleppt, wo er wie betäubt sitzen blieb, während ein träges Rinnsal von Blut auf seiner Stirn erschien.

»Dreckiges Stadtschwein! Gemeiner, dreckiger Spion!« rief Petrocobesco mit zusammengebissenen Zähnen.

»Gerade solche Ausdrücke solltest du nicht in den Mund nehmen«, sagte Emily scharf.

»Warum hören wir denn nichts?« rief er. »Sollen wir ewig in diesem Schweinestall sitzen?«

Ohne ihn zu beachten, wandte Emily sich an Olive und begann, sie ganz konventionell über New York auszufragen. War die Prohibition überhaupt noch ein Erfolg? Welche neuen Stücke gab es? Olive bemühte sich, zu antworten und gleichzeitig Brevoort ein Zeichen zu geben. Je eher sie auf ihr Ziel zu sprechen kämen, desto eher könnten sie Emily hier wegholen.

»Könnten wir dich einmal allein sprechen, Emily?« fragte Brevoort unvermittelt.

»Nun, im Augenblick verfügen wir über keinen anderen Raum.«

Petrocobesco hatte den Mann in dem Cape in eine erregte Unterhaltung gezogen, und Brevoort machte sich das zunutze und sprach in gehetztem leisem Ton zu Emily:

»Emily, dein Vater wird zusehends älter; er braucht dich zuhause. Er möchte, daß du dieses wahnwitzige Leben aufgibst und nach Amerika zurückkommst. Er schickt uns, weil er nicht selbst kommen kann und weil niemand sonst dich gut genug –«

Sie lachte. »Du meinst, die Ungeheuerlichkeiten kennt, zu denen ich fähig war.«

»Nein«, warf Olive rasch dazwischen. »Sich so um dich sorgte wie wir. Ich kann dir nicht sagen, wie schrecklich es ist, dich so in der Welt herumvagabundieren zu sehen.«

»Aber wir vagabundieren gar nicht mehr«, erklärte Emily. »Dies hier ist Tütüs Vaterland.«

»Wo ist dein Stolz geblieben, Emily?« sagte Olive ungeduldig. »Weißt du, daß diese Affäre in Paris in den Zeitungen gestanden hat? Was glaubst du, wie die Leute zuhause darüber denken?«

»Diese Sache in Paris war eine grobe Beleidigung.« Emilys blaue Augen schossen Blitze. »Dafür wird jemand in Paris schwer bezahlen müssen.«

»Es wird doch überall dasselbe sein. Du sinkst nur immer tiefer, wirst in den Schlamm gezogen und eines Tages ganz verlassen –«

»Bitte hör auf!« Emilys Ton war von eisiger Kälte. »Ich glaube, du verstehst nicht recht –«

Emily brach ab, als Petrocobesco zurückkam, sich in

seinen Sessel warf und das Gesicht in beiden Händen verbarg.

»Ich halte das nicht aus«, flüsterte er. »Wärst du so gut, mir den Puls zu fühlen? Ich glaube, er ist schlecht. Hast du das Thermometer in deiner Handtasche?«

Schweigend hielt sie für kurze Zeit sein Handgelenk.

»Er ist in Ordnung, Tütü.« Ihre Stimme war jetzt ganz weich, fast gurrend. »Richte dich auf. Sei ein Mann.«

»Schon recht.«

Er kreuzte die Beine, als wenn nichts geschehen sei, und wandte sich unvermittelt an Brevoort:

»Wie stehen die Finanzen in New York?« fragte er.

Aber Brevoort war nicht in der Stimmung, diese absurde Szene noch fortzusetzen. Ihn übermannte die Erinnerung an eine gewisse fürchterliche Stunde vor drei Jahren. Er war nicht der Mann, sich ein zweites Mal zum Narren machen zu lassen, und sein Kinn straffte sich, indem er aufstand.

»Emily, hol deine Sachen«, sagte er kurz und knapp. »Wir fahren nach Hause.«

Emily rührte sich nicht; ein Ausdruck von Erstaunen, das in Erheiterung überging, legte sich über ihr Gesicht. Olive legte den Arm um ihre Schulter.

»Komm, meine Liebe. Verlassen wir diesen Alptraum.«

Und Brevoort sagte: »Wir warten.«

Plötzlich sprach Petrocobesco zu dem Mann in dem Cape, der daraufhin nähertrat und Brevoort beim Arm packte. Brevoort schüttelte ihn wütend ab, worauf der Mann zurücktrat und an seinem Gürtel fingerte.

»Nein!« rief Emily in befehlendem Ton.

Wieder einmal gab es eine Unterbrechung. Die Tür öffnete sich ohne vorheriges Klopfen und zwei beleibte

Männer in Gehrock und Zylinder kamen eilends herein und auf Petrocobesco zu. Sie grinsten, klopften ihm auf die Schulter und schwatzten in einer fremden Sprache, und jetzt lächelte auch er, klopfte sie auf die Schulter, und sie küßten sich reihum; dann sprach Petrocobesco, zu Emily gewandt, auf französisch.

»Es ist alles gut«, sagte er freudig erregt. »Sie haben die Frage nicht einmal diskutiert. Ich bekomme den Titel eines Königs.«

Mit einem langen Seufzer sank Emily in ihren Sessel zurück und ihre Lippen öffneten sich zu einem entspannten, ruhigen Lächeln.

»Ausgezeichnet, Tütü. Wir werden heiraten.«

»Oh, Himmel, was ein Glück!« Er klatschte in die Hände und blickte schwärmerisch zu der abgeblaßten Decke empor. »Was ein ungeheures Glück!« Er fiel neben ihr auf die Knie und küßte ihren Arm auf der Innenseite.

»Was soll das alles mit König und so?« fragte Brevoort. »Ist das hier – ist er ein König?«

»Er ist ein König. Nicht wahr, Tütü?« Emilys Hand strich zart über sein pomadisiertes Haar, und Olive sah, daß ihre Augen ungewöhnlich hell strahlten.

»Ich bin dein Gemahl«, rief Tütü weinerlich. »Der Glücklichste von allen Lebenden.«

»Sein Onkel war vor dem Kriege Prinz von Csetneki-Ratoth«, erläuterte Emily mit vor Zufriedenheit singender Stimme. »Seitdem war es eine Republik, aber die Bauernpartei stimmte für einen Wechsel, und Tütü war der nächste in der Erblinie. Nur, ich habe ihn nicht heiraten wollen, ehe er nicht darauf bestand, König anstatt Prinz zu sein.«

Brevoort strich sich mit der Hand über die feuchte Stirn.

»Willst du sagen, daß es sich tatsächlich so verhält?«

Emily nickte. »Die Versammlung hat heute morgen abgestimmt. Und wenn ihr uns dieses Luxusding von Limousine leiht, worin ihr gekommen seid, dann werden wir heute nachmittag unseren feierlichen Einzug in die Hauptstadt halten.«

IV

Mehr als zwei Jahre danach standen Mr. und Mrs. Brevoort Blair mit ihren zwei Kindern auf einem Balkon des Carlton Hotels in London, von dem man, laut Empfehlung der Hotelleitung, einen besonders guten Blick auf vorbeifahrende königliche Prozessionen hatte. Diese hier begann mit einer Trompetenfanfare unten vom Strand her, und dann kam eine Abteilung roter Horse Guards in Sicht.

»Aber, Mummy«, wollte der kleine Junge wissen, »ist Tante Emily Königin von England?«

»Nein, Liebling, sie ist Königin von einem winzig kleinen Land, aber wenn sie hier einen Besuch macht, fährt sie in der Karosse der Königin.«

»Oh.«

»Dank den Magnesium-Vorkommen«, sagte Brevoort trocken.

»War sie eine Prinzessin, ehe sie Königin wurde?« fragte das Töchterchen.

»Nein, Liebling, sie war eine Amerikanerin und dann schaffte sie es, Königin zu werden.«

»Wieso?«

»Weil nichts anderes für sie gut genug war«, sagte ihr Vater. »Denk nur, einst hätte sie mich heiraten können. Was würdest du lieber wollen – mich heiraten oder eine Königin sein?«

Die Kleine zögerte.

»Dich heiraten«, sagte sie dann höflich, aber nicht sehr überzeugt.

»Genug davon, Brevoort«, sagte Olive. »Da kommen sie.«

»Ich sehe sie!« rief der kleine Junge.

Die Kavalkade bewegte sich durch die menschenumsäumte Straße. Es kamen noch mehr Horse Guards, eine Abteilung Dragoner, Vorreiter, und dann mußte Olive den Atem anhalten und sich an das Balkongitter klammern, als zwischen einer doppelten Reihe von Beefeaters zwei rot-goldene Kutschen vorbeirollten. In der ersten saßen die königlichen Herrscher, deren Uniformen von Ordensbändern, Kreuzen und Sternen nur so starrten, und in der zweiten ihre königlichen Gemahlinnen, die eine alt und die andere jung. Um die ganze Szene war der Glanz, den das alte Empire mit seinen Schiffen und Zeremoniells, seinem Pomp und seinen Symbolen über die halbe Welt ausgestrahlt hat; und die Menge spürte das, und ein leises Raunen pflanzte sich vor den Kaleschen fort und schwoll dann zu einem starken anhaltenden Jubel an. Die beiden Ladies neigten den Kopf nach rechts und links, und obwohl nur wenige wußten, wer die andere Königin war, jubelte man auch ihr zu. In einer Minute rollte das prächtige Schauspiel unter dem Balkon vorbei und weiter außer Sicht.

Als Olive sich vom Fenster umwandte, hatte sie Tränen in den Augen.

»Ich frage mich, ob ihr das gefällt, Brevoort. Ob sie wirklich mit diesem gräßlichen kleinen Mann glücklich ist.«

»Nun, sie hat erreicht, was sie sich wünschte, oder etwa nicht? Und das ist schon etwas.«

Olive tat einen langen Atemzug.

»Oh, sie ist wunderbar«, rief sie – »so wunderbar! Das war sie immer für mich, noch wenn ich die größte Wut auf sie hatte.«

»Es ist alles so albern«, sagte Brevoort.

»Schon möglich«, antwortete Olives Mund. Aber ihr Herz, von hilfloser Verehrung getragen, folgte ihrer Cousine über eine halbe Meile hinweg durch die Tore des Palasts.

Die rauhe Überfahrt

I

Wenn man einmal auf den langen überdachten Piers angelangt ist, dann ist man in einem gespenstischen Land, nicht mehr hier und noch nicht dort. Vor allem nachts. Es ist da ein dunstiges gelbes Gewölbe, erfüllt von brüllenden widerhallenden Stimmen. Es ist da das Rattern von Lastwagen, das harte Aufsetzen von Reisekisten, das kreischende Geräusch eines Kranes und der erste Salzgeruch des Meeres. Man eilt da entlang, obgleich man genug Zeit hat. Die Vergangenheit, der Kontinent liegt hinter einem; die Zukunft liegt in dieser hell leuchtenden Öffnung im Bauch des Schiffes; das matt erleuchtete Durcheinander dieses Ganges ist allzu wirre Gegenwart.

Oben auf Deck bietet die Welt wieder einen geordneteren Anblick, sie wird enger. Man ist Bürger eines Reiches, das kleiner ist als Andorra. Man kann keiner Sache mehr sicher sein. Merkwürdig unbewegt die Männer im Zahlmeisterskontor, die Kabine wie eine Zelle, abschätzig die Augen der Reisenden und ihrer Freunde, würdig und steif der Offizier, der auf dem menschenleeren Promenadendeck steht und sich seine eigenen Gedanken macht, während er auf die Menschenmenge unter sich schaut. Zuletzt noch ein absonderlicher Gedanke: Man hätte ja gar nicht zu kommen brauchen – dann die lauten, klagenden Dampfpfeifen, und die ganze Sache – gewiß nicht das Schiff, vielmehr ein Menschheitsgedanke, ein geistiges Konzept – drängt vorwärts in die große dunkle Nacht.

Adrian Smith, eine der Berühmtheiten, die an Bord waren – keine sehr große Berühmtheit, aber doch wichtig genug, um in das Blitzlicht eines Fotografen getaucht zu werden, der seinen Namen gehört hatte, aber nicht genau wußte, was sein Objekt »machte« – Adrian Smith also und seine blonde Frau Eva gingen hinauf zum Promenadendeck, vorbei an dem melancholischen Offizier; sie fanden einen stillen Aussichtserker und stützten sich mit den Ellenbogen aufs Geländer.

»Wir fahren!« rief er jetzt, und sie lachten beide überglücklich. »Wir sind entkommen. Jetzt kriegen sie uns nicht mehr.«

»Wer denn?«

Er machte eine unbestimmte Handbewegung in Richtung auf das funkelnde Menschengebilde.

»Die ganzen Leute dort. Da werden sie ankommen mit ihren Haftbefehlen und Durchsuchungsbefehlen und dem Verzeichnis der Verbrechen, die wir begangen haben, und läuten an unserer Tür an der Park Avenue und fragen nach den Adrian Smiths, aber ätsch! die Adrian Smiths und ihre Kinder und Mädchen sind abgereist, nach Frankreich.«

»So wie du redest, glaube ich allmählich, daß wir wirklich was verbrochen haben.«

»Sie bekommen *dich* nicht«, sagte er stirnrunzelnd. »Das ist schon mal das eine, was sie von mir wollten – sie wissen, ich habe kein Recht auf einen Menschen wie dich, und sie sind wütend. Schon deshalb bin ich froh, daß wir weg sind.«

»Liebling«, sagte Eva.

Sie war sechsundzwanzig – fünf Jahre jünger als er. Sie war ein Juwel für jeden, der sie kannte.

»Mir gefällt dieses Schiff besser als die *Majestic* oder die *Aquitania*«, erklärte sie; sie zeigte keinerlei Loyalität gegen die Schiffe ihrer Flitterwochen.

»Es ist viel kleiner.«

»Aber es ist sehr elegant und es hat all die kleinen Läden entlang der Korridore. Und ich finde, die Kabinen sind größer.«

»Die Leute sind sehr förmlich – hast du's auch gemerkt? So als meinten sie, alle anderen seien Falschspieler. Und in ungefähr vier Tagen wird die Hälfte von ihnen die andere Hälfte duzen.«

Nun kamen vier Leute vorbei – ein Quartett junger Mädchen, die nebeneinander gingen und auf dem Deck einen Rundgang machten. Im Vorübergehen richteten sich alle acht Augen auf Adrian und Eva und schweiften automatisch wieder fort, außer einem Augenpaar, das einen Moment lang, mit plötzlicher Aufmerksamkeit, auf ihnen ruhte. Es gehörte zu einem der mittleren Mädchen, das von den vieren der einzige Passagier war. Sie war nicht mehr als achtzehn – eine kleine dunkle Schönheit mit zartem gläsernem Glanz, wie man ihn bei Brünetten an Stelle des Strahlenscheines einer Blondine findet.

»Wer ist denn das?« überlegte Adrian. »Die habe ich doch schon mal gesehen.«

»Sie ist hübsch«, sagte Eva.

»Ja.« Er überlegte noch ein bißchen, und Eva überließ ihn einen Augenblick seiner Zerstreutheit; dann lächelte sie ihn wieder von unten her an und holte ihn wieder in ihre private Welt.

»Erzähl mir noch was«, sagte sie.

»Worüber?«

»Über uns – wie gut es uns gehen wird, und wieviel besser und glücklicher wir sein werden, und immer eng zusammen.«

»Wie können wir noch näher sein?« Sein Arm zog sie an sich.

»Aber ich meine, daß wir überhaupt nicht mehr über dumme Sachen herumstreiten werden. Weißt du, ich habe mich fest entschlossen, als du mir letzte Woche mein Geburtstagsgeschenk gegeben hast« – ihre Finger streichelten über die edlen Zuchtperlen an ihrem Hals – »daß ich nie wieder etwas Böses zu dir sagen wollte.«

»Hast du doch auch nie getan, mein Schätzchen.«

Aber jetzt, noch während er sie an sich drückte, wußte sie, daß der Augenblick äußerster Einsamkeit vorübergegangen war, kaum daß er begonnen hatte. Schon waren seine Fühler ausgestreckt und beschäftigten sich mit dieser neuen Welt.

»Die meisten dieser Leute sehen ziemlich schlimm aus«, sagte er – »klein und schwärzlich und häßlich. Früher haben Amerikaner nicht so ausgesehen.«

Sie stimmte ihm bei. »Sie sehen trostlos aus. Wir wollen keinen kennenlernen, bloß unter uns bleiben, wir beide.«

Ein Gong wurde jetzt geschlagen, und Stewards riefen zu den Decks hinunter, »Besucher an Land, bitte!«; die Stimmen schwollen zu einem kreischenden Chor. Eine Zeitlang drängte es sich auf den Laufplanken; dann waren sie leer, und die Menge puffte und stieß sich hinter der Sperre, man winkte und rief unverständliche Worte und trug ein freundliches Lächeln zur Schau. Als die Schauerleute anfingen, an den Tauen zu hantieren, erschien in großer Eile ein plattgesichtiger, etwas wirrer junger

Mann, und ein Dienstmann und ein Taxifahrer halfen ihm den Laufsteg hinauf. Nachdem das Schiff ihn so gleichgültig verschluckt hatte, als ob er ein nach Beirut reisender Missionar wäre, setzte ein leises, mächtiges Zittern ein. Das Pier mit seinen Gesichtern fing an vorbeizugleiten, und einen Augenblick lang war das Schiff nur ein Stück, das sich zufällig davon abgelöst hatte; dann wurden die Gesichter ferner, stimmlos, und der Pier war nur noch einer unter vielen verwaschenen gelben Flecken am Ufer. Nun verschmolz der Hafen schnell mit dem Meer.

Auf einem nördlichen Breitengrad entstand ein Hurrikan und zog nach Süden; ein starker Westwind ging ihm voraus. Auf seiner Bahn würde er die *Peter I. Eudim* aus Amsterdam im Meer versenken, und mit ihr 66 Mann Besatzung, er würde auf dem größten Schiff der Welt einen Mast umknicken und den Frauen vieler hundert Seeleute Not und Schmerz bereiten. Unser Dampfer, der New York am Sonntagabend verließ, sollte die Sturmzone am Dienstag erreichen und am späten Mittwoch abend in den Hurrikan geraten.

II

Am Dienstag abend suchten Adrian und Eva zum ersten Mal den Rauchsalon auf. Das entsprach zwar nicht ihren Vorsätzen – nachdem sie Amerika hinter sich gelassen hatten, wollten sie »nie wieder einen Cocktail sehen« –, aber sie hatten die stampfende Schiffseinsamkeit vergessen, und die Bar war hier der Mittelpunkt des Lebens. Also gingen sie für eine Minute hinein.

Es war voll. Einige waren hier seit dem Mittagessen,

andere würden hier bis zum Abendessen sein, nicht zu reden von den wenigen Aufrechten, die sich schon seit neun Uhr morgens hier aufhielten. Eine gutbetuchte Versammlung, die sich hier beim Bridge entspannte, beim Solitaire, bei Krimis und Alkohol, Debatten und Liebschaften. Bis dahin hätte man dasselbe im Club- oder Kasino-Leben in jedem Land finden können, aber hier war das alles von einer unterdrückten Nervosität durchsetzt, von einer kaum verdeckten Ungeduld, die alt und jung gleichermaßen ergriff. Die Reise hatte angefangen, und den Anfang hatten sie genossen, aber die Vorstellung war für die Zeit von sechs Tagen nicht abwechslungsreich genug, und schon wünschten sie, es wäre vorbei.

An einem Tisch in der Nähe sah Adrian das hübsche Mädchen, das ihn am ersten Abend auf Deck angestarrt hatte. Von neuem fesselte ihn ihr reizendes Aussehen; nichts stumpfte den leuchtenden Glanz ab, der durch das verrauchte Durcheinander des Raumes schimmerte. Er und Eva hatten aus der Passagierliste geschlossen, daß sie wahrscheinlich »Miß Elisabeth D'Amido und Bediente« war, und er hatte gehört, wie man sie Betsy nannte, als er mal beim Deck-Tennis vorbeigekommen war. Zu den jungen Leuten in ihrer Gesellschaft gehörte auch der plattnasige Jüngling, der am Abend ihrer Abreise im letzten Augenblick an Bord gekommen war; gestern war er mißmutig auf Deck herumspaziert, aber offensichtlich lebte er jetzt auf. Miß D'Amido flüsterte ihm etwas zu, und er schaute mit neugierigen Blicken zu den Smiths herüber. Adrian war als Berühmtheit noch ein Neuling, er merkte es gleich und schaute weg.

»Das Schiff schaukelt ein bißchen. Merkst du es?« fragte

Eva. »Am besten, wir trinken mal einen Liter Champagner zusammen.«

Während er bestellte, fand an dem anderen Tisch eine rasche Unterhaltung statt; nun stand ein junger Mann auf und kam zu ihnen herüber.

»Sind Sie nicht Mr. Adrian Smith?«

»Doch.«

»Wir haben uns überlegt, ob Sie nicht bei der Deck-Tennis-Meisterschaft mitmachen könnten. Wir wollen eine Deck-Tennis-Meisterschaft veranstalten.«

»Also –« Adrian zögerte.

»Ich heiße Stacomb«, platzte der junge Mann heraus. »Wir kennen alle Ihre – Ihre Stücke, oder was es ist, die ganzen Sachen – und wir dachten, ob Sie vielleicht zu unserem Tisch rüberkommen könnten.«

Adrian war etwas überrumpelt und lachte; Mr. Stacomb wartete, lässig, sanft, leicht gebeugt; offensichtlich meinte er, ein sehr elegantes Kompliment von sich gegeben zu haben.

Adrian begriff das auch und erwiderte: »Danke, aber vielleicht kommen Sie besser hier rüber.«

»Wir haben einen größeren Tisch.«

»Aber wir sind älter, und eher – ruhiger.«

Der junge Mann lachte freundlich, als wollte er sagen »Macht nichts«.

»Also Sie können mich eintragen«, sagte Adrian. »Was muß ich zahlen?«

»n Dollar. Sie können mich Stac nennen.«

»Warum?« fragte Adrian erschreckt.

»Is kürzer.«

Als er fort war, lächelten sie breit.

»Himmel«, stöhnte Eva, »Ich glaube, sie kommen rüber.«

Sie kamen. Unter gewaltigem Gläser-Austrinken, Kellner-Rufen, Stühlerücken machten sich drei junge Männer und zwei Mädchen auf den Weg zu Smiths Tisch. Wenn jemand schüchtern war, dann die Gastgeber. Die neu Hinzugekommenen jedenfalls setzten sich voller Eifer dazu; sie betrachteten Adrian respektvoll – vielleicht zu respektvoll –, als wollten sie sagen: »Wahrscheinlich war's ein Fehler und es macht vielleicht keinen Spaß, aber vielleicht bringt es uns was, was uns im späteren Leben hilft, wie im College.«

Einen Augenblick später tauschte Miß D'Amido den Platz mit einem der Männer; die strahlende Gestalt saß nun an Adrians Seite und schaute ihn mit offener Bewunderung an.

»Den Augenblick, als ich Sie sah, hab ich mich in Sie verliebt«, sagte sie hörbar und völlig bedenkenlos; »ich nehme also die Schuld dafür auf mich, daß wir uns aufdrängen. Ich habe Ihr Stück viermal gesehen.«

Adrian rief einen Kellner, damit sie bestellen konnten.

»Wir werden ja in einen Sturm geraten«, fuhr Miß D'Amido fort, »und vielleicht sind Sie dann hingestreckt bis zum Ende der Reise, ich konnte also nicht mehr warten.«

Er bemerkte, daß in ihren Worten kein Unterton, kein Innuendo lag – war auch nicht nötig. Die Worte selbst waren genug, und die Art und Weise, mit der sie die jungen Leute vernachlässigte und ihre ganze Freundlichkeit ihm zuwandte, war irgendwie sehr rührend. Ein warmes Gefühl durchzog ihn; es war schon etwas mehr als ein kleines Vergnügen, was er hier empfand.

Eva wurde weniger gut unterhalten; aber der plattnasige junge Mann, der Butterworth hieß, kannte Leute, die sie auch kannte, und die Sache wurde dadurch etwas weniger unverbindlich. Sie war nicht gerne mit Leuten zusammen, wenn sie nicht »irgendwas beizutragen« hatten, und die großen Ströme von Menschen aller Typen, Verfassungen und Klassen, die durch Adrians Leben gingen, wurden ihr oft lästig und langweilig. Sie selbst »hatte alles«, das heißt, sie war wohl versehen mit Talenten und Charme, und nur daß es neue Leute waren, schien kein genügender Grund, um ihnen dauernd alles aufzuopfern.

Eine halbe Stunde später, als sie sich aufmachte, um nach den Kindern zu sehen, war sie befriedigt, daß die Episode vorbei war. Es war kälter an Deck, mit feuchter Luft, die fast schon Regen war, und eine Bewegung war spürbar. Als sie die Tür zu ihrer Kabine öffnete, fand sie zu ihrer Überraschung den Kabinensteward schlaff auf ihrem Bett sitzen, sein Kopf lag an dem hochgestellten Kissen. Er sah sie teilnahmslos an, als sie eintrat, machte aber keine Anstalten aufzustehen.

»Wenn Sie Ihren Schlummer beendet haben, können Sie mir einen neuen Kissenüberzug bringen«, sagte sie energisch.

Der Mann rührte sich noch immer nicht. Sie bemerkte, daß sein Gesicht ganz grün war.

»Sie können hier nicht seekrank sein«, erklärte sie nachdrücklich. »Gehen Sie hinunter und legen Sie sich in Ihr eigenes Quartier.«

»Dais meine Seite«, sagte er schwach. Er versuchte sich zu erheben, gab einen leise krächzenden Schmerzenslaut von sich und sank wieder zurück. Eva schellte nach der Stewardeß.

Ein ständiges Auf und Ab, Rollen und Schwanken hatte nun begonnen, es wurde Ernst, und sie fühlte kein Mitleid mit dem Steward, wollte ihn nur so schnell wie möglich raus haben. Es war unerhört, daß ein Mitglied der Besatzung seekrank war. Als die Stewardeß hereinkam, versuchte Eva das zu erklären, aber nun schwirrte es in ihrem Kopf, sie warf sich aufs Bett und bedeckte ihre Augen.

»Er ist schuld«, stöhnte sie, während dem Mann hinausgeholfen wurde. »Ich war in Ordnung, von seinem Anblick ist mir schlecht geworden. Hoffentlich stirbt er.«

Nach ein paar Minuten kam Adrian herein.

»Oh, wie ist mir schlecht!« rief sie.

»Ach du armes Kind«, er beugte sich zu ihr und nahm sie in die Arme, »warum hast du mir nichts gesagt?«

»Oben ging's mir ja noch gut, aber ein Steward war – ach, mir ist zu schlecht zum Reden.«

»Laß dir das Essen lieber ans Bett bringen.«

»Essen! Du lieber Himmel!«

Er stand bekümmert da, aber sie wollte seine Stimme hören, sie sollte das klagende Geräusch der Schiffsspanten übertönen.

»Wo warst du denn?«

»Ich hab geholfen, Leute für die Meisterschaft anzuwerben.«

»Wollen sie sie denn abhalten, wenn es so ist? Mit mir würdest du nur verlieren!«

Er antwortete nichts; sie öffnete die Augen und sah, daß er die Stirn runzelte.

»Ich wußte, nicht, daß du mit mir zusammenspielen wolltest«, sagte er.

»Aber, das ist doch das ganze Vergnügen.«

»Ich habe mit dem Mädchen D'Amido ausgemacht, daß
ich mit ihr spiele.«

»Oh.«

»Ich habe nicht überlegt. Du weißt doch, ich spiele viel
lieber mit dir.«

»Warum hast du's dann nicht gemacht?« fragte sie
kühl.

»Ich hab einfach nicht dran gedacht.«

Sie erinnerte sich, daß sie auf ihrer Flitterwochenreise in
der Endausscheidung gewesen waren und einen Preis
gewonnen hatten. Jahre waren vergangen. Aber Adrian
runzelte nie die Stirn so, mit so einem Ausdruck des
Bedauerns, wenn er nicht ein kleines Schuldgefühl hatte.
Er stolperte umher und versuchte aus dem Schrankkoffer
etwas zum Umziehen herauszufischen, für das Abendessen; sie schloß die Augen.

Als eine besonders heftige Schlingerbewegung sie wieder wachrüttelte, war er angezogen und band sich den
Schlips. Er sah frisch und gesund aus, und seine Augen
strahlten.

»Na, wie steht's?« fragte er. »Schaffst du es nach oben,
nicht?«

»Nein.«

»Kann ich irgendwas für dich tun, bevor ich gehe?«

»Wohin gehst du?«

»Ich treffe diese Kinder an der Bar. Kann ich was für
dich tun?«

»Nein.«

»Liebling. Ich mag dich gar nicht so allein lassen.«

»Ach Unsinn. Ich möchte nur schlafen.«

Diese sorgenvollen Falten – wo sie doch wußte, daß er
darauf brannte, rauszukommen, raus aus der engen

Kabine. Sie war froh, als sich die Türe schloß. Es gab nichts anderes als schlafen, schlafen.

Auf – ab – zur Seite weg. Heda, nicht so weit! Hol sie um die Ecke! Und jetzt Schaukeln – rechts – links – Quietsch! Quirl! Sturzflug!

Einige Stunden später wurde Eva sich undeutlich bewußt, daß Adrian sich über sie beugte. Sie wünschte, daß er seine Arme um sie legte und sie aus dieser wirren Mattigkeit hochzog, aber als sie schließlich ganz wach war, war die Kabine leer. Er hatte nur mal reingeschaut und war wieder fort. Als sie wieder aufwachte, war die Kabine dunkel und er im Bett.

Der Morgen war frisch und kühl, und das Meer gerade soviel ruhiger, daß Eva fand, sie könnte aufstehen. Sie frühstückten in der Kabine und mit Adrians Hilfe bewerkstelligte sie eine wenig befriedigende provisorische Toilette, dann gingen sie hinauf auf das Bootsdeck. Der Tenniswettkampf hatte schon angefangen und bot eine Gelegenheit für ein Dutzend Amateur-Filmkameras, aber die Mehrheit der Passagiere boten sich als leblose Bündel in ihren Deckstühlen dar, mit unberührten Tabletts neben sich.

Adrian und Miß D'Amido spielten ihr erstes Spiel. Sie war geschickt und anmutig; in penetrant guter Form. Unter ihrer Elfenbeinhaut war noch mehr Wärme als in den Tagen zuvor. Der herumschlendernde erste Offizier hielt an und sprach mit ihr; ein halbes Dutzend Männer, die sie noch vor drei Tagen nicht hatte kennen können, nannte sie nun Betsy. Schon war sie die Schönheit dieser Reise, Leitstern in den Augen ausgehungerter Schiffer.

Aber nach einer Weile beobachtete Eva lieber die Möwen auf den Radio-Masten und das langsame Gleiten des bezogenen Himmels. Die meisten Passagiere sahen blöd aus mit ihren Filmkameras, die sie alle eilends herbeigeholt hatten; jetzt wußten sie nicht mehr, was sie damit machen sollten; aber die Seeleute, die die Stützen der Rettungsboote malten, waren ruhig und kaputt und verständnisvoll und wünschten wohl, wie sie auch, daß die Reise vorbei wäre.

Butterworth setzte sich neben ihrem Stuhl aufs Deck.

»Heute morgen operieren sie einen von den Stewards. Muß schlimm sein bei diesem Seegang.«

»Operieren? Weswegen?« fragte sie teilnahmslos.

»Blinddarmentzündung. Sie müssen jetzt operieren, weil wir wieder in schlechteres Wetter kommen. Deswegen haben wir heute abend die Schiffs-Party.«

»Oh, der arme Mann!« rief sie; ihr wurde klar, daß es ihr Steward sein mußte.

Adrian wollte jetzt Eindruck machen, indem er sehr höflich und rücksichtsvoll spielte.

»Entschuldigung. Haben Sie sich weh getan? . . . Nein, es war mein Fehler . . . Ziehen Sie jetzt lieber ihren Mantel an, Partnerin, sonst erkälten Sie sich.«

Das Spiel war vorbei und sie hatten gewonnen. Rot im Gesicht und frisch trat er zu Evas Stuhl.

»Wie geht's dir?«

»Schrecklich.«

»Die Sieger geben an der Bar einen aus«, sagte er entschuldigend.

»Ich komme auch«, sagte Eva, aber ein plötzliches Schwindelgefühl ließ sie wieder in den Stuhl zurücksinken.

»Bleib lieber hier. Ich schicke dir was rauf.«

Sie spürte, daß er sie in der Öffentlichkeit ein bißchen weniger sanft behandelte.

»Kommst du wieder?«

»Aber ja, gleich.«

Sie war allein auf dem Bootsdeck, abgesehen von einem einsamen Schiffsoffizier, der in schräger Haltung auf der Brücke hin- und hermarschierte. Als der Cocktail kam, zwang sie sich, ihn zu trinken; darauf ging es ihr besser. Sie versuchte sich mit angenehmen Gedanken abzulenken und kam auf die hoffnungsvollen Gespräche zurück, die sie und Adrian vor der Abreise geführt hatten: Da gab es die kleine Villa in der Bretagne, und die Kinder lernten Französisch – das war alles, was sie jetzt denken konnte – die kleine Villa in der Bretagne, die Französisch lernenden Kinder – so sagte sie sich die Worte immer wieder vor, bis sie so bedeutungslos wurden wie der weite weiße Himmel. Warum sie überhaupt hier waren, das war ihr plötzlich entfallen; sie fühlte sich ohne Ansporn, zufällig, und sie wollte, daß Adrian schnell zurückkam, ganz einfühlsam und zärtlich, um ihr wieder Sicherheit zu geben. Es war die Hoffnung, es gäbe dort irgendein Geheimnis eines Lebens voller Anmut, einen handfesten Ausgleich für das verlorene, sorglose Selbstvertrauen mit einundzwanzig, weswegen sie ein Jahr in Frankreich verbringen wollten.

Dunkel verging der Tag, nur wenige Leute waren zu sehen und ein nasser Himmel sank herab. Plötzlich war es fünf Uhr, und sie waren alle wieder in der Bar, und Mr. Butterworth erzählte ihr aus seiner Lebensgeschichte. Sie trank eine Menge Champagner, aber dazwischen war sie noch immer etwas seekrank, als ob die Krankheit ihre Seele sei, die noch immer versuchte, durch irgendeine sich verhärtende Schicht eines abnormen Lebens durchzudringen.

»Körperlich sind Sie so, wie ich mir eine griechische Göttin vorstelle«, sagte Butterworth.

Es war angenehm, körperlich Mr. Butterworths Vorstellung einer griechischen Göttin zu sein, aber wo war Adrian? Er und Miß D'Amido waren draußen, auf einem Vordeck, um die Gischt zu spüren. Eva hörte sich selbst sagen, sie wollte ihre Farben holen und heute Nacht für die Party den Eiffelturm vorne auf Butterworths Hemd malen.

Als Adrian und Betsy D'Amido, von der Gischt durchweicht, unter Schwierigkeiten die Tür gegen den Winddruck aufstießen und in den inzwischen abgedeckten Schutzraum des Promenadendecks eintraten, hielten sie an und wandten sich einander zu.

»Na?« sagte sie. Aber er stand nur da, den Rücken am Geländer, und sah sie an; er hatte Angst vor Worten. Sie schwieg auch, weil sie wollte, daß er zuerst sprach; einen Augenblick geschah nichts. Dann machte sie einen Schritt auf ihn zu, und er nahm sie in seine Arme und küßte ihre Stirn.

»Ich tue Ihnen nur leid, sonst nichts.« Sie fing ein bißchen zu weinen an. »Nur Freundlichkeit.«

»Ich hab ein schreckliches Gefühl dabei.« Seine Stimme war angespannt und zitterte.

»Dann küß mich.«

Das Deck war menschenleer. Er beugte sich rasch über sie.

»Nein, küß mich richtig.«

Er konnte sich nicht erinnern, wann er je etwas so

Junges und Frisches wie ihre Lippen gespürt hatte. Regentropfen lagen wie Tränen, die sie für ihn vergossen hatte, auf den sanft schimmernden Porzellanwangen. Sie war ganz und gar neu und unbefleckt, und ihre Augen waren wild.

»Ich liebe dich«, flüsterte sie. »Ich kann es nicht ändern, daß ich dich liebe, oder? Als ich dich zuerst sah – ach nein, nicht auf dem Schiff, schon vor über einem Jahr – Grace Heally nahm mich zu einer Probe mit, und plötzlich, in der zweiten Reihe, sprangst du auf und erklärtest ihnen, was sie machen sollten. Ich schrieb dir einen Brief und zerriß ihn.«

»Wir müssen gehen.«

Sie weinte, als sie auf dem Deck entlang gingen. Noch einmal, vor ihrer Kabinentür, wandte sie ihm unvorsichtig ihr Gesicht zu. Als er weiter ging, zur Bar, pulste das Blut durch ihn, in heftigem Aufruhr.

Er war dankbar, daß Eva ihn anscheinend kaum bemerkte oder kaum wußte, daß er fort gewesen war. Einen Augenblick später beobachtete er mit gespieltem Interesse, was sie da machte.

»Was ist denn das?«

»Sie malt mir heute den Eiffelturm vorn auf mein Hemd«, erklärte Butterworth.

»Na bitte.« Eva legte den Pinsel weg und wischte ihre Hände ab. »Was sagen Sie jetzt?«

»Ein Meisterwerk.«

Ihre Augen wanderten an der Gruppe der Zuschauer entlang, blieben ein wenig an Adrian hängen.

»Du bist durchnäßt. Geh und zieh dich um.«

»Komm mit.«

»Ich möchte noch einen Champagner-Cocktail.«

»Du hast genug gehabt. Es ist Zeit zum Umziehen, für die Party.«

Unwillig machte sie ihren Farbkasten zu und ging vor ihm her.

»Stacomb hat einen Tisch für neun Personen«, bemerkte er, während sie den Korridor vor gingen.

»Dieser Kükenschwarm«, sagte sie mit unnötiger Bitterkeit. »Ach, dieser Kükenschwarm. Und du amüsierst dich aufs Beste – mit einem Kind.«

Sie hatten eine lange Debatte in der Kabine, von ihrer Seite her unangenehm, und von seiner ausweichend; sie endete, als das Schiff plötzlich einen gewaltigen Satz machte, und Eva, bei der die Wirkung des Champagners nachgelassen hatte, wieder seekrank wurde. Man konnte nichts anderes tun als einen Cocktail in der Kabine einnehmen, und danach beschlossen sie, zur Party zu gehen – sie glaubte ihm jetzt, oder es war ihr egal.

Adrian war zuerst fertig – er kleidete sich nie sehr ausgefallen.

»Ich geh schon mal rauf. Mach nicht so lange.«

»Bitte warte auf mich; es schaukelt so.«

Er setzte sich auf ein Bett und verbarg seine Ungeduld.

»Es macht dir doch nichts aus zu warten, oder? Ich möchte da oben nämlich nicht allein herumstolzieren.«

Sie möbelte sich etwas auf, mit einem orientalischen Kostüm, das sie vom Friseur geliehen hatte.

»Auf Schiffen werden die Leute ganz durchgedreht«, sagte sie. »Ich finde, sie sind schrecklich.«

»Ja«, murmelte er abwesend.

»Wenn es sehr schlimm wird, dann tue ich, als sei ich oben auf einem Baum und schaukelte hin und her. Aber es ist alles nur als ob, und ich muß schließlich so tun, als sei ich normal, wenn ich's gar nicht bin.«

»Wenn du so anfängst zu denken, dann wirst du verrückt.«

»Schau mal Adrian.« Sie hielt die Perlenkette hoch, bevor sie sie anlegte. »Sind sie nicht reizend?«

Für den ungeduldigen Adrian schien sie sich in der Kabine wie eine Figur in einem Zeitlupen-Film zu bewegen. Einen Moment später fragte er nach:

»Machst du noch lang? Man kriegt hier keine Luft.«

»Also geh schon!« sagte sie heftig.

»Ich will nicht –«

»Bitte geh jetzt! Du machst mich nervös, wenn du mich immer so drängst.«

Scheinbar widerwillig verließ er sie. Einen Augenblick zögerte er, dann ging er eine Treppe tiefer zum nächstunteren Deck und klopfte an eine Tür.

»Betsy.«

»Noch eine Minute.«

Sie trat in den Gang heraus und trug eine rote Bordjacke und Hosen, die sie vom Liftboy geliehen hatte.

»Haben Liftboys Flöhe?« fragte sie. »Ich habe vorsichtshalber alles mögliche drunter angezogen.«

»Ich mußte dich sehen«, sagte er schnell.

»Vorsicht«, flüsterte sie. »Mrs. Worden, die eigentlich meine Anstandsdame ist, wohnt gegenüber. Sie ist krank.«

»Ich bin krank vor Sehnsucht nach dir.«

Plötzlich küßten sie sich, eng verschlungen in dem engen Gang, und schwankten hin und her mit der Bewegung des Schiffes.

»Geh nicht fort«, murmelte sie.

»Ich muß aber. Ich –«

Ihre Jugend schien in ihn einzuströmen, versetzte ihn in eine zarte romantische Ekstase, die jenseits der Leidenschaft lag. Er konnte es nicht aufgeben; er hatte etwas entdeckt, was er zusammen mit seiner Jugend für immer verloren geglaubt hatte. Als er durch den Korridor ging, wußte er, daß er aufgehört hatte zu denken, daß er nicht mehr zu denken wagte.

Er traf Eva auf dem Weg zur Bar.

»Wo warst du?« fragte sie mit einem gepreßten Lächeln.

»Ich habe mich um den Tisch gekümmert.«

Sie sah reizend aus; ihre vornehme Kühle gewann die Oberhand über das banale Kostüm und ergriff ihn mit einer neuen Welle der Zustimmung und des Stolzes. Sie setzten sich an einen Tisch.

Der Sturm nahm stündlich zu, und beim bloßen Durchqueren eines Durchgangs wurde man hart gebeutelt. In jeder Kabine waren die Kabinenkoffer an die Waschtische geschnallt, und das Unglück der *Vestris* wurde in allen Einzelheiten in der Vorstellung nervöser Damen nachvollzogen, die durchgeschüttelt, krank und elend auf ihren Betten lagen. Im Rauchsalon war ein dicker Herr rückwärts geschleudert worden und bekam böse Schnittwunden am Kopf; und jetzt wurden die leichteren Stühle und Tische aufeinandergestapelt und an der Wand vertäut.

Die Gruppe, die sich in Fantasiekostüme geworfen hatte und nun zusammen aß, war auf sechzehn angewachsen. Die einzige Qualifikation zur Mitgliedschaft bestand in der Fähigkeit, den Rauchsalon zu erreichen. Das Spektrum reichte von einem Anwalt von Groton-Harvard bis zu einem ungeschliffenen Makler, dem sie den Spitznamen »Messer Schlitzohr« gegeben hatten, aber die Unterschiede waren verschwunden; in diesem Moment waren sie Samurai, unter vielen hundert ausgewählt wegen ihres ruhmreichen Widerstands gegen den Sturm.

Das Festessen, über dem in wilder Ironie Lampions und Girlanden aufgehängt waren, wurde gelegentlich von großen gemeinschaftlichen Rutschpartien quer durch den Raum unterbrochen, und durch unvermitteltes Verschwinden und verschütteten Wein, während das Schiff brüllte und sich darüber beklagte, daß es unter dem schmückenden Anschein eines Palastes schließlich doch nur ein Schiff war. Oben versuchte anschließend ein Dutzend Pärchen zu tanzen, wobei sie hierhin und dorthin rutschten oder trippelten, wie in einem verrückten Fandango, und auf fantastische Weise von einem fremden Willen umhergeschoben wurden. In Anbetracht der Verfassung mehrerer Hundert weiter unten bekam es fast etwas Ungehöriges, wie ein Gelage in einem Trauerhaus, und nun fand ein Auszug der immer mehr zusammenschrumpfenden Überlebenden in Richtung auf die Bar statt.

Während der Abend verging, hatte Eva ein immer stärkeres Gefühl von Unwirklichkeit. Adrian war verschwunden – vermutlich mit Miß D'Amido –, und ihre Vorstellung, verzerrt von Übelkeit und Champagner, blähte den Umstand immer mehr auf; anfänglicher Ärger verwandelte sich langsam in dunkle, brütende Wut, Kummer in Verzweiflung. Sie hatte nie versucht, Adrian an sich zu ketten, es war nie nötig gewesen – denn sie waren ernsthafte Menschen mit vielerlei gemeinsamen Interessen, und voneinander ganz ausgefüllt –, aber das war

Vertragsbruch, das war grausam. Wie konnte er annehmen, daß sie nichts merkte?

Es schien mehrere Stunden später, als er sich in der Bar über ihren Stuhl beugte, wo sie gerade irgendeiner Frau einen leidenschaftlichen Vortrag über Babies hielt, und sagte:

»Eva, wir gehn besser zu Bett.«

Sie kräuselte ihre Lippen. »Damit du mich dann allein lassen und zu deiner Achtzehnjährigen zurück –«

»Sei still.«

»Ich komme nicht ins Bett.«

»Na schön. Gute Nacht.«

Noch mehr Zeit verging, und andere Leute waren am Tisch. Die Stewards wollten den Raum abschließen; beim Gedanken an Adrian – ihren Adrian – der irgendwoanders zu jemand Reizendem, Frischem Zärtlichkeiten sagte, fing Eva zu weinen an.

»Aber er ist ins Bett gegangen«, versicherten ihr die letzten Kellner. »Wir haben es gesehen.«

Sie schüttelte den Kopf. Sie wußte es besser. Adrian war verloren. Der lange Traum der sieben Jahre war zerbrochen. Vielleicht war das die Strafe für etwas, was sie getan hatte; als ihr dieser Gedanke kam, fingen die quietschenden Balken über ihr zu murmeln an, daß sie es endlich erraten hatte. Das geschah ihr wegen der Selbstsucht ihrer Mutter, die nicht wollte, daß sie Adrian heiratete; wegen aller Sünden und Unterlassungen ihres Lebens. Sie stand auf und sagte, sie müsse hinaus und etwas Luft schnappen.

Das Deck war dunkel und erfüllt von Regen und Wind. Das Schiff schoß durch Täler, auf der Flucht vor schwarzen Wasserbergen, die brüllend hinterherstürzten. Eva blickte in die Nacht hinaus und sah, daß sie beide keine

Chance hatten, wenn sie nicht ein Sühneopfer brachte, um den Sturm zu versöhnen. Adrians Liebe wurde von ihr gefordert. Sie öffnete langsam den Verschluß ihrer Perlenkette, hielt sie an die Lippen – denn sie wußte, an ihr hing der schönste und reinste Teil ihres Lebens – und schleuderte sie in den Sturm hinaus.

III

Als Adrian aufwachte, war es Mittagszeit, aber er wußte, daß ein schwereres Geräusch als der Hornruf ihn aus den Tiefen des Schlafes gerufen hatte. Dann bemerkte er, daß der Schrankkoffer sich von seiner Befestigung losgerissen hatte und zwischen dem Schrank und Evas Bett hin und her geworfen wurde. Mit einem Ausruf sprang er auf, aber es war ihr nichts geschehen – sie lag, noch immer im Kostüm, in tiefem Schlaf ausgestreckt. Nachdem der Steward ihm geholfen hatte, den Koffer wieder festzumachen, öffnete Eva ein einzelnes Auge.

»Wie geht's dir?« fragte er, und setzte sich neben sie auf ihr Bett.

Sie schloß ein Auge und öffnete es wieder.

»Wir sind jetzt in einem Orkan«, berichtete er ihr. »Der Steward sagt, es ist der schlimmste, den er seit zwanzig Jahren erlebt hat.«

»Mein Kopf«, murmelte sie. »Halt meinen Kopf fest.«

»Wo denn?«

»Vorne. Meine Augen gehen kaputt. Ich glaube ich sterbe.«

»Unsinn. Willst du einen Arzt?«

Sie gab ein komisches kleines Keuchen von sich, das ihn

erschreckte; er schellte und schickte den Steward nach dem Arzt.

Der junge Doktor war blaß und müde. Auf seinem Gesicht waren Bartstoppeln. Beim Eintreten machte er eine kleine Verbeugung, wandte sich an Adrian und fragte ohne viel Umstand:

»Was ist los?«

»Meine Frau fühlt sich nicht gut!«

»Und, was wollen Sie denn haben – etwas Brom?«

Adrian war ein bißchen über seine Kürze verärgert und sagte: »Untersuchen Sie sie mal lieber, dann sehen Sie, was sie braucht.«

»Sie braucht ein Beruhigungsmittel«, sagte der Arzt. »Ich habe Anweisung gegeben, daß sie keinen Drink mehr auf diesem Schiff bekommt.«

»Wieso nicht?« fragte Adrian erstaunt.

»Wissen Sie denn nicht, was letzte Nacht passiert ist?«

»Aber nein, ich habe geschlafen.«

»Mrs. Smith ist eine Stunde lang im Schiff herumgewandert, ohne zu wissen, was sie tat. Ein Seemann mußte hinter ihr hergehen, und dann versuchte die Arzthelferin sie ins Bett zu befördern, und Ihre Frau beschimpfte sie.«

»Oh, mein Gott!« rief Eva schwach.

»Die Schwester und ich sind die ganze Nacht auf gewesen, beim Steward Carton, der heute Morgen gestorben ist.« Er nahm sein Köfferchen. »Ich schicke ein Beruhigungsmittel für Mrs. Smith herunter. Wiedersehen.«

Ein paar Minuten herrschte Stille in der Kabine. Dann legte Adrian schnell seinen Arm um sie.

»Macht nichts«, sagte er. »Das bringen wir schon in Ordnung.«

»Jetzt weiß ich es wieder.« Ihre Stimme war ein furcht-
sames Flüstern. »Meine Perlen. Ich habe sie überbord
geworfen.«

»Überbord geworfen!«

»Dann habe ich nach dir gesucht!«

»Aber ich war hier, im Bett.«

»Ich habe es nicht geglaubt; ich dachte, du wärst bei
dem Mädchen.«

»Ihr wurde während des Essens schlecht. Ich habe hier
unten etwas geschlafen.«

Stirnrunzelnd läutete er und bestellte beim Steward ein
Mittagessen und eine Flasche Bier.

»Tut mir leid, aber wir dürfen kein Bier in Ihre Kabine
bringen, Sir.«

Als er fortging, explodierte Adrian. »Das ist unerhört!
Du bist ganz einfach wegen des Sturms durchgedreht, und
die sollen mal nicht so hochnäsig sein. Ich gehe zum
Kapitän.«

»Ist das nicht schrecklich?« murmelte Eva. »Der arme
Mensch ist gestorben.«

Sie drehte sich um und schluchzte in ihr Kissen. Dann
klopfte es an der Tür.

»Darf ich eintreten?«

Der unverdrossene Mr. Butterworth, keineswegs mitgenommen und überraschend gesund, trat in die sonderbar schräg liegende Kabine.

»Nun, was macht die Magierin?« erkundigte er sich bei
Eva. »Wissen Sie noch, wie Sie gestern nacht die Elemente
beschworen haben?«

»Ich will an nichts von gestern Nacht erinnert werden.«

Sie erzählten ihm die Sache mit dem Steward, und durch

das Erzählen verlor die Situation ihren Ernst; sie lachten zusammen.

»Ich werde Ihnen etwas Bier zu Ihrem Essen besorgen«, sagte Butterworth. »Sie sollten aufs Deck heraufkommen.«

»Gehen Sie bitte nicht«, sagte Eva. »Sie sehen so nett und froh aus.«

»Nur für zehn Minuten.«

Als er fort war, bestellte Adrian Bäder für beide.

»Was wir tun sollten, ist unsere besten Sachen anziehen und drei stolze Runden auf Deck machen«, sagte er.

»Ja.« Nach einem Augenblick sagte sie abwesend: »Ich mag den jungen Mann. Er war heute Nacht furchtbar nett zu mir, als du verschwunden warst.«

Der Bade-Steward erschien mit der Auskunft, daß es heute zu gefährlich zum Baden sei. Sie waren mitten im schlimmsten nordatlantischen Orkan seit zehn Jahren; heute morgen hatte es bei Versuchen, ein Bad zu nehmen, schon zwei gebrochene Arme gegeben. Eine ältere Dame war eine Treppe hinunter gestürzt, und man fürchtete um ihr Leben. Außerdem hatten sie heute morgen von mehreren Schiffen SOS-Signale empfangen.

»Kommen wir ihnen zu Hilfe?«

»Sie sind alle hinter uns, Sir; wir werden sie also der *Mauretania* überlassen müssen. Wenn wir bei dieser See zu wenden versuchten, würden unsere Bullaugen zerschlagen werden.«

Das Ausmaß der Katastrophen machte ihren eigenen Ärger winzig klein. Nachdem sie eine Art Mittagessen verzehrt und das von Butterworth besorgte Bier getrunken hatten, zogen sie sich an und gingen aufs Deck.

Ungeachtet der Tatsache, daß man sich nur Schritt für

Schritt fortbewegen konnte, indem man sich an einem Tau oder Geländer festhielt, waren mehr Leute herausgekommen als am Tag zuvor. Die Angst hatte sie aus ihren Kabinen getrieben, wo die Koffer aufbumsten und die Wellen auf die Bullaugen einschlugen; sie erwarteten jeden Augenblick das Kommando, auf die Rettungsboote zu gehen. Und tatsächlich, als Adrian und Eva auf dem Querdeck über der zweiten Klasse standen, hörte man einen Hornruf, und danach versammelten sich Stewards und Stewardessen auf dem Deck darunter. Aber das Schiff war in Ordnung; es hatte einen seiner Seeleute überdauert – Steward James Carton wurde im Meer bestattet.

Es war sehr britisch und traurig. Reihen von steifen, disziplinierten Männern und Frauen standen in dem peitschenden Regen, und über dem Wasser war ein Umriß von etwas unter der Flagge des Empires. Der Oberzahlmeister verlas die Predigt, ein Kirchenlied wurde gesungen, dann schlidderte der Körper hinaus in den Orkan. Nach einem heftigen Tränenausbruch über dieses armselige Ende war in Eva ein letzter innerer Halt zerbrochen. Nun war ihr wirklich alles gleichgültig. Sie ging eifrig darauf ein, als Butterworth vorschlug, daß er etwas Champagner in ihre Kabine schmuggeln könnte. Ihre Stimmung beunruhigte Adrian; sie trank gewöhnlich nicht so viel, und er überlegte, was zu tun sei. Auf seinen Vorschlag, man sollte stattdessen lieber schlafen, lachte sie nur, und das Brompräparat, das der Doktor ihr geschickt hatte, stand unberührt auf dem Waschtisch. Er tat so, als hörte er den Dummheiten mehrerer Mr. Stacombs zu, und beobachtete sie; überrascht und unangenehm berührt bemerkte er, daß sie mit Butterworth recht intim und sogar gefühlvoll zu sein schien, und er fragte sich, ob das vielleicht eine Art

Rache für seine Aufmerksamkeit gegen Betsy D'Amido war.

Die Kabine war voller Rauch, die Stimmen gingen pausenlos, die tatenlose Spannung, das Warten auf das Ende des Sturmes ging ihm auf die Nerven. Nur vier Tage waren sie auf See; es war wie ein Jahr.

Die beiden Mr. Stacombs gingen schließlich hinaus, aber Butterworth blieb. Eva drängte ihn, noch eine weitere Flasche Champagner zu holen.

»Wir haben genug gehabt«, sagte Adrian dagegen. »Wir sollten zu Bett gehen.«

»Ich werde nicht ins Bett gehen!« brach es aus ihr heraus. »Du mußt verrückt sein! Du spielst nach Belieben herum, und wenn ich mal jemand finde, den ich – ich gern mag, dann willst du mich zu Bett schicken.«

»Du bist hysterisch.«

»Im Gegenteil, ich war nie so normal.«

»Ich glaube, Sie sollten uns lieber allein lassen, Butterworth«, sagte Adrian. »Eva weiß nicht, was sie spricht.«

»Er wird nicht gehen. Ich werde ihn nicht fortlassen.« Sie umklammerte leidenschaftlich Butterworths Hand. »Er war der einzige, der halbwegs anständig zu mir war.«

»Gehen Sie lieber, Butterworth«, wiederholte Adrian.

Der junge Mann sah ihn unsicher an.

»Mir scheint, Sie sind ungerecht gegen Ihre Frau«, sagte er vorsichtig.

»Meine Frau ist nicht bei sich.«

»Das ist kein Grund, so mit ihr umzugehen.«

Adrian verlor die Beherrschung. »Machen Sie, daß Sie raus kommen!« schrie er.

Einen Augenblick lang musterten sich die beiden Männer schweigend. Dann wandte sich Butterworth zu Eva, sagte, »Ich komme nachher wieder«, und verließ die Kabine.

»Eva, du mußt dich jetzt zusammennehmen«, sagte Adrian, als die Tür sich schloß.

Sie antwortete ihm nicht, schaute ihn nur an, mit trägen, halb geschlossenen Augen.

»Ich werde uns das Abendessen hierher bestellen, und dann versuchen wir, etwas zu schlafen.«

»Ich möchte nach oben gehen und ein Telegramm abschicken.«

»An wen?«

»An einen Anwalt in Paris. Ich will mich scheiden lassen.«

Trotz seines Ärgers lachte er. »Rede doch keinen Unsinn.«

»Und dann möchte ich die Kinder sehen.«

»Na los, dann geh zu ihnen. Ich bestelle das Essen.«

Er wartete zwanzig Minuten auf sie in der Kabine. Dann öffnete er voller Ungeduld die Tür auf der anderen Seite des Flurs; das Mädchen sagte, daß Mrs. Smith nicht da gewesen sei.

In einer plötzlichen Vorahnung der Katastrophe rannte er die Treppe hinauf, warf einen Blick in die Bar, in die Salons, klopfte sogar an Butterworths Tür. Dann suchte er schnell die Decks ab, tastete sich durch die schwarze Gischt und den Regen vorwärts. Ein Seemann stoppte ihn an einer kleinen Barriere aus geknoteten Tauen.

»Habe Befehl, niemand durchzulassen, Sir. In der Funkerkabine ist eine Welle eingebrochen.«

»Haben Sie eine Dame gesehen?«

»Eine junge Dame war hier –«, er verstummte und schaute herum. »Holla – jetzt ist sie fort.«

»Sie ist die Treppe hinauf!« sagte Adrian angstvoll. »Zur Funkerkabine!«

Der Seemann rannte hinauf aufs Bootsdeck; stolpernd und ausglitschend folgte ihm Adrian. Während er den Seitenschutz der Kajüttreppe hinter sich ließ, versetzte irgendeine ungeheure Masse dem Schiff einen mächtigen Schlag, und während es bis zu einem Winkel von fünfundvierzig Grad überholte, wurde er, sich hilflos überkugelnd, über das überflutete Deck hinunter geschleudert, bis er sich benommen und voller schmerzender Stellen an einem Bootsdavit fing.

»Eva!« rief er. Seine Stimme war unhörbar in dem schwarzen Sturm. Vor dem schwachen Licht der Funkerkabine sah er, wie der Seemann sich vorarbeitete.

»Eva!«

Der Wind blies ihn gegen das Rettungsboot wie ein Segel. Dann kam wieder ein schreckliches Krachen, und hoch über seinem Kopf, genau über dem Boot, sah er eine gigantische, schimmernd weiße Woge, und in dem Sekundenbruchteil, während sie dort verharrte, erkannte er Eva, die einige Meter entfernt neben einem Ventilator stand. Er stieß sich von dem Davit ab und machte einen verzweifelten Hechtsprung auf sie zu, da stürzte die Woge mit zermalmendem Gebrüll über ihnen zusammen. Einen Augenblick war das strömende Wasser zwei Meter hoch, es schoß mit ungeheurer Kraft seitwärts, dann wurde ein menschlicher Körper gegen ihn geschwemmt, er umklammerte ihn in wilder Panik und wurde mit ihm zusammen wieder zurück gegen das Geländer geworfen. Er fühlte, wie sein Körper an das Geländer schlug, aber noch immer klammerte er sich verzweifelt an seine Last; dann richtete sich das Schiff langsam wieder auf, und die beiden rollten, noch immer durch seine rasende Umklammerung zusammengehalten, in völliger Erschöpfung über die nassen Planken. Für einen Augenblick wußte er nichts mehr.

IV

Zwei Tage später glitt der Schiffszug gleichmäßig südwärts nach Paris. Adrian versuchte seine Kinder dazu zu bringen, daß sie durch das Fenster die normannische Ländlichkeit betrachteten.

»Es ist wunderbar«, versicherte er Ihnen. »Die vielen kleinen Bauernhöfe wie Spielzeug. Um Himmels Willen, warum guckt ihr denn nicht raus?«

»Das Schiff gefällt mir besser«, sagte Estelle.

Ihre Eltern wechselten einen Blick, voller kindsmörderischer Gelüste.

»Ich fühle das Schiff noch immer schwanken«, sagte Eva mit einem Schauder. »Ihr auch?«

»Nein. Irgendwie scheint es alles weit weg. Sogar die Passagiere waren wie Unbekannte, als wir durch den Zoll gingen.«

»Die meisten waren vorher gar nicht heraufgekommen.«

Er zögerte. »Übrigens habe ich Butterworth Bargeld für seinen Scheck gegeben.«

»Du bist ein Narr. Das Geld siehst du nie wieder.«

»Er muß es ziemlich dringend gebraucht haben, sonst wäre er wohl nicht zu mir gekommen.«

Ein blasses und mattes Mädchen ging im Korridor vorbei, erkannte sie und steckte den Kopf durch die Tür.

»Wie fühlen Sie sich?«

»Schrecklich.«

»Ich mich auch«, stimmte Miß D'Amido bei. »Ich habe wenig Hoffnung, daß mein Verlobter mich am Gare du Nord erkennen wird. Haben Sie gewußt, daß zwei Wellen über die Funkerkabine gegangen sind?«

»Wir hörten es«, antwortete Adrian trocken.

Sie verschwand graziös durch den Korridor und aus ihrem Leben.

»Die eigentliche Wahrheit ist: Nichts von alledem ist geschehen«, sagte Adrian einen Augenblick später. »Es war ein Alptraum – ein unglaublich furchtbarer Alptraum.«

»Wo sind denn dann meine Perlen?«

»Liebling, in Paris gibt es bessere Perlen. Ich übernehme die Verantwortung für diese Perlen. Ich glaube tatsächlich, daß du das Schiff gerettet hast.«

»Adrian, wir wollen nie mehr jemand anderen kennenlernen, nur immer zusammen bleiben – nur wir beide.«

Er steckte ihren Arm unter den seinen, sie rückten nah zusammen. »Wer, meinst du, waren diese Adrian Smiths auf dem Schiff?« fragte sie. »Ich war's jedenfalls nicht.«

»Ich auch nicht.«

»Es waren zwei andere Leute«, sagte er, und nickte sich selber zu. »Es gibt so viele Smiths in der Welt.«

Die Hochzeitsparty

Es kam die übliche verlogene kurze Mitteilung, die besagte: »Ich wollte, daß du es als erster erfährst.« Für Michael war es ein doppelter Schock, denn da wurde zugleich die Verlobung und die unmittelbar bevorstehende Heirat angekündigt; und die sollte obendrein nicht in New York stattfinden, taktvoll fern von ihm, sondern hier in Paris, buchstäblich unter seiner Nase, wenn man sagen will, sie erstrecke sich bis zur Protestantisch-episkopalischen Kirche der Heiligen Dreieinigkeit in der Avenue George-Cinq. Der Tag war in zwei Wochen, Anfang Juni.

Zuerst wurde Michael angst und er fühlte eine Leere im Magen. Als er an diesem Morgen das Hotel verließ, spürte die *femme de chambre*, die in sein gutgeschnittenes Profil und in sein munteres Wesen verliebt war, sogleich, daß ihn etwas ablenkte und bedrückte. Er ging wie betäubt auf seine Bank, kaufte bei Smith in der Rue de Rivoli einen Detektivroman, betrachtete eine Weile gerührt im Fenster eines Reisebüros ein ausgeblichenes Panorama der Schlachtfelder und verfluchte einen griechischen Straßenhändler, der ihn mit einem halbgezeigten Päckchen harmloser Postkarten verfolgte, die garantiert sehr unanständig sein sollten.

Aber das Angstgefühl blieb, und nach einer Weile erkannte er darin die Angst, daß er nie wieder glücklich sein würde. Er hatte Caroline Dandy kennengelernt, als sie siebzehn war, hatte ihr junges Herz während ihrer ganzen ersten Ballsaison in New York besessen und sie dann langsam auf tragische, sinnlose Weise verloren, weil er kein Geld besaß und nicht zu Geld kommen würde; weil er bei aller Anstrengung und allem guten Willen nicht zu sich selbst finden konnte; weil Caroline, die ihn immer noch liebte, kein Vertrauen mehr hatte und ihn allmählich als mitleiderregend, unfähig und kleinlich empfand, ausgeschlossen von dem großen glänzenden Lebensstrom, zu dem es sie unwiderstehlich hinzog.

Da er sich einzig und allein darauf stützen konnte, daß sie ihn liebte, suchte er darin seinen Halt; die Stütze brach zusammen, dennoch klammerte er sich daran, wurde aufs Meer hinaus- und an der französischen Küste angeschwemmt, die Bruchstücke immer noch in den Händen. Er schleppte sie mit sich herum in Form von Fotos und gebündelten Briefen und einer Vorliebe für ein rührseliges Volkslied, das ›Among My Souvenirs‹ hieß. Er hielt sich von anderen Mädchen fern, als würde Caroline das irgendwie spüren und es aus treuem Herzen vergelten. Ihre Mitteilung aber sagte ihm, daß er sie für immer verloren hatte.

Es war ein schöner Morgen. Vor den Läden in der Rue de Castiglione standen die Ladeninhaber und ihre Kunden auf dem Bürgersteig und blickten nach oben, denn der Graf Zeppelin, Symbol von Rettung und Zerstörung – von Rettung, notfalls durch Zerstörung – schwebte silberglänzend und prächtig am Himmel von Paris. Er hörte eine Frau auf französisch sagen, es würde sie nicht überraschen, wenn er jetzt Bomben fallen ließe. Dann hörte er eine andere Stimme, die von einem gutturalen Lachen begleitet war, und die Leere in seinem Magen erstarrte. Er fuhr herum und war Auge in Auge mit Caroline Dandy und ihrem Verlobten.

»Nein, Michael! Wir haben uns schon gewundert, wo du wohl stecktest. Ich fragte beim Guaranty Trust an und bei Morgan & Co, und dann schickte ich eine Nachricht an die National City –«

Warum wichen sie nicht zurück und verschwanden? Warum gingen sie nicht einfach rückwärts die Rue de Castiglione hinunter, über die Rue de Rivoli, durch die Tuilerien, und immer weiter rückwärts, so schnell sie konnten, bis sie undeutlicher wurden und jenseits des Flusses entschwanden?

»Dies ist Hamilton Rutherford, mein Verlobter.«

»Wir kennen uns schon.«

»Bei Pat, nichtwahr?«

»Und voriges Frühjahr in der Bar vom Ritz.«

»Michael, wo haben Sie sich denn herumgetrieben?«

»Hier in der Gegend.« Diese Qual! Frühere Begegnungen mit Hamilton Rutherford blitzten vor ihm auf – eine rasche Folge von Bildern, Aussprüchen. Er erinnerte sich, gehört zu haben, daß Rutherford 1920 für ein Darlehen von hundertfünfundzwanzigtausend einen Landsitz gekauft und ihn unmittelbar vor dem Fälligkeitstermin für mehr als eine halbe Million verkauft hatte. Nicht so hübsch wie Michael, aber vital und anziehend, selbstsicher, gebieterisch, genau im richtigen Größenverhältnis zu Caroline – Michael war immer für sie etwas zu klein gewesen, wenn sie tanzten.

Rutherford sagte gerade: »Und ich fände es sehr nett, wenn Sie zu dem Junggesellen-Essen kämen. Ich will die Ritz-Bar dafür nehmen, von neun Uhr an. Und dann gleich nach der Hochzeit gibt es einen Empfang und Frühstück im Hotel George-Cinq.«

»Und, Michael, George Packman gibt übermorgen eine Party im Chez Victor, und ich möchte, daß du zusagst und hinkommst. Und auch am Freitag zum Tee bei Jebby West; sie würde dich bestimmt dabeihaben wollen, wenn sie wüßte, daß du hier bist. Wo ist dein Hotel, damit wir dir eine Einladung schicken können? Der Grund, weißt du, warum wir es hier machen, ist, weil Mutter hier in einer Privatklinik war, und der ganze Clan ist in Paris. Schließlich ist auch Hamiltons Mutter gerade hier –«

Der ganze Clan! Mit Ausnahme ihrer Mutter hatten sie ihn immer gehaßt, hatten sein Werben stets vereitelt. Was für eine kleine Münze war er doch in diesem Spiel um Familien und Geld! Unter seinem Hut schwitzte er vor Demütigung darüber, daß er bei all seinem Unglück noch so vieler Einladungen für wert befunden wurde. Halb von Sinnen murmelte er etwas von Abreisen.

Da geschah es – Caroline sah tief in ihn hinein, und Michael spürte das. Sie sah hindurch bis auf den Grund seiner tiefen Verletztheit, und etwas regte sich in ihr und erstarb in ihren Mundwinkeln und ihren Augen. Er hatte sie angerührt. Alle unvergeßlichen Regungen erster Liebe stiegen noch einmal in ihr auf; ihre Herzen hatten sich über zwei Fußbreit dieses sonnigen Pariser Morgens hinweg berührt. Sie nahm plötzlich den Arm ihres Verlobten, als müsse sie sich dadurch wieder einen Halt geben.

Sie verabschiedeten sich. Michael ging eine Minute rasch lang; dann blieb er unter dem Vorwand, ein Schaufenster zu betrachten, stehen und sah sie weiter oben in der Straße, wie sie schnell zur Place Vendôme gingen – Leute, die viel vorhatten.

Auch er hatte etwas vor – er mußte seine Wäsche abholen.

»Nichts wird je wieder, wie es war«, sagte er zu sich. »Sie wird in ihrer Ehe niemals glücklich sein, und ich werde überhaupt nie mehr glücklich sein.«

Die beiden lebhaften Jahre seiner Liebe zu Caroline bewegten sich rückläufig um ihn wie Jahre in Einsteins Physik. Quälende Erinnerungen stiegen in ihm auf – an Fahrten im Mondschein auf Long Island; an eine schöne Zeit in Lake Placid, als ihre Wangen so kalt waren, aber innerlich glühten; an einen hoffnungslosen Nachmittag in einem kleinen Café in der Achtundvierzigsten Straße in den letzten traurigen Monaten, als ihre Heirat schon unmöglich erschien.

»Herein«, sagte er laut.

Die Concierge mit einem Telegramm; unfreundlich, weil Mr. Curlys Anzüge ziemlich abgetragen waren. Mr. Curly gab wenig Trinkgelder; Mr. Curly war offensichtlich nur ein *petit client*.

Michael las das Telegramm.

»Eine Antwort?« fragte die Concierge.

»Nein«, sagte Michael, und dann aus einem plötzlichen Impuls: »Hier.«

»Zu schlimm – zu schlimm«, sagte die Concierge. »Ihr Großvater gestorben.«

»Nicht allzu schlimm«, sagte Michael. »Es bedeutet, daß ich eine Viertelmillion Dollar erbe.«

Einen einzigen Monat zu spät; nach der ersten Aufregung über die Nachricht fühlte er sich unglücklicher denn je. Wach im Bett liegend, hörte er in dieser Nacht endlos die lange Karawane eines Zirkus durch die Straßen fahren, von einem Rummelplatz in Paris zum anderen.

Als der letzte Lastwagen außer Hörweite gerumpelt war und die Winkel des Zimmers sich mit der Morgendämmerung pastellblau lichteten, dachte er immer noch an den Ausdruck in Carolines Augen – ein Blick, der zu sagen schien: »Oh, warum hast du nicht etwas tun können? Warum konntest du dich nicht als stärker erweisen, mich dazu bringen, dich zu heiraten? Siehst du nicht, wie unglücklich ich bin?«

Michael ballte die Fäuste.

»Ich werde bis zum letzten Moment nicht aufgeben«, flüsterte er. »Ich hatte bis jetzt alles erdenkliche Pech, und vielleicht wendet sich das noch zum Schluß. Man nimmt, was man kriegen kann, soweit man die Kraft dazu hat, und wenn ich Caroline nicht haben kann, so wird sie wenigstens etwas von mir im Herzen tragen, wenn sie in diese Ehe geht.«

II

Wie vereinbart, ging er zwei Tage später zu der Party im Chez Victor, oben in den kleinen Salon neben der Bar, wo man sich zu Cocktails versammeln sollte. Er war früh dran; außer ihm war nur noch ein großer magerer Mann von etwa fünfzig da. Sie sprachen miteinander.

»Kommen Sie auch zu George Packmans Party?«

»Ja. Mein Name ist Michael Curly.«

»Mein Name ist –«

Michael hatte den Namen nicht richtig mitbekommen. Sie bestellten einen Drink, und Michael gab der Vermutung Ausdruck, daß Braut und Bräutigam sich schöne Tage machten.

»Viel zu sehr«, meinte der andere stirnrunzelnd. »Ich weiß nicht, wie sie das durchhalten. Wir kamen alle zusammen per Schiff herüber; fünf solche verrückten Tage und dann zwei Wochen Paris. Sie werden –« er zögerte lächelnd – »werden mir nicht übelnehmen, wenn ich sage, daß Ihre Generation zu viel trinkt.«

»Nicht Caroline.«

»Nein, Caroline nicht. Es scheint, sie nimmt nur einen Cocktail und ein Glas Champagner, und dann hat sie genug, gottseidank. Aber Hamilton trinkt zuviel und dieses ganze junge Volk trinkt zuviel. Leben Sie in Paris?«

»Im Augenblick, ja«, sagte Michael.

»Ich mag Paris nicht. Meine Frau – will sagen, meine Ex-Frau, Hamiltons Mutter – lebt in Paris.«

»Sie sind Hamilton Rutherfords Vater?«

»Ich habe diese Ehre. Und ich leugne nicht, daß ich stolz bin, wie weit er's gebracht hat; das hört man jetzt allgemein.«

»Natürlich.«

Michael blickte nervös auf, als vier weitere Gäste kamen. Er fühlte plötzlich, daß sein Dinner Coat alt und abgetragen war; er hatte am Morgen einen neuen bestellt. Die Neuangekommenen waren reich und in ihrem Reichtum miteinander zuhause – ein dunkles reizendes Mädchen, das manchmal hysterisch auflachte und das er schon früher getroffen hatte; zwei vorlaute Männer, deren Scherze sich ausschließlich um den Klatsch des gestrigen und um die Möglichkeiten des heutigen Abends drehten, als hätten sie wichtige Rollen in einem Stück zu spielen, das sich unendlich in die Vergangenheit und in die Zukunft erstreckte. Als Caroline ankam, sah Michael sie kaum einen Moment, aber das genügte, um festzustellen, daß sie, wie alle anderen auch, abgespannt und müde war. Sie war blaß unter ihrem Rouge und hatte Schatten unter den Augen. Mit einer Mischung aus Erleichterung und verletzter Eitelkeit fand er sich weit von ihr an einem anderen Tisch plaziert; er brauchte einen Augenblick, um sich auf seine Umgebung einzustellen. Dies hier glich nicht dem Kreis von noch nicht Erwachsenen, in dem er und Caroline verkehrt hatten; die Männer waren über dreißig und wirkten so, als hätten sie die besten Güter dieser Welt für sich gepachtet. Neben ihm saß Jebby West, die er schon kannte, und auf der anderen Seite ein jovialer Mann, der sogleich von einer ulkigen Überraschung zu reden anfing, die man sich für das Junggesellenessen ausgedacht hatte: sie würden eine kleine Französin enga-gieren, die mit einem echten Baby auf dem Arm zu erscheinen und zu jammern hatte: »Hamilton, du kannst mich doch jetzt nicht verstoßen!« Michael fand die Idee abgestanden und gar nicht witzig, aber ihr Erfinder schüt-telte sich schon im voraus vor Lachen.

Weiter oben am Tisch war die Rede vom Aktienmarkt – wieder ein Kursrückgang heute, der empfindlichste seit dem Börsenkrach; man zog Rutherford damit auf: »Schlimm für dich, alter Knabe. Du tätest besser, erst gar nicht zu heiraten.«

Michael fragte den Mann zu seiner Linken: »Hat er viel verloren?«

»Das weiß niemand. Er steckt tief drin, aber er ist einer der gerissensten jungen Männer in Wall Street. Und schließlich sagt einem keiner je die Wahrheit.«

Es war von Anfang an ein Champagner-Diner, und zum Ende hin entwickelte sich eine muntere Geselligkeit. Aber Michael sah, daß alle diese Leute zu müde waren, um durch irgendein normales Stimulans in Stimmung zu kommen; seit Wochen hatten sie vor den Mahlzeiten Cocktails getrunken wie Amerikaner, Weine und Cognacs wie Franzosen, Bier wie die Deutschen und Whisky Soda wie die Engländer, und da sie nicht mehr in den Zwanzigern waren, diente dieses einem alptraumhaften Riesencocktail gleichende, absurde Gemisch höchstens dazu, daß sie sich ihres schlechten Benehmens vom Abend zuvor zeitweilig weniger bewußt waren. Womit gesagt sein soll, daß es nicht eigentlich eine lustige Party war; wenn von Stimmung die Rede sein konnte, so nur bei den wenigen, die überhaupt nichts tranken.

Aber Michael selbst war nicht müde, und der Champagner möbelte ihn auf und machte sein Unglück weniger fühlbar. Er war schon länger als acht Monate von New York weg und die Tanzmusik war ihm zum größten Teil fremd, aber bei den ersten Takten von *Painted Doll*, wonach er und Caroline sich im vergangenen Sommer durch soviel Glück und Verzweiflung hindurchgetanzt hatten, ging er zu Carolines Tisch hinüber und forderte sie auf.

Sie war reizend in ihrem ätherisch blauen Kleid, und die Nähe ihres knisternden blonden Haars, ihrer kühlen und zugleich zärtlichen grauen Augen hemmte ihn und machte ihn ungeschickt; er stolperte bei den ersten Schritten auf dem Parkett. Einen Augenblick schien es, als gebe es nichts weiter zu reden; er wollte ihr von seiner Erbschaft sprechen, aber das erschien ihm zu abrupt und unvermittelt.

»Michael, wie schön einmal wieder mit dir zu tanzen.«

Er lächelte grimmig.

»Ich freue mich so, daß du gekommen bist«, fuhr sie

fort. »Ich fürchtete schon, du wärst so töricht, dich fernzuhalten. Jetzt können wir gute Freunde und ganz natürlich miteinander sein. Michael, ich möchte, daß ihr, du und Hamilton, euch anfreundet.«

Die Verlobung ließ sie offenbar verblöden; noch nie hatte er von ihr eine solche Reihe von Plattheiten gehört.

»Ich könnte ihn kaltlächelnd umbringen«, sagte er freundlich, »aber er sieht wie ein guter Mensch aus. Er ist in Ordnung. Nur wüßte ich gern, was geschieht mit Leuten wie mir, die nicht vergessen können?«

Indem er das sagte, konnte er nicht verhindern, daß sein Mund herabsank, und aufblickend sah es auch Caroline, und ihr Herz erbebte ebenso heftig wie an jenem anderen Morgen.

»Nimmst du es denn so schwer, Michael?«

»Ja.«

Er sagte das mit einer Stimme, die tief von unten heraufzukommen schien, und in dem Augenblick tanzten sie nicht; sie standen nur eng beieinander. Dann lehnte sie sich in seinem Arm zurück und schürzte den Mund zu einem reizenden Lächeln.

»Ich wußte zuerst nicht was tun, Michael. Ich sprach zu Hamilton von dir – daß ich dich schrecklich gernhätte – aber es machte ihm nichts aus, und er hatte recht damit. Weil ich jetzt darüber hinweg bin – ja, das bin ich. Und du wirst eines sonnigen Morgens aufwachen und ganz ebenso darüber hinweg sein.«

Er schüttelte trotzig den Kopf.

»Oh, ja. Wir waren nicht füreinander bestimmt. Ich bin etwas fahrig und brauche jemand wie Hamilton, der für mich entscheidet. Das war es und nicht so sehr eine Frage von – von –«

»Von Geld.« Wieder war er auf dem Punkt, ihr zu sagen, was geschehen war, doch wieder sagte ihm eine innere Stimme, daß dies nicht der rechte Augenblick sei.

»Wie willst du dann erklären, was geschah, als wir uns vorgestern begegneten«, fragte er hilflos – »und was jetzt eben wieder geschah? Wenn wir nur so aufeinander zuströmen, wie wir es immer taten – als wären wir eine Person, als flösse das gleiche Blut durch uns beide hindurch?«

»Oh, laß das!« flehte sie. »Du darfst nicht so reden; alles ist jetzt entschieden. Ich liebe Hamilton von ganzem Herzen. Es ist nur, daß mir gewisse Dinge aus der Vergangenheit immer wieder einfallen und daß es mir leid tut um dich – und uns – um unsere Beziehung zueinander.«

Über ihre Schulter hinweg sah Michael einen Mann, der herankam, um Caroline aufzufordern. In einer Art von Panik tanzte er mit ihr weiter fort, aber der Mann kam ihnen nach.

»Ich muß dich unbedingt allein sprechen, nur eine Minute«, sagte Michael rasch. »Wann kann das sein?«

»Ich bin morgen bei Jebby West zum Tee«, flüsterte sie, und schon legte sich eine Hand höflich auf Michaels Schulter.

Aber bei Jebby Wests Tee konnte er auch nicht mit ihr sprechen. Rutherford stand neben ihr, und jeder zog den anderen überall ins Gespräch. Sie gingen frühzeitig. Am nächsten Morgen kam die Heiratsanzeige mit der ersten Post.

Michael geriet, während er in seinem Zimmer auf- und abging, in eine verzweifelte Stimmung und entschloß sich zu einem kühnen Streich; er schrieb an Hamilton Rutherford und forderte ihn zu einer Begegnung am folgenden Nachmittag auf. In einem kurzen Telefongespräch erklärte Rutherford sich dazu bereit, aber erst für einen Tag später, als Michael gewünscht hatte. Und bis zur Hochzeit waren es nur noch sechs Tage.

Sie wollten sich in der Bar des Hotel Jena treffen. Michael wußte, was er sagen würde: »Hören Sie, Rutherford, sind Sie sich der Verantwortung bewußt, die Sie sich aufladen, indem Sie auf dieser Heirat bestehen? Ist Ihnen klar, was an Leid und Reue daraus erwachsen wird, daß Sie ein Mädchen zu etwas überreden, das zum Trieb ihres Herzens in Widerspruch steht?« Er würde ihm erklären, daß die Schranke zwischen Caroline und ihm rein künstlich gewesen und jetzt beseitigt sei, und würde verlangen, daß die Sache freimütig mit Caroline besprochen werde, bevor es zu spät sei.

Rutherford würde in Wut geraten und natürlich würde es eine Szene geben, aber Michael war sich bewußt, daß er hier um sein Leben kämpfte.

Er traf Rutherford im Gespräch mit einem älteren Mann an, dem er schon mehrmals bei den Parties begegnet war.

»Ich habe gesehen, wie es den meisten meiner Freunde ergangen ist«, sagte Rutherford gerade, »und ich habe beschlossen, daß mir das nicht passieren soll. Es ist gar nicht so schwierig; wenn man eine mit gesundem Menschenverstand nimmt und ihr sagt, worum's geht, und seine Sache gut macht und halbwegs aufrichtig mit ihr ist, dann ist das eine Ehe. Wenn man aber von Anfang an jeden Unsinn mitmacht und sich nur so arrangiert – dann springt der Mann nach spätestens fünf Jahren ab oder aber sie buttert ihn unter, und wir haben den üblichen Schlamassel.«

»Richtig!« fiel sein Gesprächspartner begeistert ein. »Hamilton, Junge, Sie haben recht.«

Michaels Blut kochte allmählich.

»Ist Ihnen noch nicht aufgefallen«, fragte er kühl, »daß Ihre Einstellung vor etwa hundert Jahren aus der Mode gekommen ist?«

»Nein, keineswegs«, sagte Rutherford freundlich, aber leicht gereizt. »Ich bin so modern wie nur irgendwer. Ich würde mich nächsten Samstag im Flugzeug trauen lassen, wenn es meiner Braut gefiele.«

»Diese Art, modern zu sein, habe ich nicht gemeint. Sie können nicht ein empfindsames weibliches –«

»Empfindsam? Frauen sind nicht so verdammt empfindsam. Männer wie Sie sind empfindsam; Männer wie Sie werden von den Frauen ausgenutzt – eure ganze Ergebenheit und Gutherzigkeit und all das. Die lesen ein zwei Bücher und sehen ein paar Filme, weil sie sonst nichts zu tun haben, und dann sagen sie, sie wären von Grund auf feiner geartet als ihr, und um das zu beweisen, schnappen sie sich einen Bissen und sausen mit einem Laß-dir's-gutgehen ab – etwa so empfindsam wie ein Gaul von der Feuerwehr.«

»Caroline ist aber zufällig empfindsam«, sagte Michael scharf.

An diesem Punkt machte der andere Mann Anstalten zu gehen; nachdem der kleine Disput ums Bezahlen geregelt und sie allein waren, wandte sich Rutherford wieder Michael zu, als sei ihm eine Frage gestellt worden.

»Caroline ist nicht nur empfindsam«, sagte er. »Sie hat Verstand.«

In seinen kampflustigen Augen, mit denen er Michael anblickte, flackerte ein graues Licht. »Das alles erscheint

Ihnen wohl ziemlich grob, Mr. Curly, aber ich habe den Eindruck, daß der Durchschnittsmann von heute geradezu darauf aus ist, sich von irgendeiner Frau zum Affen machen zu lassen, und es macht ihr nicht einmal Spaß, ihn auf dieses Niveau hinunterzudrücken. Es gibt verdammt wenig Männer, die noch Macht über ihre Frauen haben, aber ich bin entschlossen, einer von ihnen zu sein.«

Michael schien es an der Zeit, die Rede wieder auf die Situation zu bringen. »Sind Sie sich über die Verantwortung klar, die Sie auf sich nehmen?«

»Selbstverständlich«, konterte Rutherford. »Ich habe keine Angst vor Verantwortung. Ich werde die Entscheidungen treffen – anständig, wie ich hoffe, aber in jedem Fall endgültig.«

»Und was ist, wenn Sie falsch angefangen haben«, sagte Michael heftig. »Wenn Ihre Ehe nicht auf gegenseitige Liebe gegründet ist?«

»Ich glaube zu sehen, was Sie meinen«, sagte Rutherford, immer noch freundlich. »Und da Sie es zur Sprache gebracht haben, lassen Sie mich Ihnen sagen, daß es, falls Sie und Caroline geheiratet hätten, keine drei Jahre gehalten hätte. Wissen Sie, worauf Ihre Beziehung zueinander gegründet war? Auf Leid. Sie taten einander leid. Den meisten Frauen macht es ungeheuren Spaß, so zu leiden, und manchen Männern auch, aber mir scheint, eine Ehe sollte auf Hoffnung gegründet sein.« Er sah auf seine Uhr und stand auf.

»Ich bin mit Caroline verabredet. Und nicht vergessen: Sie kommen doch zu dem Junggesellenessen übermorgen.«

Michael spürte, wie ihm die Sache zu entgleiten drohte.

»Also zählen Carolines persönliche Gefühle für Sie nicht?« fragte er grimmig.

»Caroline ist übermüdet und ganz verwirrt. Aber sie hat, was sie sich wünscht, und das ist die Hauptsache.«

»Meinen Sie damit sich?« fragte Michael ungläubig.

»Ja.«

»Darf ich fragen, seit wann Sie das Ziel von Carolines Wünschen gewesen sind?«

»Seit etwa zwei Jahren.« Ehe Michael noch antworten konnte, war Rutherford gegangen.

Während der nächsten zwei Tage schwebte Michael hilflos am Rande eines Abgrunds. Ihn verfolgte der Gedanke, etwas unterlassen zu haben, das diesen unter seinen Augen immer fester geschlungenen Knoten durchgetrennt hätte. Er rief Caroline an, aber sie beteuerte, es sei ihr praktisch unmöglich, ihn bis zum Tag vor der Hochzeit zu treffen; für diesen Tag indessen stellte sie ihm ein Rendez-vous in Aussicht. Dann ging er zu dem Junggesellenessen, teils aus Furcht vor einem Abend allein in seinem Hotel, teils in dem Gefühl, durch seine Anwesenheit Caroline irgendwie näher zu sein, sie im Auge zu behalten.

Die Ritz-Bar war für die Veranstaltung mit französischen und amerikanischen Fahnen geschmückt, und vor die eine Wand war eine große Leinwand gespannt, und die Gäste waren gehalten, auf sie ihre Neigung zum Gläserwerfen zu konzentrieren.

Beim ersten Cocktail, der im Stehen an der Bar genommen wurde, sah man viele Gläser in ebensovielen zittrigen Händen leicht überschwappen, aber später, beim Champagner, gab es eine steigende Flut von Gelächter und gelegentlich schmetternden Gesang.

Michael entdeckte zu seiner Überraschung, was für einen Unterschied sein neuer Smoking, sein neuer Zylinder und seine neue prächtige Wäschegarnitur für sein Selbstgefühl ausmachten; sein Ressentiment gegenüber all diesen Leuten wegen ihres Reichtums und ihrer Selbstsicherheit schwand zusehends. Zum erstenmal seit seiner College-Zeit fühlte auch er sich reich und selbstsicher; er fühlte sich alledem zugehörig und ließ sich sogar von Johnson, dem Hauptspaßmacher, in dessen Komplott hineinziehen, das den Auftritt jener eigens dafür engagierten verratenen Frau vorsah, die in einem Raum hinter der Hotelhalle gelassen wartete.

»Wir wollen den Scherz nicht zu weit treiben«, sagte Johnson, »denn ich kann mir vorstellen, daß Ham heute schon Sorgen genug hatte. Haben Sie gesehen, daß Fullman Oil heute morgen um sechzehn Punkte gefallen sind?«

»Ist er davon betroffen?« fragte Michael, bemüht, sich seine Neugier nicht anmerken zu lassen.

»Natürlich. Er ist dicke drin; er ist stets überall dicke drin. Bis jetzt hat er Glück gehabt; jedenfalls bis vor einem Monat.«

Die Gläser füllten und leerten sich jetzt rascher, und Männer prosteten einander über den Tisch hinweg zu. Vor der Bar wurde eine Gruppe von Brautführern fotografiert, und der Rauch von dem Blitzlicht trieb als stickige Wolke durch den Raum.

»Jetzt ist der Moment«, sagte Johnson. »Sie müssen bei der Tür stehen, denken Sie daran, und dann müssen wir beide uns sichtbar bemühen, die Frau am Hereinkommen zu hindern – nur so lange, bis alle auf uns aufmerksam werden.«

Er ging hinaus in den Korridor, und Michael wartete gehorsam an der Tür. Mehrere Minuten vergingen. Dann erschien Johnson wieder, mit einem verdutzten Gesichtsausdruck.

»Da ist was Komisches passiert.«

»Wieso? Ist das Mädchen nicht da?«

»Sie ist schon da, aber da ist noch eine andere, und zwar eine, die wir nicht engagiert haben. Sie will Hamilton Rutherford sprechen, und sie sieht so aus, als führte sie etwas im Schilde.«

Sie gingen beide hinaus in die Halle. Da saß in einem Sessel aufgepflanzt ein amerikanisches Mädchen, ein bißchen unter Alkohol, aber offensichtlich finster entschlossen. Sie blickte mit einem Ruck zu ihnen auf.

»Also, Sie wern's ihm sagn«, verlangte sie. »Mein Name ist Marjorie Collins, er wird ihn kennen. Ich bin weit gereist und ich will ihn sprechen, jetzt und sofort, oder es gibt einen größeren Ärger, als Sie je erlebt haben.« Sie erhob sich leicht wankend.

»Sie gehen hinein und sagen es Ham«, flüsterte Johnson zu Michael. »Vielleicht macht er sich besser aus dem Staub. Ich halte sie inzwischen hier.«

Wieder am Tisch, beugte sich Michael dicht an Rutherfords Ohr und flüsterte einigermaßen grimmig:

»Ein Mädchen draußen mit Namen Marjorie Collins sagt, sie will Sie sprechen. Sieht aus, als wollte sie Schwierigkeiten machen.«

Hamilton Rutherford blinzelte und sein Unterkiefer fiel herab; dann schlossen die Lippen sich wieder zu einer strengen Linie und er sagte in forschem Ton:

»Bitte, haltet sie dort. Und schickt sogleich den Geschäftsführer der Bar zu mir.«

Michael sprach mit dem Barkellner und ließ sich dann, ohne an den Tisch zurückzukehren, unauffällig Mantel und Hut herausgeben. Wiederum draußen in der Halle, ging er wortlos an Johnson und dem Mädchen vorbei und hinaus in die Rue Cambon. Er rief eine Autodroschke und gab die Adresse von Carolines Hotel an.

Sein Platz war jetzt an ihrer Seite. Nicht um schlechte Nachrichten zu bringen, sondern einfach um bei ihr zu sein, wenn ihr Kartenhaus über ihr zusammenfallen würde.

Rutherford hatte durchblicken lassen, daß er ein Weichling sei – nun, er war immerhin hart genug, das Mädchen seiner Liebe nicht aufzugeben, ohne sich jede Chance in den Grenzen der Ehrbarkeit zunutze zu machen. Sollte sie sich von Rutherford abwenden, dann würde er zur Stelle sein.

Sie war im Hotel; sie war überrascht, als er sich meldete, aber sie war noch angezogen und würde sogleich herunterkommen. Dann erschien sie in einem Abendkleid mit zwei blauen Telegrammen in der Hand. Sie ließen sich in der verlassenen Hotelhalle in zwei Sesseln nieder.

»Aber Michael, ist das Essen schon vorbei?«

»Ich wollte dich sehen, also kam ich gleich her.«

»Das freut mich.« Ihre Stimme klang freundlich, aber ganz sachlich. »Ich habe nämlich soeben dein Hotel angerufen, um zu sagen, daß ich morgen den ganzen Tag mit Anproben und Vorbereitungen zu tun habe. Nun kommen wir doch noch zu unserem kleinen Gespräch.«

»Du bist müde«, sagte er vermutend. »Vielleicht hätte ich nicht kommen sollen.«

»Nein. Ich bin noch auf und warte auf Hamilton.

Telegramme, die womöglich wichtig sind. Er sagte, vielleicht ginge er noch weiter irgendwohin mit, und das kann Stunden dauern, also bin ich froh, mich mit jemand unterhalten zu können.«

Michael zuckte bei dieser unpersönlichen Phrase zusammen.

»Kümmert es dich nicht, wann er nachhause kommt?«

»Natürlich«, sagte sie lachend, »aber ich habe darüber nicht viel zu sagen, nicht wahr?«

»Warum nicht?«

»Ich kann doch nicht damit anfangen, ihm vorzuschreiben, was er tun darf und was nicht.«

»Warum nicht?«

»Er würde sich das nicht gefallen lassen.«

»Anscheinend wünscht er sich nur eine Haushälterin«, sagte Michael ironisch.

»Erzähl mir von deinen Plänen, Michael«, sagte sie rasch.

»Meine Pläne? Ich sehe überhaupt keine Zukunft für mich nach dem übermorgigen Tag. Der einzige wirkliche Plan, den ich je hatte, war, dich zu lieben.«

Ihre Augen streiften einander, und der Blick, den er so gut kannte, kam ihm aus ihren Augen entgegen. Ein Strom von Worten brach aus seinem Herzen hervor:

»Laß mich dir nur noch einmal sagen, wie sehr ich dich geliebt habe, nie einen Augenblick wankend, nie an ein anderes Mädchen gedacht. Und jetzt, wenn ich an all die Jahre vor mir denke, ohne dich, ohne irgendeine Hoffnung, dann – Caroline, Liebes – will ich nicht mehr leben. Ich träumte immer von unserem Heim, unseren Kindern und davon, wie ich dich in meinen Armen hielte und dein Gesicht berührte und Hände und Haar, alles mein eigen, und jetzt bringe ich es einfach nicht fertig, aus diesem Traum aufzuwachen.«

Caroline weinte still vor sich hin. »Armer Michael – armer Michael.« Sie streckte die Hand aus und streifte mit ihren Fingern über seinen Rockaufschlag. »Du hast mir gestern abend so leidgetan. Du sahst so kümmerlich aus und so, als brauchtest du einen neuen Anzug und jemand, der sich deiner annimmt.« Sie schnüffelte und besah sich seinen Smoking näher. »Nein, du hast ja einen neuen Anzug! Und einen neuen Zylinderhut! Nein, Michael, wie fabelhaft!« Sie lachte auf einmal fröhlich durch ihre Tränen hindurch. »Du mußt zu Geld gekommen sein, Michael; nie sah ich dich so gut in Schale.«

Bei dieser Reaktion von ihr haßte er einen Moment seine neue Kleidung.

»Ja, ich bin zu Geld gekommen«, sagte er. »Mein Großvater hat mir rund eine Viertelmillion Dollar hinterlassen.«

»Nein, Michael«, rief sie, »wie fabelhaft ist das! Ich kann dir gar nicht sagen, wie ich mich freue. Ich habe immer gedacht, du gehörtest zu der Sorte Mensch, die Geld haben müßte.«

»Ja, nur eben zu spät, als daß es einen Unterschied macht.«

Die Drehtür von der Straße setzte sich ächzend in Bewegung, und Hamilton Rutherford kam in die Halle. Sein Gesicht war gerötet und seine Augen blickten unstet und ungeduldig.

»Hallo, Darling; hallo, Mr. Curly.« Er beugte sich herab und küßte Caroline. »Ich habe mich für eine Minute weggestohlen, um zu sehen, ob irgendwelche Telegramme für mich da wären. Ich sehe, du hast sie.« Während er sie von ihr nahm, bemerkte er zu Curly: »Das war eine vertrackte Geschichte in der Bar, nicht wahr? Zumal einer von euch, wie ich hörte, einen ganz ähnlichen Ulk vorbereitet hatte.« Er öffnete eins der Telegramme, faltete es wieder zusammen und wandte sich mit dem zerstreuten Ausdruck eines Mannes, der zwei Dinge zugleich im Kopf hat, zu Caroline.

»Ein Mädchen, das ich zwei Jahre nicht mehr gesehen habe, tauchte auf«, sagte er. »Anscheinend handelte es sich um irgendein plumpes Erpressungsmanöver, denn ich habe und hatte nie irgendeine Art von Verpflichtung ihr gegenüber.«

»Wie ging es aus?«

»Der Geschäftsführer hatte binnen zehn Minuten einen Mann von der Sûreté générale da, und die Sache wurde in der Hotelhalle erledigt. Neben den französischen Strafbestimmungen für Erpressung nehmen sich unsere wie ein kindlicher Weihnachtswunsch aus, und ich vermute, sie haben ihr einen Denkzettel verpaßt, an den sie sich noch erinnern wird. Aber es war wohl richtiger, es dir zu sagen.«

»Nehmen Sie etwa an, ich hätte die Sache schon erwähnt?« sagte Michael steif.

»Nein«, sagte Rutherford bedächtig. »Nein. Sie wollten sich nur zur Verfügung halten. Und da Sie einmal da sind, sollen Sie etwas hören, das Sie mehr interessieren wird.«

Er reichte Michael das eine Telegramm und öffnete das andere.

»Das ist verschlüsselt«, sagte Michael.

»Dieses auch. Aber ich habe in dieser Woche alle die Code-Worte recht gut gelernt. Die beiden Telegramme zusammen besagen, daß ich mein Leben ganz von vorn anfangen muß.«

Michael sah, wie Carolines Gesicht um einen Grad blasser wurde, aber sie blieb mäuschenstill.

»Es war eine Fehlinvestition, und ich habe zu lange daran festgehalten«, fuhr Rutherford fort. »Sie sehen also, alles Glück ist auch nicht bei mir, Mr. Curly. Übrigens sind Sie, wie ich höre, zu Geld gekommen.«

»Ja«, sagte Michael.

»Da wären wir also.« Rutherford wandte sich Caroline zu. »Du verstehst, Darling, ich scherze oder übertreibe nicht. Ich habe nahezu jeden Cent, den ich besaß, verloren, und ich werde mein Leben ganz neu anfangen müssen.«

Zwei Augenpaare richteten sich auf sie – Rutherford blickte unverbindlich und nichts verlangend, Michael wie ausgehungert, tragisch und flehend. Das dauerte keine Minute, da war sie aus dem Sessel aufgesprungen und warf sich mit einem Aufschrei in Hamilton Rutherfords Arme.

»Oh, Liebling«, schluchzte sie, »was liegt daran! Es ist besser so; mir ist es so lieber, ehrlich! Ich möchte so anfangen; das möchte ich! Oh bitte, mach dir keine Gedanken und sei auch nicht eine Minute traurig!«

»Schon recht, Baby«, sagte Rutherford. Seine Hand strich für einen Moment zart über ihr Haar; dann löste er den Arm, den er um sie gelegt hatte.

»Ich habe versprochen, noch auf eine Stunde zur Party zurückzukommen«, sagte er. »Also sage ich Gutenacht, und ich möchte, daß du sogleich zu Bett gehst und gut schläfst. Gutenacht, Mr. Curly. Tut mir leid, daß ich Sie in all diese Geldangelegenheiten hineingezogen habe.«

Aber Michael hatte schon seinen Hut und Stock genommen. »Ich komme mit Ihnen«, sagte er.

Es war solch ein schöner Morgen. Michaels Cut war nicht geliefert worden, und so fühlte er sich einigermaßen unbehaglich, als er vor der kleinen Kirche in der Avenue George-Cinq an den Fotografen und Filmkameras vorbei mußte.

Die Kirche war so blitzblank und neu, daß es unverzeihlich schien, nicht passend angezogen zu sein, und Michael, blaß und zittrig nach einer schlaflosen Nacht, beschloß, sich im Hintergrund zu halten. Von da guckte er auf den Rücken von Hamilton Rutherford, auf den zarten, in Spitze gehüllten Rücken von Caroline und den feisten Rücken von George Packman, der zu wanken schien, als wollte er sich an Braut und Bräutigam anlehnen.

Die Zeremonie zog sich lange hin, freundlich überdacht von Fähnchen und Wimpeln, unter den breiten Strahlen der Junisonne, die schräg durch die hohen Fenster auf die feingekleidete Menge herabfielen.

Als der von Braut und Bräutigam angeführte Zug sich durch das Kirchenschiff in Bewegung setzte, merkte Michael mit Schrecken, daß er genau da stand, wo jedermann sich aus der steifen Prozession lösen, die Förmlichkeit ablegen und ihn ansprechen würde.

So kam es denn auch. Als erste begrüßten ihn Rutherford und Caroline; Rutherford etwas finster unter dem Druck des Verheiratetseins, und Caroline, lieblicher als er sie je gesehen hatte, schwebte sanft herab durch die Vergangenheit und weiter in eine Zukunft hinaus durch das sonnenbeschienene Portal.

Michael raffte sich zu einem gemurmelten »Wundervoll, einfach wundervoll« auf, und dann kamen andere und redeten ihn an – die alte Mrs. Dandy, die geradewegs von ihrem Krankenlager kam und bemerkenswert gut aussah oder das nur zuwege brachte, weil sie so eine feine alte Dame war; und Rutherfords Vater und Mutter, seit zehn Jahren geschieden, aber Seite an Seite, wie füreinander geschaffen und mächtig stolz. Dann Carolines sämtliche Schwestern nebst Gatten und ihre kleinen Neffen in Eton-Anzügen, und dann eine lange Reihe, und alle begrüßten Michael, weil er immer noch wie gelähmt genau dort stand, wo der Zug sich auflöste.

Er fragte sich, was als Nächstes käme. Es waren Einladungskarten für einen Empfang im George-Cinq ausgegeben worden; ein teures Lokal, weiß Gott. Würde Rutherford das durchstehen wollen, obendrein angesichts dieser katastrophalen Telegramme? Offenbar, denn draußen strebte der Zug in Dreier- und Viererreihen durch den Junimorgen dorthin. An der Straßenecke flatterten die langen Kleider der Mädchen, zu fünft nebeneinander, vielfarbig im Wind. Mädchen waren wieder zu Sommerfäden geworden, eine ambulante Flora; so reizend wehten die Kleider in der hellen Mittagsbrise.

Michael brauchte einen Drink; er würde diesen Empfang nicht überstehen ohne einen Drink vorher. Er schlüpfte in einen Seiteneingang des Hotels und fragte nach der Bar, worauf ein *chasseur* ihn einen halben Kilometer durch neue, amerikanisch ausstaffierte Passagen führte.

Aber – wie denn das? – die Bar war voll. Da standen zehn oder fünfzehn Männer und zwei oder vier Mädchen, und alle kamen von der Hochzeit, und alle brauchten einen Drink. Es gab Cocktails und Champagner in der Bar – Rutherfords Cocktails und Champagner, wie sich herausstellte, denn er hatte die ganze Bar und den Ballsaal und die zwei großen Empfangssalons und die hinauf- und hinabführenden Treppen gemietet samt dem Ausblick von den Fenstern über die rechtwinkligen Häuserblocks von Paris. Michael kam nur allmählich voran und reihte sich in das endlose, langsame *Défilé* des Empfangs ein. Durch einen Nebel blumiger Redewendungen wie »So eine reizende Hochzeit«, »Meine Liebe, Sie waren einfach entzückend«, »Sie glücklicher Mann, Rutherford« bewegte er sich an der Reihe entlang. Als Michael bei Caroline ankam, trat sie einen kleinen Schritt vor und küßte ihn auf die Lippen, aber er fühlte nichts bei dem Kuß, er war unwirklich, und Michael ließ sich weiter davontragen. Die alte Mrs. Dandy, die ihn immer gern gemocht hatte, hielt minutenlang seine Hand und dankte ihm für die Blumen, die er ihr auf die Kunde, daß sie krank sei, geschickt hatte.

»Es tut mir so leid, Ihnen nicht geschrieben zu haben, aber, wissen Sie, wir alten Damen sind ja so dankbar für –« Die Blumen, die Tatsache, daß sie nicht geschrieben hatte, die Hochzeit – Michael sah, daß sie alle hier ihr gleich viel oder wenig bedeuteten; sie hatte schon fünf Kinder verheiratet und zwei der Ehen in die Brüche gehen sehen, und diese Szene, so schmerzlich, so bestürzend für Michael, war für sie lediglich eine familiäre Scharade, in der sie auch früher schon ihre Rolle gespielt hatte.

Ein Champagner-Frühstück wurde an kleinen Tischen serviert und schon spielte ein Orchester in dem leeren Ballsaal. Michael setzte sich zu Jebby West; er war immer noch etwas gehemmt, weil er keinen Cutaway anhatte, aber er bemerkte jetzt, daß er mit dieser Unterlassung nicht allein war, und fühlte sich besser. »War Caroline nicht hinreißend?« sagte Jebby West. »So vollkommen selbstbeherrscht. Ich fragte sie heute morgen, ob sie nicht etwas ängstlich sei bei einem solchen Schritt. Und sie sagte: ›Warum sollte ich? Ich bin zwei Jahre hinter ihm her gewesen, und jetzt bin ich einfach glücklich, das ist alles‹.«

»Das muß wohl wahr sein«, sagte Michael düster.

»Was?«

»Was Sie eben sagten.«

Man hatte ihm einen Dolchstoß versetzt, aber, fast zu seinem Kummer, fühlte er die Wunde nicht.

Er forderte Jebby zum Tanzen auf. Draußen auf dem Parkett tanzten Rutherfords Vater und Mutter miteinander.

»Das macht mich ein bißchen traurig«, sagte Jebby. »Die beiden haben sich jahrelang nicht gesehen; beide hatten wieder geheiratet und sie wurde wieder geschieden. Sie ging zum Bahnhof, um ihn abzuholen, als er zu Carolines Hochzeit herüberkam, und lud ihn ein, in ihrem Haus in der Avenue du Bois mit einer Menge anderer Gäste zu wohnen, durchaus anständig, aber er fürchtete, seine Frau könnte davon hören und es nicht gerne sehen, also ging er in ein Hotel. Finden Sie das nicht etwas traurig?«

Nach einer Stunde oder so merkte Michael plötzlich, daß es Nachmittag war. In einer Ecke des Ballsaals hatte man Wandschirme wie zu einem kleinen Filmatelier arrangiert und Fotografen waren dabei, offizielle Aufnahmen von der Hochzeitsparty zu machen. Die Hochzeitsgesellschaft, totenstill und wachsbleich unter den Jupiterlampen, erschien und kam den im Halbdunkel des Ballsaals kreisenden Tanzpaaren so vor wie jene lustigen oder todernsten Gruppen, auf die man in der Alten Flimmerkiste in einem Lunapark stößt.

Nachdem die Hochzeitsgesellschaft fotografiert war, kam eine Gruppe von Brautführern an die Reihe; dann die Brautjungfern, die Familien, die Kinder. Später kam Caroline, die die mit ihrem fließenden Gewand und dem großen Brautbouquet verbundene Würde längst abgelegt hatte, impulsiv und angeregt auf Michael zu und holte ihn vom Parkett.

»Jetzt wollen wir ein Bild nur mit alten Freunden machen lassen.« Dies in einem Ton, der besagte, das würde die beste und intimste aller Aufnahmen werden. »Kommt her, Jebby, George – du nicht, Hamilton; nur meine alten Freunde – Sally –«

Etwas später schwand auch der letzte Rest von Förmlichkeit, und die Stunden flossen auf dem verschwenderischen Strom von Champagner leicht dahin. Hamilton saß, auf die moderne Art den Arm um eine verflossene Freundin gelegt, am Tisch und versicherte seinen Gästen, darunter nicht wenige verdutzte, aber begeisterte Europäer, daß die Party noch nicht entfernt zu Ende war; sie würde sich nach Mitternacht bei Zelli wieder zusammenfinden. Michael sah, wie Mrs. Dandy, noch nicht ganz von ihrer Krankheit genesen, aufstand, um zu gehen, aber in eine höfliche Gruppe nach der anderen hineingezogen wurde, und er sagte es einer ihrer Töchter, die daraufhin ihre Mutter unter leichtem Zwang abführte und ihren Wagen rufen ließ. Michael kam sich sehr umsichtig vor und war stolz auf sich, nachdem er das getan hatte, und trank noch mehr Champagner.

»Es ist unglaublich«, ließ sich George Packman begeistert vernehmen. »Diese Schau wird Ham etwa fünftausend Dollar kosten, und soviel ich weiß, werden das seine letzten sein. Aber hat er auch nur eine Flasche Champagner zurückgehen lassen oder ein Blumenarrangement abbestellt? Er nicht! Er hat's eben in sich – dieser Junge. Wissen Sie, daß T. G. Vance ihm heute morgen, zehn Minuten vor der Hochzeit, ein Jahresgehalt von fünfzigtausend Dollar angeboten hat? Schon in einem Jahr wird er wieder zu den Millionären gehören.«

Die Unterhaltung wurde durch einen Vorschlag unterbrochen, Rutherford auf vereinten Schultern hinauszutragen – ein Plan, den auch sechs der Gäste in die Tat umsetzten, um dann in dem Vier-Uhr-Sonnenschein dazustehen und Braut und Bräutigam ein Lebewohl nachzuwinken. Aber irgendwo mußte es ein Mißverständnis gegeben haben, denn fünf Minuten später sah Michael beide, Braut und Bräutigam, feierlich die Treppe zur Reception hinabsteigen, beide mit einem Glas Champagner in der hocherhobenen Hand.

»Das ist unsere Art, die Dinge anzupacken«, dachte er. »Großzügig, frech und frei; eine Art von Virginia-Pflanzer-Gastfreundschaft, aber jetzt in einem anderen Tempo, nervös tickend wie aus dem Fernschreiber.«

Während er so ganz unbefangen mitten im Raum stand, um zu sehen, wer der amerikanische Gesandte sei, wurde ihm mit einem Ruck klar, daß er tatsächlich schon seit Stunden nicht mehr an Caroline gedacht hatte. Nahezu bestürzt blickte er um sich, und dann sah er sie auf der anderen Seite des Saales, sehr blond und jung und strahlend glücklich. Und neben ihr Rutherford, der sie ansah, als könnte er sie gar nicht lange genug ansehen, und während Michael die beiden noch beobachtete, schienen sie zurückzuweichen, ganz so, wie er es sich an jenem Morgen in der Rue de Castiglione gewünscht hatte – zurückzuweichen und dahinzuschwinden in ihre eigenen

Freuden und Kümmernisse, in die Jahre, die von Rutherfords stolzer Kühnheit und von Carolines junger, anrührender Schönheit ihren Zoll fordern würden; weit entschwinden, so daß er sie jetzt kaum noch sehen konnte, als wären sie von etwas so Nebelhaftem eingehüllt wie Carolines weißem wogendem Gewand.

Michael war geheilt. Die ganze Zeremonie mit ihrem Pomp und ihrer Schwelgerei war für ihn gleichsam zu einer Initiation geworden, einer Einweihung in ein Leben, in dem er den beiden nicht einmal mehr nachtrauern konnte. Alle Bitterkeit war plötzlich aus ihm weggeschmolzen, und die Welt formte sich wieder neu aus der Jugend und dem Glück, das ihn verschwenderisch wie der Frühlingssonnenschein überall umgab. Er versuchte sich zu erinnern, mit welcher der Brautführerinnen er sich, während sie Abschied nehmend an Hamilton und Caroline Rutherford vorbeischritten, für heute abend zum Essen verabredet hatte.

Erste Leidenschaft

I

Ich weiß noch, wie Sie verzweifelt zu mir kamen, als Josephine ungefähr drei Jahre alt war!« rief Mrs. Bray. »George war wütend, weil er sich zu keiner Tätigkeit recht entschließen konnte, und so prügelte er die kleine Josephine.«

»Ich erinnere mich«, sagte Josephines Mutter.

»Und daraus ist also Josephine geworden.«

Ja, es war wirklich Josephine. Sie sah Mrs. Bray an und lächelte, und Mrs. Brays Augen verhärteten sich unmerklich. Josephine lächelte weiter.

»Wie alt bist du, Josephine?«

»Eben sechzehn.«

»Oh-h. Ich hätte dich für älter gehalten.«

Bei der ersten Gelegenheit fragte Josephine ihre Mutter: »Darf ich heute nachmittag mit Lillian ins Kino?«

»Nein, Liebes; du mußt noch Schularbeiten machen.« Sie wandte sich Mrs. Bray zu, als wäre die Sache erledigt – aber: »Blöde Alte«, murmelte Josephine hörbar.

Mrs. Bray sagte etwas, um die Situation zu retten, aber Mrs. Perry konnte das natürlich nicht ungerügt durchgehen lassen.

»Wie hast du Mutter genannt, Josephine?«

»Ich sehe nicht ein, warum ich nicht mit Lillian ins Kino darf.«

Ihre Mutter begnügte sich, beim Thema zu bleiben.

»Weil du noch zu arbeiten hast. Jeden Tag gehst du irgend wohin, und dein Vater wünscht, daß das aufhört.«

»Wie unsinnig!« sagte Josephine, und sie wurde noch heftiger, »wie völlig idiotisch! Vater wird noch verrückt werden, glaube ich. Als nächstes wird er sich die Haare ausreißen und sich für Napoelon oder sowas halten.«

»Nein«, bemerkte Mrs. Bray lachend, während Mrs. Perry errötete: »Vielleicht hat sie recht. Kann sein, daß George wirklich verrückt ist – ich bin dessen ziemlich sicher. Dieser Krieg ist schuld.«

Aber sie fand es nicht wirklich komisch; sie fand, Josephine hätte eine Tracht Prügel verdient.

Es war die Rede von Anthony Harker, einem Altersgenossen von Josephines älterer Schwester.

»Er ist himmlisch«, warf Josephine dazwischen – aber nicht heftig, denn trotz des Vorangegangenen blieb sie gelassen; es kam sogar selten vor, daß sie zu vorlaut erschien, wenn sie auch manchmal außer sich geriet und fluchte, wenn Leute überhaupt kein Einsehen hatten. »Er ist einfach –«

»Er ist sehr beliebt. Meinerseits kann ich nicht viel an ihm finden. Er scheint mir eher etwas oberflächlich.«

»Aber nein, Mutter«, sagte Josephine. »Ganz und gar nicht. Jeder sagt, daß er sehr viel Charakter hat – was man von den meisten dieser Laffen nicht sagen kann. Jedes Mädchen wäre froh, wenn sie ihn sich einfangen könnte. Ich würde ihn vom Fleck weg heiraten.«

Sie hatte an so etwas nie zuvor gedacht; mit dieser Redensart hatte sie bisher nur ihre Gefühle für Travis de Coppet ausgedrückt. Als nun der Tee gebracht wurde, entschuldigte sie sich und ging auf ihr Zimmer.

Es war ein neues Haus, aber die Perrys waren keineswegs Neulinge. Sie gehörten zur Chicagoer Gesellschaft, waren ziemlich vermögend und nicht ohne Kultur nach den Maßstäben von 1914. Aber Josephine war unbewußt eine Vorkämpferin der Generation, die dazu ausersehen war, »über die Stränge zu schlagen«.

In ihrem Zimmer kleidete sie sich für ihren Besuch bei Lillian an; dabei dachte sie an Travis de Coppet und an die Heimfahrt gestern abend nach dem Tanzabend bei den Davidsons. Über seinem Smoking hatte Travis ein loses blaues Cape getragen, das er von einem altmodischen Onkel geerbt hatte. Er war groß und schlank, ein ausgezeichneter Tänzer, und seine Augen waren von gleichaltrigen weiblichen Wesen oft als »sehr dunkel« beschrieben worden – während es Erwachsenen so vorkam, als hätte er nur im Sinne des Kontrasts zwei schwarze Augen, die wahrscheinlich für jeden Abend erneuert werden mußten; ihre Umgebung war so purpurfarben oder braun oder hochrot, daß man die Augen in seinem Gesicht als erstes bemerkte, und – abgesehen von seinen weißen Zähnen – auch als letztes. Gleich Josephine war auch er etwas ungewohnt Neues. Es gab damals eine Menge neuer Dinge in Chicago, aber um des ungeteilten Interesses an dieser Erzählung willen sollte doch angemerkt werden, daß Josephine von allem das Neueste war.

Als sie angekleidet war, ging sie die Treppe hinunter und durch einen lautlos sich öffnenden Seitenausgang hinaus auf die Straße. Es war Oktober, und ein rauher Wind wehte unter entlaubten Bäumen, an kalten Hausekken vorbei, und fing sich an den Einmündungen der Wohnstraßen. Von da an bis April war Chicago eine Stadt der Häuslichkeit, wo man, durch eine Tür eintretend, gleichsam in eine andere Welt ging, denn die Kälte vom See ist ungemütlich und nicht wie die richtige Kälte des Nordens – sie verleiht nur allem, was sich drinnen abspielt, eine erhöhte Bedeutung. Da gibt es keine Musik im Freien oder Techtelmechtel, und selbst in Zeiten der Prosperität ist der Reichtum, der in Limousinen vorbeirollt, weniger strahlend als vielmehr verbitternd für die Fußgänger auf dem Bürgersteig. Doch in den Häusern herrscht eine tiefe warme Stille oder aber ein aufgeregter Lärm von Stimmen, als wären die da drinnen im Begriff, so etwas wie neue Tänze zu erfinden. Das etwa meinen die Leute, wenn sie sagen, sie lieben Chicago.

Josephine ging zu einer Verabredung mit ihrer Freundin Lillian Hammell, aber ihr Vorhaben erstreckte sich nicht darauf, ins Kino zu gehen. Verglichen mit dem, was sie vorhatte, würden ihre Mütter noch den anstößigsten und gewagtesten Film vorgezogen haben. Es handelte sich um nichts Geringeres als um eine lange Autofahrt mit Travis de Coppet und Howard Page, in deren Verlauf sie sich nicht einmal, sondern ausgiebig küssen lassen würden. Die vier hatten dies schon seit dem letzten Samstag geplant, als ungünstige Umstände die Ausführung verhindert hatten.

Travis und Howard waren schon da – ließen sich nicht erst nieder, sondern blieben in ihren Mänteln zum Zeichen ihrer Entschlossenheit und hetzten die Mädchen atemlos dem Kommenden entgegen. Travis hatte einen Pelzkragen auf seinem Mantel und einen Stock mit Goldknauf; er küßte Josephine halb scherzhaft, halb ernsthaft die Hand, und sie sagte »Halloh, Travis!« mit der Herzlichkeit eines Politikers, der einen seiner Wähler begrüßt. Doch noch für einen Augenblick tauschten die beiden Mädchen nebenan verstohlen Neuigkeiten aus.

»Ich habe ihn gesehen«, flüsterte Lillian, »eben jetzt.« »Wirklich?«

Ihre Augen leuchteten auf und verschmolzen.

»Ist er nicht *himmlisch*?« sagte Josephine.

Die Rede war von Mr. Anthony Harker, der zweiundzwanzig war und von ihrer Existenz kaum Notiz genommen hatte, außer daß ihm im Haus der Perrys Josephine gelegentlich als Constances jüngere Schwester begegnet war.

»Er hat die wundervollste Nase«, rief Lillian und brach in Lachen aus. »So –« Sie zeichnete sie in der Luft mit dem Finger nach, und beide gerieten in lustige Stimmung. Aber Josephine nahm eine gesetzte Miene an, als Travis' schwarze Augen, hervorstechend, als wären sie erst gestern abend frisch aufpoliert worden, von der Halle hereinlugten.

»Also!« sagte er gepreßt.

Die vier jungen Leute gingen hinaus, kämpften sich zwanzig Meter durch den Wind und stiegen in Pages Wagen. Sie waren alle sehr zuversichtlich und wußten genau, was sie wollten. Beide Mädchen waren bewußt ungehorsam gegen ihre Eltern, aber sie hatten deswegen nicht mehr Schuldgefühl als ein Soldat, der aus einem feindlichen Gefangenenlager entweicht. Josephine und Travis im Fond sahen einander an.

»Sieh nur«, sagte er, auf seine Hand blickend; sie zitterte. »Bis fünf Uhr auf gestern Nacht. Mädchen von den Follies.«

»Oh, Travis!« schrie sie automatisch auf, aber zum

ersten Mal fand sie eine Mitteilung wie diese nicht mehr besonders aufregend. Sie nahm seine Hand und fragte sich, was sie eigentlich im Innern bewegte.

Es war ganz dunkel, und plötzlich beugte er sich über sie, aber ebenso plötzlich wandte sie ihr Gesicht ab. Verärgert und mit einem zynischen Kopfnicken zog er sich in seine Ecke zurück. Er beschäftigte sich damit, sein dunkles Geheimnis zu pflegen – das Geheimnis, das seinen Eindruck auf sie noch nie verfehlt hatte. Sie konnte sehen, wie es in seinen Augen auftauchte und sich ausbreitete, hinunter zu den Backenknochen und wieder hinauf zu den Brauen, aber sie brachte es nicht fertig, sich auf ihn einzustellen. Das romantische Mysterium der Welt war für sie auf einen anderen Mann übergegangen.

Travis wartete zehn Minuten auf ihre Kapitulation; dann versuchte er es noch einmal, aber bei dieser zweiten Annäherung sah sie ihn zum ersten Mal so, wie er wirklich war. Josephines Einbildungskraft und ihre Sehnsüchte ließen sich leicht bis zu einem gewissen Punkt ausbeuten, aber darüber hinaus schützte sie ihre angeborene Impulsivität. Jetzt plötzlich fand sie ein wirkliches Argument gegen Travis, und ihre Stimme nahm einen leidvollen Ton an.

»Ich habe gehört, was du gestern abend gesagt hast. Ich habe es sehr gut gehört.«

»Worum geht es?«

»Du hast zu Ed Bement gesagt, dir stünde ein Mordsvergnügen bevor, denn du würdest mich in deinem Auto nachhause fahren.«

»Wer hat dir das gesagt?« fragte er, schuldbewußt, aber verharmlosend.

»Ed Bement, und er sagte mir auch, er hätte dich fast geohrfeigt, als du das sagtest. Er hätte sich kaum zurückhalten können.«

Wiederum zog Travis sich in seine Ecke zurück. Er nahm das als Grund für ihr kühles Verhalten, was es in gewissem Grade auch war. Wenn man Doktor Jungs Theorie annimmt, daß zahllose männliche Stimmen im Unterbewußtsein einer Frau argumentieren und sogar durch ihren Mund sprechen, dann war es wahrscheinlich der abwesende Ed Bement, der in diesem Augenblick aus Josephines Munde sprach.

»Ich habe beschlossen, überhaupt keine Jungen mehr zu küssen, weil ich dann dem Mann, den ich wirklich liebe, nichts mehr geben könnte.«

»Unsinn!« erwiderte Travis.

»Es stimmt aber. Es ist in und um Chicago zu viel über mich geredet worden. Ein Mann hat für ein Mädchen, das er küssen kann, wann immer er will, ganz gewiß keine Achtung mehr, und ich möchte von dem Mann, den ich eines Tages heirate, geachtet werden.«

Ed Bement wäre höchst erstaunt gewesen, wenn er gewußt hätte, wie weit sie an jenem Nachmittag unter seinem Einfluß stand.

Als Josephine von der Straßenecke, wo die anderen sie diskret abgesetzt hatten, auf ihr Haus zuging, spürte sie die angenehme Leichtigkeit, die sich am Ende einer getanen Arbeit einstellt. Sie würde nun für immer ein braves Mädchen sein, sich weniger mit Jungen abgeben, wie ihre Eltern es wünschten, und sich bemühen, das zu sein, was in Miß Benbowers Schule als Ideal eines Benbower-Mädchens bezeichnet wurde. Dann im nächsten Jahr, auf Brearley, konnte sie das Ideal eines Brearley-Mädchens werden. Doch jetzt erschienen die ersten Sterne über dem Lake Shore Drive, und überall ringsum spürte sie das swingende Chicago mit hundert Meilen die Stunde dahinbrausen; Josephine wußte, daß sie solche Wünsche nur um ihrer Seele willen zu hegen wünschte. Tatsächlich hatte sie kein besonderes Verlangen, etwas zu leisten. Ihr Großvater hatte es gehabt, ihre Eltern waren sich dessen noch bewußt, aber Josephine akzeptierte einfach die stolze Welt, in die sie hineingeboren war. Das war in Chicago leicht, weil dies, anders als New York, ein Stadtstaat war, in dem die alten Familien eine Kaste bildeten – die Intelligenz wurde durch die Universitätsprofessoren repräsentiert, und es gab keinerlei Verpflichtungen, außer daß selbst die Perrys zu einer Reihe von Familien, die noch reicher und bedeutender waren als sie, besonders freundlich sein mußten. Josephine tanzte gern, aber das Feld weiblicher Triumphe, das Tanzparkett, war etwas, wo man sich möglichst mit einem Mann davonstahl.

Als Josephine an das schmiedeeiserne Tor ihres Hauses kam, sah sie ihre Schwester auf den oberen Stufen fröstelnd mit einem abschiednehmenden jungen Mann; dann schloß sich die Haustür, und der Mann kam den Weg herunter. Sie wußte, wer es war.

Er war zerstreut, aber im Vorbeigehen erkannte er sie für einen Augenblick.

»Oh, hello«, sagte er.

Sie machte eine ganze Drehung, so daß er ihr Gesicht im Schein der Straßenlaterne sehen konnte; sie hob es ganz aus dem Pelzkragen ihm entgegen, und dann lächelte sie.

»Hello«, sagte sie sittsam.

Sie gingen aneinander vorbei. Sie zog den Kopf wie eine Schildkröte ein.

»So, jetzt weiß er jedenfalls, wie ich aussehe«, sagte sie aufgeregt zu sich, während sie ins Haus ging.

II

Einige Tage danach sagte Constance Perry zu ihrer Mutter in allem Ernst:

»Josephine ist so eingebildet, daß ich wirklich glaube, sie ist ein bißchen verrückt.«

»Sie ist sehr eingebildet«, gab Mrs. Perry zu. »Vater und ich haben schon darüber gesprochen und beschlossen, daß sie gleich nach Neujahr in den Osten auf die Schule soll. Aber du sag nur kein Wort davon, bis wir es genauer wissen.«

»Aber Mutter, es ist höchste Zeit! Sie und dieser fürchterliche Travis de Coppet mit seinem komischen Mantel laufen herum, als wären sie an die tausend Jahre alt. Letzte Woche kamen sie ins Blackstone, und mir lief es kalt über den Rücken. Sie sahen ganz aus wie zwei Verrückte – Travis schlurfte vorbei, und Josephine zuckte mit dem Mund, als hätte sie den Veitstanz. *Ehrlich* –«

»Was wolltest du gerade über Anthony Harker sagen?« unterbrach sie ihre Mutter.

»Daß sie verrückt nach ihm ist, und er ist alt genug, ihr Großvater zu sein.«

»Nicht ganz.«

»Mutter, er ist zweiundzwanzig und sie sechzehn. Jedesmal, wenn Jo und Lillian an ihm vorbeikommen, kichern sie und glotzen –«

»Komm einmal her, Josephine«, sagte Mrs. Perry.

Josephine kam lässig ins Zimmer und lehnte sich mit dem Rückgrat gegen die Kante der offenen Tür, mit der sie sich leicht hin und her wiegte.

»Was ist, Mutter?«

»Meine Liebe, du willst doch nicht, daß man über dich lacht, nicht wahr?«

Josephine wandte sich mißgelaunt ihrer Schwester zu. »Wer lacht über mich? Du, nehme ich an. Du bist die einzige, die das tut.«

»Du bist so eingebildet, daß du es gar nicht merkst. Als du und Travis de Coppet an jenem Nachmittag ins Blackstone kamt, lief es mir kalt über den Rücken. Jeder an unserem Tisch und die meisten an den anderen Tischen lachten – soweit sie nicht schockiert waren.«

»Ich nehme an, sie waren eher schockiert«, meinte Josephine hochbefriedigt.

»Du wirst einen schönen Ruf haben, wenn du erst einmal erwachsen bist.«

»Ach, halt doch den Mund!« sagte Josephine.

Für einen Augenblick war Schweigen. Dann sagte Mrs. Perry leise und feierlich: »Ich werde deinem Vater darüber berichten müssen, sobald er nachhause kommt.«

»Mach nur, sag es ihm.« Unvermittelt brach Josephine in Tränen aus. »Oh, warum kann mich denn niemand in Ruhe lassen? Ich wollte, ich wäre tot.«

Ihre Mutter stand auf und legte den Arm um sie. »Josephine, aber Josephine.« Doch Josephine fuhr fort mit tiefen gebrochenen Schluchzern, die aus dem Grunde ihres Herzens zu kommen schienen.

»Nur eine Reihe von – von ekligen, eifersüchtigen Mädchen, die schon w-wütend werden, wenn einer mmich ansieht, und dann allerhand Geschichten aufbringen, die völlig erlogen sind, nur weil ich jeden kriegen kann, den ich will. Constance ist vermutlich nur wütend, weil ich hineinging und für ganze *fünf* Minuten mit Anthony Harker saß, als er gestern abend auf sie wartete.«

»Ja, ich war *schrecklich* eifersüchtig! Ich habe die ganze Nacht aufgesessen und darüber geweint. Besonders weil er mir gegenüber auf Marice Whaley zu sprechen kam. Und was war?! – Du hast ihn in den fünf Minuten so verrückt auf dich gemacht, daß er sich auf dem ganzen Weg zu den Warrens vor Lachen nicht halten konnte.«

Josephine zog mit einem letzten Schluchzer die Luft ein und hörte auf zu weinen. »Wenn du es wissen willst, ich habe beschlossen, ihn aufzugeben.«

»Ha-ha!« brach Constance los. »Hör dir *das* an, Mutter! Sie will ihn aufgeben – als hätte er je nach ihr geschielt oder sie auch nur als lebendige Person wahrgenommen! So was Eingebildetes –«

Aber Mrs. Perry hielt es nicht mehr aus. Sie legte den Arm um Josephine und führte sie eilends auf ihr Zimmer.

»Deine Schwester meinte ja nur, sie sähe es nicht gern, wenn über dich gelacht wird«, erklärte sie.

»Schön, und ich habe ihn aufgegeben«, sagte Josephine düster.

Und sie hatte ihn aufgegeben, auf tausend Küsse verzichtet, die sie nie bekommen hatte, auf hundert lange aufregende Tänze in seinen Armen, auf hundert unwiederbringliche Abende. Sie sagte nichts von dem Brief, den sie ihm gestern abend geschrieben – und nicht abgeschickt hatte, jetzt nie mehr abschicken würde.

»In deinem Alter darfst du an solche Dinge nicht denken«, sagte Mrs. Perry. »Du bist doch noch ein Kind.«

Josephine stand auf und ging zum Spiegel.

»Ich habe Lillian versprochen, zu ihr hinüber zu kommen. Ich bin schon spät dran.«

Wieder in ihrem Zimmer, dachte Mrs. Perry: »Noch zwei Monate bis Februar.« Sie war eine nette Frau, die von jedem ihrer Angehörigen geliebt sein wollte; zum Herrschen hatte sie keine Begabung. Sie verschnürte ihre Absicht wie ein hübsches Päckchen und vertraute sie der Post an, mit Josephine als Inhalt und zuverlässig adressiert an die Brearley School.

Eine Stunde später saßen im Teeraum des Blackstone Hotels Anthony Harker und ein anderer junger Mann wartend an einem Tisch. Anthony war ein vom Glück verwöhnter junger Mann, hatte nichts zu tun, war hinlänglich vermögend und genoß seine augenblickliche Beliebtheit. Nach einem kurzen Studium an einer östlichen Universität war er auf ein berühmtes College in Virginia übergewechselt und hatte in diesem weniger anspruchsvollen Milieu seine Bildung vervollständigt; zumindest hatte er sich gewisse Artigkeiten und Maniertheiten angeeignet, die Chicagoer Mädchen entzückend fanden.

»Da kommt dieser Bursche Travis de Coppet«, hatte sein Begleiter soeben bemerkt. »Für was hält er sich eigentlich?«

Anthony sah sich unbeteiligt die jungen Leute auf der anderen Seite des Raumes an, erkannte die kleine Perry und andere junge Mädchen, denen er anscheinend in letzter Zeit häufig auf der Straße begegnet war. Obwohl sie sich offenbar ganz zuhause fühlten, kamen sie ihm albern und laut vor; dann schweiften seine Blicke ab und suchten nach der Gesellschaft, mit der er zum Tanzen verabredet war; aber er saß immer noch da, als der Raum, der trotz der Innenbeleuchtung und der Dunkelheit draußen etwas Zwielichtiges hatte, zu den Klängen einer frechen, mitreißenden Musik erwachte. Eine immer dichter werdende Parade zog an ihm vorüber. Die Männer in Saccos, als kämen sie gerade von weltbewegenden Geschäftsabschlüssen, und die Frauen mit Hüten, die jeden Augenblick davonfliegen zu wollen schienen, gaben der Szene eine gewisse Flüchtigkeit. Die stillschweigende Annahme, daß diese ein bißchen arrangierte und halb offizielle Zusammenkunft sich alsbald in formelle Grüppchen auflösen würde, machte ihn begierig, diese letzten Minuten zu nutzen, und er hielt immer angespannter Ausschau nach einem Gesicht, das ihm bekannt wäre.

Plötzlich tauchte, keine zehn Schritte entfernt, ein Gesicht in der Armbeuge eines Mannes auf, und für einen Moment wurde Anthony von einem der erbarmungswürdigsten und tragischsten Blicke aufs Ziel genommen, die sich je auf ihn gerichtet hatten. Es war ein Lächeln und auch wieder kein Lächeln – zwei große graue Augen mit lebhaften Farbtupfern darunter und ein Mund, der zu einem allumfassenden, ihn und sie selbst einschließenden Mitgefühl geschürzt war – doch bei alledem nicht der Ausdruck eines Opferlamms, sondern eines Dämons zärtlicher Melancholie – und da zum ersten Mal sah Anthony wirklich Josephine.

Sein erster Instinkt war, festzustellen, mit wem sie tanzte. Es war ein junger Mann, den er kannte, und mit dieser Gewißheit war er auch schon auf den Füßen, zupfte rasch sein Jackett zurecht und ging hinaus aufs Parkett.

»Darf ich abklatschen, bitte?«

Josephine kam dicht an ihn heran, als sie zu tanzen begannen, schlug einen Moment lang die Augen zu ihm auf, senkte sie dann und sah weg. Sie sagte nichts. Als ihm klar wurde, daß sie unmöglich älter als sechzehn sein konnte, hoffte Anthony, daß die Gesellschaft, mit der er verabredet war, nicht mitten in diesem Tanz einträfe.

Als der Tanz vorbei war, hob sie wieder die Augen zu ihm auf; ein Gefühl, sich geirrt zu haben und daß sie womöglich älter war, als er gedacht hatte, beschlich ihn. Ehe er sie an ihrem Tisch verließ, fühlte er sich bewogen zu sagen:

»Könnte ich vielleicht später noch einen Tanz bekommen?«

»Oh, gewiß.«

Sie tauchte ihre Augen in seine, jeder Strahl ein Bolzen – vielleicht von den Eisenbahnschienen, die die Vermögensgrundlage und Einnahmequelle der Familie bildeten. Anthony war verwirrt, als er zu seinem Tisch zurückging.

Eine Stunde danach verließen sie das Blackstone, zusammen in seinem Wagen.

Das hatte sich einfach so ergeben – Josephines Bemerkung am Ende ihres zweiten Tanzes, daß sie nachhause müßte, dann ihre Bitte und seine Befangenheit, als er neben ihr über den jetzt leeren Tanzboden schritt. Es geschah ihrer Schwester zuliebe, wenn er sie nachhause brächte – aber er hatte jenes untrügliche Gefühl von Erwartung.

Dennoch, einmal draußen und unter dem Schock der bitteren Kälte zur Besinnung gekommen, versuchte er erneut, die Grenzen seiner Verantwortung zu bestimmen. Es ging sich schwer mit Josephines andrängender Jugend, die sich dunkel an ihn schmiegte. Als sie in den Wagen stiegen, versuchte er, mit männlich starrem Blick der Situation Herr zu werden, aber ihre Augen, die wie im Fieber glühten, ließen seine vorgetäuschte Strenge im Bruchteil einer Sekunde dahinschmelzen.

Unschlüssig tätschelte er ihre Hand – dann war er mit einemmal in ihrem Duftkreis und küßte sie atemlos.

»Das war's also«, wisperte sie nach einem kurzen Augenblick. Entsetzt fragte er sich, ob er etwas vergessen habe – etwas, das er früher zu ihr gesagt hätte.

»Wie grausam, so etwas zu sagen, wo ich gerade dabei war, Feuer zu fangen«, sagte er.

»Ich meinte ja nur, daß jede Minute mit dir womöglich die letzte ist«, sagte sie kläglich. »Die Familie will mich nach auswärts auf die Schule schicken – sie meinen, ich hätte das noch nicht herausbekommen.«

»Schlimm, schlimm.«

»– und heute hockten sie beisammen – und wollten mir einreden, du wüßtest nicht einmal, daß ich existiere!«

Nach einer langen Pause pflichtete ihr Anthony kleinlaut bei. »Ich hoffe, du hast dich nicht von ihnen überzeugen lassen.«

Sie lachte kurz auf. »Ich habe nur gelacht und dann kam ich hier her.«

Ihre Hand wuschelte sich zu seiner durch; als er sie drückte, hob sie ihre eben noch dunklen, jetzt strahlenden Augen zu ihm auf, bis sie mit seinen auf gleicher Höhe waren und ihm entgegenkamen. Im nächsten Moment dachte er bei sich: »Das ist eine Gemeinheit, die ich begehe.«

Und er war dessen ganz sicher.

»Du bist so lieb«, sagte sie.

»Und du bist ein Engel.«

»Eifersucht ist mir mehr verhaßt als alles in der Welt«, brach Josephine los, »und ausgerechnet *mich* muß es treffen. Und meine Schwester noch schlimmer als alle anderen.«

»Oh, nein!« widersprach er.

»Ich konnte nichts dagegen machen, mich in dich zu verlieben. Ich habe es versucht. Ich bin jedesmal aus dem Haus gegangen, wenn ich wußte, daß du kämst.«

Die Kraft ihrer Lügen kam aus ihrer Offenheit und aus ihrem schlichten felsenfesten Glauben, daß, wen immer sie liebte, der sie wiederlieben müsse. Josephine kannte weder Scham noch Wehleidigkeit. Ihre Welt war stets auf ein männliches Wesen ausgerichtet, eine Welt, die sie seit ihrem achten Lebensjahr gefahrlos durchlaufen hatte. Sie plante nichts; sie ließ sich einfach treiben, und der ihr eigene Lebensüberschwang tat ein übriges. Erst wenn die Jugend vorbei ist und die Erfahrung uns ein sozusagen leichtfertiges Selbstvertrauen gegeben hat, wird den meisten von uns klar, wie einfach solche Dinge im Grunde sind.

»Aber du konntest doch gar nicht in mich verliebt sein«, wollte Anthony sagen und konnte es doch nicht. Er kämpfte mit dem Wunsch, sie erneut zu küssen, wenn auch nur zärtlich, und wollte ihr schon sagen, daß es reine Torheit von ihr sei, aber noch ehe er mit diesem hübschen Plan zum Zuge kam, war sie schon wieder in seinen Armen und flüsterte etwas, das er einfach hinnehmen mußte, weil es in einen Kuß verpackt war. Dann, als er von ihrer Haustür abfuhr, war er mit sich allein.

Worauf hatte er sich eingelassen? Alles, was gesagt worden war, dröhnte und pochte in seinen Ohren wie ein unerwartetes Fieber – morgen um vier an dieser Ecke.

»Großer Gott!« dachte er, und es war ihm nicht ganz wohl dabei. »All dies dumme Geschwätz, mich aufgeben zu wollen. Sie ist ein verrücktes junges Ding, und sie wird sich vom ersten besten, der darauf aus ist, ins Unglück stürzen lassen. Eine *tolle* Chance bei meinem morgigen Rendez-vous mit ihr.«

Und weder beim Dinner noch bei dem nachfolgenden Tanz, zu dem er an jenem Abend ging, konnte Anthony die Episode aus seinen Gedanken verbannen; immer wieder sah er sich mit leisem Bedauern um, als vermisse er eine, die eigentlich hätte da sein sollen.

III

Zwei Wochen danach, als Anthony in einem ebenerdigen, dürftig möblierten, undefinierbaren »Wohnzimmer« auf Marice Whaley wartete, tastete er in seiner Tasche nach halbvergessenen Briefen. Drei davon steckte er zurück; den letzten öffnete er hastig, nachdem er einen Moment hinausgehorcht hatte, und las ihn mit dem Rücken zur Tür. Es war der dritte von einer ganzen Reihe – denn nach jedem Treffen mit Josephine war ein solcher Brief gekommen – und er klang ganz genau so wie die anderen – der Brief eines Kindes. Was immer an Reife des Fühlens sich in ihrem Ausdruck ansammeln mochte, wurde von schierer Albernheit zugedeckt, sobald sie mit der Feder zum Schreiben ansetzte. Da war viel die Rede von »deinem Gefühl für mich« und »meinem Gefühl für dich«, und

Sätze begannen mit »Ja, ich weiß, daß ich sentimental bin« oder noch plumper »Ich war schon immer so ein Häschen, und ich kann nichts dagegen machen«, und dann unweigerlich viel Zitieren aus gerade populären Schlagertexten, als drückten diese die Gemütsverfassung der Briefschreiberin besser aus als eigene sprachliche Klimmzüge.

Der Brief verwirrte Anthony. Als er bei der Nachschrift anlangte, worin kühl und sachlich ein Rendezvous für fünf Uhr heute nachmittag ausgemacht wurde, hörte er Marice herunterkommen und steckte den Brief wieder in die Tasche.

Marice summte und tänzelte im Zimmer umher. Anthony rauchte.

»Ich habe dich Dienstag nachmittag gesehen«, sagte sie plötzlich. »Du schienst dich glänzend zu amüsieren.«

»Dienstag«, wiederholte er, als müsse er nachdenken. »Oh, ja. Ich traf zufällig ein paar junge Dinger und wir gingen zu einem Tanztee. Es war sehr lustig.«

»Aber als ich dich sah, warst du *fast* allein.«

»Worauf willst du hinaus?«

Marice summte wieder. »Laß uns ausgehen. Gehen wir zu einer Matinee.«

Unterwegs erklärte Anthony ihr, wie er ganz zufällig mit Connies kleiner Schwester zusammengewesen sei; daß diese Erklärung nötig war, ärgerte ihn irgendwie. Als er fertig war, sagte Marice scharf:

»Wenn du schon Wiegen ausräubern willst, warum mußtest du dir diese kleine Teufelin herauspicken? Ihr Ruf ist schon so schlecht, daß Mrs. McRae sie dieses Jahr nicht in den Tanzkursus aufnehmen wollte – sie tat es nur Constance zuliebe.«

»Wieso ist sie denn so schlimm?« fragte Anthony verwirrt.

»Darüber möchte ich lieber nicht sprechen.«

Seine Fünf-Uhr-Verabredung ging ihm die ganze Zeit während der Matinee nicht aus dem Kopf. Obwohl die Bemerkungen von Marice nur ein gefährliches Bedauern für Josephine bewirkt hatten, war er nichtsdestoweniger entschlossen, diese Begegnung müsse die letzte sein. Es war peinlich, daß man ihn in ihrer Gesellschaft gesehen hatte, obwohl er das in bester Absicht hatte vermeiden wollen. Die Sache konnte sich leicht zu einem bedenklichen Schlamassel auswachsen, ohne daß Josephine oder er etwas davon hätten. Marices Entrüstung machte ihm wenig aus; den ganzen Herbst über hätte er sie bequem haben können, aber Anthony wollte sich nicht ehelich binden, wollte überhaupt mit niemand in Verbindung gebracht werden.

Als er um fünf Uhr dreißig frei war, dunkelte es schon, und er bog mit seinem Wagen zu dem im Wiederaufbau befindlichen Philanthropie-Palast im Grant Park ein. Die düstere Atmosphäre von Ort und Zeit bedrückte ihn und machte die Sache noch peinlicher. Als er aus dem Wagen stieg, ging er an einem jungen Mann, der in einem Roadster wartete, vorbei – ein junger Mann, den er ungefähr wiedererkannte – und traf Josephine in dem halbdunklen Vestibül, das die Windfangtüren bildeten.

Mit einem undefinierbaren Laut der Begrüßung kam sie stracks in seine Arme und hob ihm ihr Gesicht entgegen.

»Ich kann nur einen Moment bleiben«, sagte sie, als hätte er sie um dieses Treffen gebeten. »Man erwartet mich bei einer Hochzeit zusammen mit meiner Schwester, aber ich mußte dich noch sehen.«

Als Anthony sprach, gefror seine Stimme zu einem weißen Nebel, der sich in der Dunkelheit abhob. Er sagte ihr Dinge, die er ihr schon früher gesagt hatte, aber diesmal entschieden und endgültig. Es war leichter, weil er ihr Gesicht kaum sehen konnte und weil es ihn wütend machte, daß sie irgendwo mitten in seiner Rede zu weinen anfing.

»Ich habe gewußt, daß du als unbeständig galtest«, wisperte sie, »aber das hier habe ich nicht erwartet. Immerhin habe ich Stolz genug, dich nicht weiter zu behelligen.« Sie zögerte. »Aber ich wollte, wir könnten uns nur noch einmal treffen, damit wir vielleicht zu einem etwas anderen Abschluß kommen.«

»Nein.«

»Irgendein eifersüchtiges Mädchen hat zu dir über mich geredet.«

»Nein.« Und dann, in seiner Verzweiflung, versetzte er ihr den entscheidenden Schlag. »Ich bin nicht unbeständig. Ich habe dich nie geliebt und habe *nie* etwas dergleichen zu dir gesagt.«

Indem er erriet, was für ein unglückliches Gesicht sie jetzt machen würde, wandte er sich ab und trat einen Schritt beiseite. Als er aufgeregt herumfuhr, hatte sich die Windfangtür eben geschlossen – sie war fort.

»Josephine!« rief er in hilflosem Schmerz, aber es kam keine Antwort. Er wartete mit beklommenem Herzen, bis er dann einen Wagen abfahren hörte.

Zuhause angekommen, bedankte Josephine sich bei Ed Bement, den sie ausgenutzt und mit einem Fünkchen Hoffnung abgespeist hatte, ging durch eine Nebentür hinein und hinauf auf ihr Zimmer. Das Fenster stand offen, und sie hielt sich, während sie sich in Eile für die

Hochzeit umkleidete, in dessen Nähe, damit sie sich erkälten und so sterben könnte.

Als sie ihr Gesicht im Badezimmerspiegel sah, brach sie auf dem Rand der Badewanne zusammen und saß da, ihre Fingernägel säubernd, wobei sie kleine Erstickungslaute von sich gab, als kämpfe sie mit einem Hustenanfall. Weinen konnte sie später die ganze Nacht im Bett, wenn alle anderen schliefen, aber jetzt war erst Nachmittag.

Die beiden Schwestern und ihre Mutter standen Seite an Seite bei der Trauung von Mary Jackson und Jackson Dillon. Es war eine Hochzeit trauriger Gefühle – das Ende der strahlenden, zauberhaften Jugend eines Mädchens, das allgemein bewundert und geliebt wurde. Aber wohl für kaum einen Betrachter waren die näheren Umstände symbolisch für das Ende einer Periode, denn von dem Aussichtspunkt eines vergangenen Jahrzehnts sind gewisse Dinge, die sich ereignet haben, bereits von der rührenden Komik von vorgestern überpudert und sogar in den Lavendelduft von gestern getaucht. Die Braut hob ihren Schleier und lächelte jenes ernste Lächeln, das sie »anbetungswürdig« machte, aber Tränen liefen über ihre Wangen, und sie blickte auf die vielen ausgestreckten Hände von Freunden, als wolle sie alle ein letztes Mal umarmen. Dann wandte sie sich einem ebenso seriösen wie untadeligen Gatten zu, als wollte sie sagen: »Der Schritt wäre getan. Alles was ich bin, ist nun dein auf immer und ewig.«

Constance, die mit Mary Jackson zur Schule gegangen war, weinte in ihrer Kirchenbank hemmungslos aus einem Herzen, das wie ein hallendes Gewölbe war. Aber das Gesicht von Josephine neben ihr war schwerer zu enträtseln. Obwohl ihre Augen nichts von ihrem geraden, angespannten Blick verloren, entrann ihnen eine einzelne Träne und, gleichsam erschrocken über das Gefühl davon, verhärtete sich ihr Gesicht ein wenig und der Mund verhielt in seinem Trotz, wie bei einem Kind, das sich wohl hütet, Ärger zu erregen. Nur einmal bewegte sie sich; als sie eine Stimme hinter sich sagen hörte: »Das ist die kleine Perry. Sieht sie nicht reizend aus?«, da wandte sie sich sogleich um und blickte auf ein buntes Glasfenster, damit ihre unbekannten Bewunderer sie auch im Profil sähen.

Josephines Familie ging zu dem Hochzeitsempfang, und so aß sie allein zu Abend oder vielmehr mit ihrem kleinen Bruder und dem Kindermädchen, was auf dasselbe herauskam.

Sie fühlte sich inhaltsleer. Anthony Harker, »so über alle Maßen liebenswert – so süß und liebenswert – so süß und über alle Maßen liebenswert«, machte wohl gerade einer Neuen den Hof, küßte ihr häßlich eiferndes Gesichtchen; bald würde er zusammen mit allen seiner Generation für immer in eine liebeleere Ehe entschwunden sein und nur eine Welt von lauter Travis de Coppets und Ed Bements zurücklassen – Männer, die so leicht zu haben waren, daß sich kaum die Anstrengung eines Lächelns lohnte.

Oben in ihrem Zimmer regte sie wieder ihr Anblick im Spiegel auf. Was wäre, wenn sie noch in dieser Nacht im Schlaf stürbe?

»So eine Schmach und Schande!« flüsterte sie zu sich.

Sie öffnete das Fenster und kroch, ihr einziges Andenken an Anthony, ein großes leinenes Taschentuch mit seinen Initialen, in der Hand haltend, todtraurig ins Bett.

Noch ehe die Bettücher sich im geringsten erwärmt hatten, klopfte es an der Tür.

»Ein Eilbrief«, sagte das Mädchen.

Indem sie Licht machte, öffnete Josephine den Brief, sah nach der Unterschrift und zurück zum Anfang, wobei sich ihre Brust unter dem Nachtgewand rasch hob und senkte.

LIEBE KLEINE JOSEPHINA: Es hat keinen Zweck. Ich kann nicht dagegen an, ich kann nicht länger leugnen. Ich bin ganz toll und schrecklich verliebt in dich. Als du heute nachmittag weggingst, überkam es mich mit einem Schlag, und ich wußte, ich könnte dich nie aufgeben. Ich fuhr nachhause, und ich konnte weder essen noch stillsitzen, nur auf und ab rennen und dabei an dein liebes Gesicht und deine lieben Tränen dort in dem Vestibül denken. Und jetzt sitze ich und schreibe diesen Brief –

Er war vier Seiten lang. Irgendwo in der Mitte wurde ihr Altersunterschied als unwichtig abgetan, und die letzten Worte waren:

Ich weiß, wie elend dir zumute sein muß, und ich gäbe zehn Jahre meines Lebens hin, bei dir zu sein und deine süßen Lippen zur guten Nacht zu küssen.

Als sie den Brief zu Ende gelesen hatte, saß Josephine einige Minuten reglos da; ihr Kummer war plötzlich verflogen, und einen Augenblick lang war sie so überwältigt, daß sie schon dachte, an seiner Stelle sei Freude zurückgekehrt. Über ihr Gesicht huschte ein leichtes Stirnrunzeln. »Verrückt!« sagte sie zu sich. Sie las den Brief noch einmal durch.

Ihr erster Instinkt war, Lillian anzurufen, aber das ließ sie lieber bleiben. Dann tauchte das Bild der Braut bei der Hochzeit vor ihr auf – die untadelige Braut, unbefleckt, von Liebe umgeben und in Heiligkeit süß erglühend. In Rechtschaffenheit herangewachsen, ein Heer von Freunden, und dann tritt der perfekte Liebhaber auf, der ideale Mann. Mit Anstrengung mußte sie ihren schweifenden Geist an ihre augenblickliche Lage erinnern. Gewiß würde Mary Jackson einen solchen Brief niemals aufgehoben haben. Josephine stieg aus dem Bett, zerriß den Brief in kleine Fetzen und verbrannte sie, nicht ohne einige Schwierigkeit wegen der überraschenden Rauchentwicklung, auf einem Tisch mit Glasplatte. Kein wohlerzogenes Mädchen würde einen solchen Brief beantwortet haben; das einzige war, ihn einfach zu ignorieren.

Mit dem leinenen Taschentuch des Mannes, das sie noch in der Hand hielt, wischte sie die Tischplatte ab, warf es achtlos in den Wäschekorb und kroch ins Bett. Sie war mit einemmal sehr schläfrig.

IV

Aus dem, was folgte, machte niemand Josephine einen Vorwurf, nicht einmal Constance. Wenn ein Mann von zweiundzwanzig sich so weit gehen läßt, einem Mädchen von sechzehn, gegen ihren eigenen Willen und den ihrer Eltern, den Hof zu machen, dann gab es nur eine Antwort – er war jemand, der in einem anständigen Haus nicht mehr verkehren konnte. Als Travis de Coppet bei einem Tanzabend eine gegenteilige Ansicht in der Sache vertrat, schlug Ed Bement ihn in der Herrentoilette, wie es hieß,

»zu Brei«, und Josephines Ruf stieg wieder auf die normale Höhe und blieb so. Berichte, wie Anthony wieder und wieder im Hause vorgesprochen hatte und jedesmal abgewiesen worden war, wie er Mr. Perry bedroht hatte, wie er ein Hausmädchen hatte bestechen wollen, Briefe zu überbringen, und wie er versucht hatte, Josephine auf ihrem Rückweg von der Schule aufzulauern – alles dies deutete darauf hin, daß er ein bißchen verrückt war. Schließlich bestand sogar Anthony Harkers eigene Familie darauf, daß er in den Westen ginge.

Für Josephine war das eine aufreibende Zeit. Josephine sah, wie nahe sie an einer Katastrophe gewesen war, und versuchte, durch ständige Rücksichtnahme und blinden Gehorsam ihren Eltern gegenüber den Kummer, den sie ihnen unbeabsichtigt bereitet hatte, wiedergutzumachen. Anfangs war sie entschlossen, zu keinem der weihnachtlichen Tanzabende zu gehen, doch ihre Mutter, die sich von den für die Ferien heimgekommenen Jungen und Mädchen eine Ablenkung für sie versprach, überredete sie dazu. Mrs. Perry wollte sie Anfang Januar auf die Brearley-Schule in den Osten bringen; beim Einkaufen von Schuluniform und Kleidern waren Mutter und Tochter viel zusammen, und Mrs. Perry freute sich, wie reif und verantwortungsbewußt Josephine geworden war.

Tatsächlich war es Josephine völlig ernst damit, und nur einmal tat sie etwas, das sie der Welt niemals hätte eingestehen können. Am Tage nach Neujahr zog sie ihr neues Reisekostüm und ihren neuen Pelzmantel an, verließ das Haus durch ihren vertrauten Ausschlupf, die Nebentür, und ging einen Häuserblock weit zu dem wartenden Auto von Ed Bement. In der Stadt ließ sie Ed an einer Straßenecke warten und betrat einen Drugstore gegenüber der alten Union Station in LaSalle Street. Dort wartete ein Mann mit kummervoll herabgezogenen Mundwinkeln und leidverstörtem Blick auf sie.

»Dank, daß du gekommen bist«, sagte er kläglich.

Sie antwortete nicht. Sie blickte ernst und reserviert.

»Dies wollte ich noch – nur dieses eine«, sagte er rasch: »Warum warst du so verändert? Was habe ich getan, daß du dich plötzlich so verändert hast? War irgendetwas vorgefallen? Oder lag es an mir? War es das, was ich an jenem Abend in dem Vestibül gesagt habe?«

Ihn immer noch anblickend, versuchte sie nachzudenken, aber es fiel ihr nur ein, wie reizlos und geradezu abstoßend sie ihn auf einmal fand, und das wollte sie ihn möglichst nicht merken lassen. Es hätte keinen Zweck gehabt, die einfache Wahrheit zu sagen – daß sie für das, was sie getan hatte, nicht verantwortlich war, daß große Schönheit einen Drang, ja fast eine Verpflichtung mit sich bringt, ihre Wirkung zu erproben, daß das weite Gefäß ihrer Gefühle ganz von selbst übergeschwappt war und daß es rein zufällig ihn vernichtend getroffen hatte und nicht sie. Ein Blick des Erbarmens dürfte wohl Anthony Harker auf seiner Reise gen Westen folgen, aber ganz gewiß folgte das Auge des Schicksals Josephine, als sie jetzt durch den fallenden Schnee über die Straße zu Ed Bements Wagen ging.

Als sie abfuhren, saß sie eine Weile ganz still, erleichtert und doch voll ehrfürchtiger Scheu. Anthony Harker war zweiundzwanzig, sah gut aus, war allgemein beliebt und sehr begehrt – und wie er sie geliebt hatte, so sehr, daß er von hier fort mußte. Sie war ebenso beeindruckt, als hätte es sich um zwei beliebig andere Menschen gehandelt.

Da Ed Bement ihr Schweigen für Niedergeschlagenheit nahm, sagte er:

»Nun, ein Gutes hat es jedenfalls gehabt – es machte mit jener anderen Geschichte Schluß, die man von dir erzählte.«

Sie wandte sich rasch zu ihm um: »Was für eine Geschichte?«

»Ach, irgend so eine dumme Geschichte.«

»Was war es?« fragte sie.

»Oh, nichts Besonderes«, sagte er zögernd, »aber im vorigen August ging ein Gerücht um, du und Travis de Coppet hättet geheiratet.«

»Nein, so eine ausgemachte Gemeinheit!« rief sie aus. »So etwas Verlogenes habe ich noch nie gehört. Es war nur –« sie hütete sich gerade noch rechtzeitig, die Wahrheit zu gestehen – daß nämlich sie und Travis abenteuerlich zwanzig Meilen nach Neu Ulm gefahren waren, ohne indessen einen Geistlichen zu finden, der bereit gewesen wäre, sie zu trauen. Das alles war wie aus Vorzeiten und lag hinter ihr, kindisch und vergessen.

»Oh, was für eine Gemeinheit!« wiederholte sie. »Das ist die Sorte von Geschichten, die eifersüchtige Mädchen aufbringen.«

»Ich weiß«, pflichtete Ed ihr bei. »Ich möchte nur, irgendein Junge sollte es wagen, mir das noch einmal zu erzählen. Es hat sowieso niemand dran geglaubt.«

Es war das Werk von ekligen, eifersüchtigen Mädchen. Ed Bement, der sich ihrer körperlichen Nähe bewußt war und ihres Gesichts, das wie Feuer durch das Halbdunkel leuchtete, war fest überzeugt, daß eine, die so schön war, niemals etwas wirklich Unrechtes tun konnte.

Eine Frau mit Vergangenheit

Bei der langsamen Fahrt durch New Haven wurden zwei der jungen Mädchen munter. Josephine und Lillian warfen sanfte, freimütige Blicke auf dahinschlendernde Gruppen von drei oder vier Studenten, auf größere Gruppen, die an Ecken standen und wie ein Mann herumfuhren, um auf ihre entschwindenden Köpfe zu starren. In einem einsamen Bummler glaubten sie einen Bekannten zu entdecken und winkten ihm aufgeregt zu, worauf dem jungen Mann der Mund offenstehen blieb, und als sie um die nächste Ecke fuhren, machte er eine verwirrte, zögernde Handbewegung. Sie lachten. »Wenn wir heute abend zur Schule zurückkommen, schicken wir ihm eine Postkarte, dann wissen wir, ob er es wirklich war.«

Adele Craw, die auf einem der kleinen Sitze saß, unterhielt sich angelegentlich mit Miß Chambers, der Aufsichtsdame. Lillian warf von der Seite her einen Blick auf sie und zwinkerte Josephine zu, ohne dabei auch nur mit einer Wimper zu zucken, aber vergeblich – Josephine war in Träumen versunken.

Dies war New Haven – die Stadt ihrer jugendlichen Träume, die Stadt glanzvoller Bälle, wo sie auf Wolken schreiten würde, umgeben von Männern, die so unfaßbar waren wie die Melodien, zu denen sie tanzten. Stadt, so heilig wie Mekka, so strahlend wie Paris, so verborgen wie

Timbuktu. Zweimal im Jahr floß das Herzblut Chicagos, ihrer Heimatstadt, hier hinein, und zweimal im Jahr floß es zurück und brachte Weihnachten oder den Sommer mit. Bingo, bingo, bingo, that's the lingo . . . du mein Geliebter, ich schmachte nach einem Blick von dir . . . der nette Junge da drüben auf der linken Seite . . . ich warte unter den Sternen . . .

Nun, da sie die Stadt zum ersten Mal sah, merkte sie, daß sie überraschend wenig beeindruckt war – die Männer, an denen sie vorbeifuhren, sahen sehr jung aus; anscheinend langweilte sie alles, was der Tag bot, und sie waren froh, wenn es was anzustarren gab; sie wirkten undynamisch und unentschlossen vor dem Hintergrund der kahlen Ulmen, der schmutzigen Schneeflecken und der Häuser, die sich unter dem Februarhimmel aneinanderdrängten. Ein Hoffnungsschimmer, ein gutaussehender Mann mit einem Derby-Hut, der mit Spazierstock und Aktentasche zum Bahnhof eilte, fesselte Josephines Aufmerksamkeit, aber der Blick, mit dem er den ihren beantwortete, war zu erschreckt, zu bieder. Sie staunte über das Ausmaß ihrer Enttäuschung.

Sie war gerade siebzehn, und sie war blasiert. Sie hatte bereits Furore gemacht und einen Skandal ausgelöst; sie hatte reife Männer aus dem Gleichgewicht gebracht; sie hatte, so erzählte man sich, ihren Großvater getötet, aber da er bereits achtzig war, war es immerhin möglich, daß er eines natürlichen Todes gestorben war. Da und dort im Mittelwesten gab es entmutigte kleine Staubkörnchen, und bei genauem Hinsehen stellte es sich heraus, daß das die jungen Männer waren, die einst voll in Josephines grüne, sehnsüchtige Augen geblickt hatten. Aber ihre Liebesaffäre im vergangenen Sommer hatte ihren Glauben zerstört, daß Männer das Wichtigste im Leben waren. Als der September zu Ende ging, begann sie sich zu langweilen – und es war, als sei es einmal zu oft geschehen. Weihnachten mit seiner provozierenden Kürze, seinen herumreisenden Singeklubs hatte keine neue Eroberung gebracht. In ihr blieb nur eine hartnäckige, eine physische Hoffnung lebendig – eine Hoffnung in der Magengegend, daß es jemand gab, den sie mehr lieben würde, als er sie liebte.

Sie hielten vor einem Sportartikelgeschäft, und Adele Craw, ein hübsches Mädchen mit klaren, aufrichtigen Augen und stämmigen Beinen, kaufte die Sportgeräte, die der Grund ihres Ausflugs waren – sie bildeten das Schulkomitee für das Frühjahrshockeyspiel. Adele war außerdem die Sprecherin der obersten Klasse und das Mustermädchen der Schule. Sie hatte kürzlich den Eindruck gewonnen, mit Josephine Perry vollziehe sich eine Wandlung zum Besseren – so wie ein anständiger Bürger arglos einem Defraudanten seine Zustimmung geben mag, der sich mit seinem ergaunerten Vermögen zur Ruhe gesetzt hat. Andererseits war Adele für Josephine einfach unbegreifbar – bewundernswert ohne Zweifel, doch einer anderen Menschenart zugehörig. Aber mit jener bezaubernden Anpassungsfähigkeit, die Josephine bisher für Männer reserviert hatte, versuchte sie ihr Bestes, um Adele nicht zu enttäuschen und sich wirklich ehrlich für die kleine, ordentliche, wohlorganisierte Schulpolitik zu interessieren.

Zwei Männer, die an einem anderen Verkaufstisch gestanden und ihnen den Rücken zugekehrt hatten, drehten sich um und wollten gerade hinausgehen; da erblickten sie Miß Chambers und Adele und kamen sogleich auf die beiden zu. Der eine, der mit Miß Chambers sprach, hatte ein mageres, strenges Gesicht. Josephine erkannte in ihm den Neffen von Miß Brereton, einen Studenten aus New Haven, der mehrere Wochenenden bei seiner Tante in der Schule verbracht hatte. Den anderen hatte Josephine noch nie gesehen. Er war groß, schlank und breitschultrig, mit blondem, welligem Haar und freimütigem Gesichtsausdruck, in dem sich Willensstärke und Besonnenheit angenehm mischten. Es war nicht die Art von Gesichtern, die für gewöhnlich auf Josephine Eindruck machten. Die Augen waren offensichtlich ohne Geheimnis, ohne Seitenblicke, ohne jenes verwegene Flackern, das angezeigt hätte, daß sie ein eigenes Leben hatten, unabhängig von der Sprache des Mundes. Der Mund selber war groß und männlich; sein Lächeln war ein Akt der Freundlichkeit und der Beherrschung. Josephine betrachtete diesen Menschen eher mit Neugier: was war das für ein Mann, der Adele Craw Aufmerksamkeit erwies? Denn seine Stimme, die ganz sicher nicht lügen konnte, begrüßte Adele, als sei dies Zusammentreffen für ihn die angenehmste Überraschung des Tages.

Gleich darauf wurden Josephine und Lillian hinzugerufen und vorgestellt.

»Das ist Mr. Waterbury« – das war Miß Breretons Neffe –, »und das ist Mr. Dudley Knowleton.«

Josephine warf einen Blick auf Adele und entdeckte auf ihrem Gesicht einen Ausdruck von ruhigem Stolz, sogar von Besitzerstolz. Mr. Knowleton war höflich, aber man merkte deutlich, daß er, obwohl er die jungen Mädchen ansah, sie gar nicht wirklich wahrnahm. Doch da sie Freundinnen von Adele waren, sagte er einige passende Worte, aus denen hervorging, daß sie in der nächsten

Woche beide zu ihrem ersten Studentenball nach New Haven kommen würden. Wer veranstaltete den Ball? Sophomoren – Collegestudenten im zweiten Studienjahr –, er kannte sie flüchtig. Josephine fand, das sei unnötig überheblich. Immerhin waren diese Sophomoren die privilegierten Mitglieder der Vereinigung der Liebenden Brüderschaft – Ridgeway Saunders und George Davey –, und bei den Ausflügen des Singeklubs hielten sich die Mädchen, die sie zum Flirt in jeder Stadt auswählten, für eine Art Elite und nur den Mädchen nachstehend, die nach New Haven eingeladen wurden.

»Ach, übrigens habe ich eine schlechte Nachricht für dich«, sagte Knowleton zu Adele. »Du mußt vielleicht die Polonaise anführen. Jack Coe liegt mit einer Blinddarmentzündung im Krankenhaus, und gegen mein besseres Urteil bin ich der stellvertretende Vorsitzende.« Er machte ein entschuldigendes Gesicht. »Da ich zu diesen Steinzeittänzern gehöre und der Twostep-König bin, verstehe ich überhaupt nicht, wie ich je in das Komitee gewählt werden konnte.«

Auf der Rückfahrt zu Miß Breretons Schule bombardierten Josephine und Lillian Adele mit Fragen.

»Das ist ein alter Freund von mir aus Cincinnati«, erklärte sie zurückhaltend. »Er ist Kapitän der Baseballmannschaft und letzter Mann für Skull and Bones.«

»Gehst du mit ihm zu dem Ball?«

»Ja. Ich kenne ihn schon mein ganzes Leben lang, wißt ihr.«

Lag in dieser Bemerkung ein schwacher Hinweis, daß nur diejenigen, die Adele ihr ganzes Leben lang gekannt hatten, ihren wahren Wert zu schätzen vermochten?

»Bist du verlobt?« fragte Lillian.

Adele lachte. »Himmel, an so was denke ich gar nicht. Ich glaube, das hat noch Zeit, nicht wahr?« (Ja, warf Josephine stumm ein.) »Wir sind nur gute Freunde. Ich glaube, zwischen einem Mann und einem Mädchen kann es eine vollkommen gute Freundschaft geben, ohne eine Menge –«

»Seelenquark«, warf Lillian hilfsbereit ein.

»Nun ja, aber ich mag dieses Wort nicht. Ich wollte sagen, ohne eine Menge sentimentaler romantischer Dinge, für die später noch Zeit ist.«

»Bravo, Adele!« sagte Miß Chambers ziemlich desinteressiert.

Aber Josephines Neugier war noch nicht gestillt.

»Sagt er nicht, daß er dich liebt und so weiter?«

»Lieber Gott, nein! Dud glaubt ebensowenig an solches Zeugs wie ich. Er hat in New Haven genug zu tun, in den Komitees und in der Mannschaft.«

»Ach!« sagte Josephine.

Ihr Interesse war merkwürdig lebhaft. Daß zwei Menschen, die sich zueinander hingezogen fühlten, nie miteinander darüber sprachen, sondern sich offenbar damit begnügten, »nicht an solches Zeugs zu glauben«, war neu für sie. Sie hatte Mädchen gekannt, die keine Verehrer hatten, andere, die keine Gefühle zu haben schienen, und noch andere, die über das, was sie dachten und taten, nicht die Wahrheit sagten, aber hier war ein Mädchen, das über die Gunstbeweise des letzten Mannes für Skull and Bones sprach, als handelte es sich um zwei Sandsteinwasserspeier an der gerade fertiggebauten Harkness Hall, auf die Miß Chambers sie aufmerksam gemacht hatte. Doch Adele schien glücklich zu sein – glücklicher als Josephine, die stets geglaubt hatte, daß Jungen und Mädchen nur füreinander geschaffen seien und so schnell wie möglich danach handeln sollten.

Wenn man seine Beliebtheit und seine Leistungen in Rechnung stellte, wurde Knowleton noch anziehender. Josephine fragte sich, ob er sich an sie erinnern und auf dem Ball mit ihr tanzen würde, oder ob das davon abhing, wie gut er ihren Begleiter, Ridgeway Saunders, kannte. Sie versuchte sich zu erinnern, ob sie Knowleton angelächelt hatte, als er sie ansah. Wenn sie wirklich gelächelt hatte, würde er sich an sie erinnern und mit ihr tanzen. Noch am Abend versuchte sie über ihren zwei unregelmäßigen französischen Verben und ihren zehn Strophen von Coleridges »Altem Seemann«, sich das fest einzureden, aber als sie einschlief, war sie sich dessen immer noch keineswegs sicher.

II

Drei fröhliche junge Sophomoren, die Gründer der Vereinigung der Liebenden Bruderschaft, mieteten zusammen ein Haus für Josephine, Lillian, ein Mädchen aus Farmington und die drei Mütter. Für die Mädchen war es der erste Ball, und sie kamen mit der Nervosität der Verdammten in New Haven an; aber bei einem Tee der Sheffield-Bruderschaft am Nachmittag erschien eine solche Menge Jungen von zu Hause und Jungen, die dort Besuche gemacht hatten, und Freunde dieser Jungen und neue Jungen, von denen etwas zu erwarten war, mit offensichtlich lebhaftem Interesse, daß sie vor Selbstvertrauen glühten, als sie sich unter die schimmernden Scharen mischten, die sich um zehn Uhr in der Sporthalle drängten.

Es war ein eindrucksvolles Erlebnis. Zum ersten Mal nahm Josephine an einem Fest teil, das Männer nach männlichen Maßstäben veranstalteten – einer äußeren Projektion der New-Haven-Welt, von der Frauen ausgeschlossen waren und die sich geheimnisvoll hinter der Szene abspielte. Sie bemerkte, daß ihre drei Begleiter, die ihr früher der Inbegriff der Weltgewandtheit zu sein schienen, in diesem erbarmungslosen Mikrokosmos der Vollkommenheit und des Erfolges nur kleine Fische waren. Eine Männerwelt! Als sie sich während der Darbietungen des Singeklubs umblickte, empfand sie widerwillige Bewunderung für die gute Kameradschaft, die entgegenkommende Haltung. Sie beneidete Adele Craw, auf die sie im Ankleideraum nur einen kurzen Blick hatte werfen können, um die Stellung, die sie automatisch deshalb einnahm, weil sie heute abend Dudley Knowletons Mädchen war. Sie beneidete sie noch mehr, als sie durch ein Spalier von Hortensien unter den drapierten Fahnentüchern an der Spitze der Polonaise dahinschritt, sehr gesetzt, in einem einfachen weißen Kleid und fast ungepudert. Zeitweilig stand sie im Mittelpunkt der Aufmerksamkeit, und bei diesem Anblick erwachte etwas in Josephine, das lange in ihr geschlummert hatte – das Gefühl für ein Problem, eine unbestimmte Möglichkeit.

»Josephine«, begann Ridgeway Saunders, »du kannst dir gar nicht vorstellen, wie glücklich ich bin, jetzt, wo es wahr geworden ist. Ich habe diesen Abend so lange herbeigesehnt und davon geträumt . . .«

Sie lächelte automatisch zu ihm auf, aber ihre Gedanken waren ganz woanders, und als der Tanz weiterging, ließ sie der Gedanke nicht mehr los. Von Anfang an riß man sich um sie; zu den Männern vom Nachmittagstee kamen noch ein Dutzend neue Gesichter, ein Dutzend selbstbewußte oder schüchterne Stimmen, bis sie, wie alle Mädchen, die bei den Jungen Anklang fanden, ihr eigenes Gefolge hatte, das mit ihr durch den Raum zog. Doch all dies hatte sie schon mehrere Male erlebt, und hier fehlte etwas. Man konnte zehn Männer haben gegen Adeles zwei, aber Josephine wurde plötzlich klar, daß die Bedeutung eines Mädchens hier von der des Mannes abhing, der sie mitgebracht hatte.

Sie war verärgert über diese Ungerechtigkeit. Ein Mädchen verdankte ihre Beliebtheit ihrer Schönheit und ihrem Charme. Je schöner und charmanter sie war, desto eher konnte sie es sich leisten, die öffentliche Meinung außer acht zu lassen. Es war wirklich absurd, daß Adele nur deshalb, weil sie es fertiggebracht hatte, einen Baseballkapitän zu belegen, der sich vielleicht bei Mädchen gar nicht auskannte und überhaupt nicht fähig war, ihre Reize zu beurteilen, eine so glänzende Rolle spielen sollte, trotz ihrer dicken Fesseln, ihres zu roten Gesichts.

Josephine tanzte mit Ed Bement aus Chicago. Er war ihr erster Verehrer gewesen, eine Flamme aus der Tanzstunde, als sie noch Zöpfe und weiße Baumwollstrümpfe, Spitzenhosen mit einem Leibchen daran und Rüschenkleider mit der unvermeidlichen Schärpe getragen hatte.

»Was ist bloß los mit mir?« fragte sie Ed. Sie dachte laut. »Seit ein paar Monaten schon komme ich mir vor, als wäre ich hundert Jahre alt, und dabei bin ich gerade erst siebzehn, und die Tanzstunde liegt erst sieben Jahre zurück.«

»Du hast dich seit damals ziemlich oft verliebt«, sagte Ed.

»Hab ich nicht«, protestierte sie entrüstet. »Man hat nur eine Menge alberne Geschichten über mich erzählt, ohne jeden Grund – meist waren es Mädchen, die eifersüchtig auf mich waren.«

»Eifersüchtig weswegen?«

»Nimm dir nicht zu viel raus«, sagte sie scharf. »Tanz mit mir zu Lillian rüber.«

Dudley Knowleton hatte gerade Lillian abgeklatscht. Josephine sprach mit ihrer Freundin; dann wartete sie, bis sie ein paar Sekunden lang Auge in Auge mit Knowleton tanzte, und lächelte ihm zu. Diesmal sorgte sie dafür, daß das Lächeln erwidert wurde und daß sich ihre Blicke trafen, daß er sich im Bannkreis ihres duftenden Zaubers bewegte. Wenn dieser Duft einen Namen bekommen hätte, wie das französische Parfüm späterer Zeiten, hätte er vielleicht »Bitte« geheißen. Knowleton verbeugte sich und lächelte zurück; eine Minute später klatschte er sie ab.

Es geschah bei einer wirbelnden Drehung in einer Ecke der Halle, und sie tanzte langsamer, damit er sich ihrem Takt anpaßte, und einen Augenblick lang glitten sie in einem langsamen Bogen dahin.

»Sie sahen fabelhaft aus, als Sie mit Adele die Polonaise anführten«, sagte sie. »Sie wirkten so ernst und so freundlich, als wären die andern ein Haufen Kinder. Auch Adele sah reizend aus.« Und einer Eingebung folgend, setzte sie hinzu: »In der Schule habe ich sie mir zum Vorbild genommen.«

»Wirklich?« Sie sah, daß er seine tiefe Überraschung verbarg, als er sagte: »Das muß ich ihr erzählen.«

Er sah besser aus, als sie gedacht hatte, und hinter seiner Herzlichkeit und seinen guten Manieren spürte man etwas wie Autorität. Obwohl er ihr gegenüber vorbildlich aufmerksam war, bemerkte sie, wie seine Blicke schnell und forschend durch den Raum glitten, um festzustellen, ob auch alles klappte; im Vorbeitanzen sprach er ruhig mit dem Leiter der Kapelle, der ehrerbietig an den Rand des Podiums trat. Letzter Mann für Bones. Josephine wußte, was das bedeutete – ihr Vater war Bones gewesen. Ridgeway Saunders und die übrigen Mitglieder der Vereinigung der Liebenden Bruderschaft würden gewiß niemals Bones werden. Sie überlegte, wenn es einen Bones für Mädchen gäbe, ob sie gewählt werden würde – sie oder Adele Craw mit ihren dicken Fesseln, Symbol der Solidität.

>»Come on o-ver here,
Want to have you near;
Come on join the par-ty,
Get a wel-come hearty.«

»Ich möchte wissen, für wieviel Jungen Sie Vorbild sind«, sagte sie. »Wenn ich ein Junge wäre, würde ich gern genauso sein wie Sie. Nur würde es mich fürchterlich anöden, wenn die Mädchen sich immerfort in mich verlieben.«

»Aber das tun sie doch gar nicht«, sagte er nur. »Das haben sie nie getan.«

»O doch – aber sie zeigen es nicht, weil sie so beeindruckt von Ihnen sind, und dann haben sie auch Angst vor Adele.«

»Adele hätte nichts dagegen . . .« Und er setzte hastig

hinzu: ». . . wenn es je passieren sollte. Adele nimmt so was nicht ernst.«

»Sind Sie mit ihr verlobt?«

Er wurde ein wenig förmlicher. »Ich halte nichts von Verlobung, bevor der richtige Zeitpunkt gekommen ist.«

»Ich auch nicht«, stimmte ihm Josephine bereitwillig zu. »Mir ist ein guter Freund lieber als hundert Männer, die einem immerzu sentimentalen Unsinn erzählen.«

»Tut das die Meute, die sich heute abend an Ihre Fersen geheftet hat?«

»Welche Meute?« fragte sie unschuldig.

»Die fünfzig Prozent der Sophomorenklasse, die hinter Ihnen her sind.«

»Ein Haufen alberne grüne Jungs«, sagte sie undankbar.

Josephine war strahlend glücklich jetzt, da sie in den Armen des Vorsitzenden des Ballkomitees anmutig durch den von neuem verzauberten Saal glitt. Selbst diesen langen Tanz mit ihm verdankte sie dem Respekt, den er ihrer Umgebung einflößte, aber schließlich wurde sie doch von einem Mann abgeklatscht, und ihre Hochstimmung war sogleich dahin. Der Mann war beeindruckt, weil Dudley Knowleton mit ihr getanzt hatte; er war sehr respektvoll, und seine gemessene Bewunderung langweilte sie. Nach einer kurzen Weile, so hoffte sie, würde Dudley Knowleton sie wieder abklatschen, aber als Mitternacht vorüber und dann noch eine weitere Stunde vergangen war, fragte sie sich, ob das Ganze nicht vielleicht nur ein Akt der Höflichkeit gegenüber einem Mädchen aus Adeles Schule gewesen war. Wahrscheinlich hatte Adele ihm inzwischen ein nettes kleines Bild von

Josephines Vergangenheit entworfen. Als er sich ihr endlich näherte, wurde sie gespannt und wachsam – ein
Zustand, in dem sie äußerlich gefügig, sanft und still war.
Aber anstatt mit ihr zu tanzen, zog er sie in eine Ecke, wo
eine Reihe Umkleidekabinen standen.

»Adele hat auf der Treppe zum Waschraum einen
kleinen Unfall gehabt. Sie hat sich den Knöchel ein
bißchen verknackst und ihren Strumpf an einem Nagel
zerrissen. Sie würde sich gern ein Paar Strümpfe von Ihnen
leihen, weil Sie hier in der Nähe wohnen und wir weit weg
im Tennisklub.«

»Natürlich.«

»Ich fahre rasch mit Ihnen rüber – ich hab mein Auto
draußen stehen.«

»Aber Sie haben hier zu tun, machen Sie sich doch nicht
so viel Umstände.«

»Natürlich fahre ich Sie hin.«

Es lag Tauwetter in der Luft; eine Ahnung von leisem,
leuchtendem Frühling schwebte zart um die Ulmen und
die Dachsimse von Gebäuden, deren Kahlheit und Kälte
in der Woche zuvor so niederdrückend auf sie gewirkt
hatte. Die Nacht hatte etwas Asketisches, als sickere die
Essenz männlichen Kampfes überall in die kleine Stadt
ein, in die Männer aus drei Jahrhunderten ihre Energie
und ihre Hoffnungen gebracht hatten, auf daß dort
die Spreu vom Weizen gesondert werde. Und Dudley
Knowleton, der da dynamisch und tüchtig neben ihr saß,
war das Symbol all dessen. Es kam ihr vor, als sei sie vor
ihm nie einem Mann begegnet.

»Bitte, kommen Sie herein«, sagte sie, als er mit ihr die
Treppen des Hauses hinaufstieg. »Es ist sehr gemütlich
hier.«

In dem dunklen Salon brannte ein offenes Feuer. Als sie mit den Strümpfen aus dem Schlafzimmer herunterkam, ging sie hinein, stand einen Augenblick lang ganz still neben ihm und blickte mit ihm in die Flammen. Dann schaute sie auf, immer noch stumm, sah zu Boden, blickte dann wieder ihn an.

»Haben Sie die Strümpfe?« fragte er und bewegte sich ein wenig.

»Ja«, sagte sie atemlos. »Küssen Sie mich, weil ich mich so beeilt habe.«

Er lachte, als habe sie einen Witz gemacht, und ging zur Tür. Als sie ins Auto stiegen, lächelte sie und ließ sich ihre Enttäuschung nicht anmerken.

»Es war wunderbar, Sie kennenzulernen«, sagte sie. »Ich kann Ihnen gar nicht sagen, wie Sie mich beeinflußt haben!«

»Aber ich wüßte nicht, wie!«

»Doch, doch. Zum Beispiel daß man sich nicht verloben soll, bevor der richtige Zeitpunkt gekommen ist. Ich habe noch nicht viel Gelegenheit gehabt, mit einem Mann wie Ihnen zu sprechen. Sonst hätte ich wahrscheinlich andere Vorstellungen. Mir ist soeben klargeworden, daß ich mich in vielen Dingen geirrt habe. Ich wollte immer eine aufregende Frau sein. Jetzt möchte ich Leuten helfen.«

»Ja«, sagte er zustimmend, »das ist sehr nett.«

Allem Anschein nach wollte er noch mehr sagen, aber da langten sie bereits an der Sporthalle an. In ihrer Abwesenheit hatte man mit dem Abendessen begonnen, und als Josephine an seiner Seite durch den großen Saal schritt und merkte, daß viele Augen sie anstarrten, überlegte sie, ob die Leute vielleicht dachten, daß sie etwas miteinander hätten.

»Wir kommen zu spät«, sagte Knowleton, als Adele verschwand, um sich die Strümpfe anzuziehen. »Der Mann, mit dem Sie hier sind, hat Sie wahrscheinlich schon vor einer ganzen Weile verloren gegeben. Ich hole Ihnen am besten Ihr Essen her.«

»Das wäre himmlisch.«

Danach, als sie wieder die Tanzfläche betrat, bewegte sie sich in einer süßen Aura der Zerstreutheit. Die Verehrer einiger Ballschönheiten, die das Fest bereits verlassen hatten, mischten sich unter ihr eigenes Gefolge, bis kein Mädchen so häufig abgeklatscht wurde wie sie. Sogar Miß Breretons Neffe, Ernest Waterbury, tanzte voll steifer Zustimmung mit ihr. Tanzte? Sie versuchte einen Schrittwechsel und glitt einfach, links und rechts Hände fassend, von Mann zu Mann, rings um die Tanzfläche. Plötzlich empfand sie das Bedürfnis, sich auszuruhen, und wie um dieser Stimmung entgegenzukommen, stellte man ihr einen neuen Mann vor, einen hochgewachsenen, schlaksigen Burschen aus den Südstaaten mit einem überzeugenden Klang in der Stimme.

»Sie sind sehr hübsch. Ich habe mich gar nicht sattsehen können, als Ihr Gemmengesicht hier rumschwebte. Sie stechen alle andern aus, wie eine amerikanische Rose jede Menge Gänseblümchen aussticht.«

Als sie zum zweiten Mal mit ihm tanzte, hatte Josephine ein Ohr für seine flehenden Bitten.

»Also gut, gehn wir raus.«

»Ich hab nicht an draußen gedacht«, sagte er, als sie die Tanzfläche verließen. »Ich hab zufällig eine Hypothek auf einen lauschigen Winkel hier im Haus.«

»Also gut.«

Book Chaffee aus Alabama ging voran und geleitete sie

durch den Waschraum und durch einen Korridor zu einer unauffälligen Tür.

»Das ist die Privatwohnung von meinem Freund Sergeant Boone, dem Batterieausbilder hier. Er wollte nur ganz sicher sein, daß es heute nacht als lauschiger Winkel benutzt wird und nicht etwa als Lesezimmer oder so was.«

Er öffnete die Tür und knipste ein mattes Licht an; sie trat ein, er schloß die Tür hinter ihr, und sie blickten einander an.

»Ganz süß«, murmelte er. Sein großes Gesicht neigte sich über sie, seine langen Arme umschlangen sie zärtlich, und sehr langsam, so daß ihre Augen einige Sekunden ineinandertauchten, zog er sie an sich. Josephine mußte immerfort daran denken, daß sie bisher noch nie einen Jungen aus dem Süden geküßt hatte.

Sie fuhren auseinander, als sich plötzlich draußen im Schloß ein Schlüssel drehte. Dann hörten sie ein unterdrücktes Kichern, Schritte entfernten sich, und Book sprang zur Tür und riß an der Klinke, gerade als Josephine die Entdeckung machte, daß dies nicht nur Sergeant Boones Wohnraum, sondern zugleich auch sein Schlafzimmer war.

»Wer war das?« fragte sie. »Warum haben sie uns eingeschlossen?«

»Irgendein alberner Idiot. Dem würde ich gern ein paar verpassen.«

»Ob er zurückkommt?«

Book setzte sich aufs Bett und dachte nach. »Keine Ahnung. Ich weiß nicht mal, wer's war. Aber wenn jemand vom Komitee vorbeikäme, würde es ziemlich sonderbar aussehn, nicht wahr?«

Als er bemerkte, daß sich ihr Gesichtsausdruck verän-
derte, kam er zu ihr und legte den Arm um sie. »Mach dir
keine Sorgen, Süße. Wir regeln das schon.«

Sie erwiderte seinen Kuß, kurz, aber ganz konzentriert.
Dann riß sie sich los und ging in das Nebenzimmer, das
mit Stiefeln, Uniformmänteln und anderen Militärutensi-
lien übersät war.

»Hier oben ist ein Fenster«, sagte sie. Es war hoch in der
Wand und lange Zeit nicht geöffnet worden. Book stieg
auf einen Stuhl und drückte es halb auf.

»Ungefähr drei Meter bis zum Boden«, sagte er gleich
darauf, »aber genau unter dem Fenster liegt ein großer
Schneehaufen. Du könntest unglücklich fallen, und
sicherlich werden deine Schuhe und Strümpfe klitsch-
naß.«

»Wir müssen hier raus«, sagte Josephine scharf.

»Wollen wir nicht lieber warten und diesem albernen
Kerl eine Chance geben . . .«

»Ich will nicht warten. Ich will hier raus. Paß auf – du
wirfst die Decken raus, die auf dem Bett liegen, und ich
springe drauf, oder du springst zuerst und deckst sie über
den Schneehaufen.«

Was nun kam, war bloß noch aufregend. Book Chaffee
wischte den Staub vom Fenster, damit ihr Kleid nicht
schmutzig wurde; dann verhielten sie sich mäuschenstill,
als sich Schritte näherten – und draußen an der Tür
vorbeigingen. Book sprang, und sie hörte ihn unten
mächtig fluchen, als er aus dem weichen Treibschnee
hinauswatete. Er breitete die Decken aus. In dem Augenblick, als Josephine ihre Beine aus dem Fenster schwang,
vernahm sie draußen vor der Tür Stimmen und hörte, wie
sich der Schlüssel im Schloß drehte. Sie landete weich,

griff nach seiner Hand, und sich vor Lachen schüttelnd, rannten und schlitterten sie an dem Gebäude entlang bis zur Ecke hin, und als sie am Eingang der Sporthalle ankamen, blieben sie ein Weilchen keuchend stehen und atmeten tief in der kalten Nacht. Book zögerte, hineinzugehen.

»Warum soll ich dich nicht zu deinem Quartier bringen? Wir könnten noch ein bißchen zusammen sitzen und uns von dem Schreck erholen.«

Sie zögerte. Durch ihr gemeinsames Abenteuer fühlte sie sich zu ihm hingezogen; aber etwas rief sie hinein, als erwarte sie da drinnen die Erfüllung ihrer Sehnsucht.

»Nein«, entschied sie.

Als sie hineingingen, stieß sie mit einem Mann zusammen, der es sehr eilig hatte, und als sie aufsah, war es Dudley Knowleton.

»Verzeihung«, sagte er. »Oh, hallo . . .«

»Wollen Sie nicht mit mir zu meiner Umkleidekabine tanzen?« bat sie ihn, einem Impuls folgend. »Ich habe mir mein Kleid zerrissen.«

Als sie tanzten, sagte er geistesabwesend: »Wissen Sie, es ist etwas Unangenehmes passiert, und mir wird die Schuld in die Schuhe geschoben. Ich wollte die Sache gerade untersuchen.«

Ihr Herz schlug wild, und sie wünschte sich, sofort ein ganz anderer Mensch zu sein.

»Ich kann Ihnen gar nicht sagen, wie wichtig es für mich ist, daß ich Sie kennengelernt habe. Es wäre herrlich, wenn ich einen Freund hätte, mit dem ich über alles sprechen könnte, ohne Albernheiten und sentimentalen Unsinn. Hätten Sie etwas dagegen, wenn ich Ihnen schreibe – ich meine, hätte Adele etwas dagegen?«

»Lieber Gott, nein.« Sein Lächeln war für sie ganz unergründlich geworden. Als sie bei der Umkleidekabine ankamen, fiel ihr noch etwas anderes ein.

»Ist es wahr, daß die Baseballmannschaft über Ostern in Hot Springs trainiert?«

»Ja. Fahren Sie dorthin?«

»Ja. Gute Nacht, Mr. Knowleton.«

Aber sie sollte ihn noch einmal sehen. Das geschah vor der Herrengarderobe, wo sie inmitten bleicher Übriggebliebener und ihrer noch bleicheren Mütter wartete, deren Falten sich im Laufe der Nacht verdoppelt und verdreifacht hatten. Er erklärte Adele etwas, und Josephine hörte den Satz: »Die Tür war verschlossen, und das Fenster stand offen . . .«

Plötzlich begriff Josephine, daß er, als sie naß und atemlos am Eingang mit ihm zusammengestoßen war, die Wahrheit geahnt haben mußte – und Adele würde ihn zweifellos in seinem Verdacht bestärken. Wieder einmal stieg der Geist ihrer alten Feindin, des reizlosen und eifersüchtigen Mädchens, vor ihr auf. Sie preßte den Mund fest zusammen und wandte sich ab.

Aber die beiden hatten sie entdeckt, und Adele rief ihr mit ihrer fröhlichen, klangvollen Stimme zu:

»Komm her und sag uns gute Nacht. Das mit den Strümpfen war reizend von dir. Josephine würde sich nie albern benehmen, Dudley.« Impulsiv beugte sie sich vor und küßte Josephine auf die Backe. »Du wirst sehen, daß ich Recht habe, Dudley – nächstes Jahr ist sie das angesehenste Mädchen der ganzen Schule.«

III

Wie es in den endlosen Tagen des Frühmärz so zu gehen pflegt, geschah das Folgende sehr schnell. Der Jahresball der obersten Klasse von Miß Breretons Schule fand an einem Abend statt, der mit Frühling durchtränkt war, und alle Mädchen der unteren Klassen lagen wach und horchten auf die seufzenden Melodien aus der Turnhalle. Zwischen den einzelnen Tänzen, wenn Jungen aus New Haven und Princeton auf dem Schulgelände herumschlenderten, glitten aus dunklen, offenen Fenstern klösterliche Blicke zu den schattenhaften Gestalten hin.

Josephine warf keine Blicke, obwohl sie wach lag wie die anderen. Solche Ersatzzerstreuungen hatten keinen Platz in den nüchternen Mustern, die sie nun täglich spann; doch genausogut hätte sie in der vordersten Reihe derer sein können, die den Jungen etwas zuriefen und Briefchen runterwarfen und Unterhaltungen mit ihnen begannen, denn das Schicksal hatte sich plötzlich gegen sie gewendet und spann sein eigenes dunkles Gespinst.

»Lit-tle lady, don't be depressed and blue,
After all, we're both in the same canoo . . .«

Dudley Knowleton war drüben in der Turnhalle, nur fünfzig Meter weit entfernt, aber die Nähe eines Mannes erregte Josephine nicht mehr so wie vor einem Jahr – zumindest nicht in der gleichen Weise. Das Leben, so erkannte sie jetzt, war eine ernste Angelegenheit, und in der züchtigen Dunkelheit mußte sie unaufhörlich an eine Zeile aus einem Roman denken: »Dieser Mann ist geeignet, der Vater meiner Kinder zu sein.« Was bedeuteten die verführerischen Reize von hundert grünen Jungen im Vergleich zu solchen Realitäten! Man konnte nicht ewig fast fremde Männer hinter halb geschlossenen Türen küssen.

Unter ihrem Kissen lagen jetzt zwei Briefe, Antworten auf ihre Briefe. In einer kühnen wohlgerundeten Handschrift wurde darin vom Beginn des Baseballtrainings erzählt; man war glücklich, daß Josephine die Dinge so und nicht anders betrachtete, und der Schreiber freute sich darauf, sie Ostern wiederzusehen. Von allen Briefen, die sie je erhalten hatte, waren es diejenigen, aus denen man am schwersten auch nur einen einzigen Tropfen Herzblut herauspressen konnte – man konnte nicht einmal das »Ihr« der Unterschrift als heimliches »Dein« lesen –, aber Josephine kannte sie auswendig. Sie waren kostbar, weil er sich die Zeit genommen hatte, ihr zu schreiben; selbst die Briefmarken waren beredt, weil er so wenige benutzte.

Sie war ruhelos in ihrem Bett – in der Turnhalle hatte die Musik wieder zu spielen begonnen:

»Oh, my love, I've waited so long for you,
Oh, my love, I'm singing this song for you –
Oh – h – h –«

Aus dem angrenzenden Zimmer kam leises Lachen und dann von unten eine männliche Stimme und ein langer Austausch Heiterkeit erregender, geflüsterter Mitteilungen. Josephine erkannte Lillians Lachen und die Stimmen von zwei anderen Mädchen. Sie konnte sich vorstellen, wie sie in ihren Nachthemden im Fenster lagen und ihre Köpfe von unten gerade noch sichtbar waren. »Kommt doch runter«, sagte einer der Jungen immer wieder. »Ziert euch nicht – kommt so, wie ihr seid.«

Plötzlich trat Stille ein, man hörte das Knirschen schneller Schritte auf dem Kies, unterdrücktes Kichern, Davonrennen, das scharfe, protestierende Ächzen mehrerer Betten im nächsten Zimmer und das Zuschlagen einer Tür am anderen Ende des Korridors. Vielleicht bekam jemand Ärger. Ein paar Minuten später wurde Josephines Tür halb geöffnet, einen kurzen Augenblick lang sah sie Miß Kwain im trüben Licht des Korridors stehen, dann schloß sich die Tür wieder.

Am folgenden Nachmittag wurden Josephine und vier andere Mädchen, von denen alle leugneten, auch nur ein einziges Wort in die Nacht gehaucht zu haben, auf Bewährung gesetzt. Man konnte absolut nichts dagegen tun, Miß Kwain hatte ihre Gesichter im Fenster erkannt, und sie waren alle aus den beiden Zimmern. Es war eine Ungerechtigkeit, aber es war gar nichts, verglichen mit dem, was als nächstes geschah. Eine Woche vor den Osterferien machte die ganze Schule einen Tagesausflug, um eine Milchfarm zu besichtigen – alle außer denen, die Bewährung bekommen hatten. Miß Chambers, der Josephines Pech leid tat, nahm ihre Dienste in Anspruch, um Mr. Ernest Waterbury zu unterhalten, der ein Wochenende mit seiner Tante verbrachte. Das war nicht gerade sehr viel, denn Mr. Waterbury war ein äußerst langweiliger, äußerst eingebildeter junger Mann. Er war so langweilig und so eingebildet, daß Josephine am nächsten Morgen von der Schule flog.

Folgendes war geschehen: sie waren auf dem Schulgelände herumgeschlendert, sie hatten an einem Gartentisch gesessen und Tee getrunken. Ein paar Minuten, bevor das

Auto seiner Tante die Auffahrt heraufrollte, hatte Ernest Waterbury den Wunsch geäußert, sich etwas in der Kapelle anzusehen. Man gelangte zur Kapelle, indem man eine dem Mittelalter nachempfundene Wendeltreppe hinunterstieg, und da Josephines Schuhe noch naß vom Garten waren, war sie auf der obersten Stufe ausgerutscht und anderthalb Meter tief gefallen, direkt in Mr. Waterburys keineswegs bereitwillige Arme, in denen sie hilflos lag, von unwiderstehlichem Lachen geschüttelt. In dieser Stellung hatten Miß Brereton und der Herr aus dem Verwaltungsrat der Schule, der gerade zu Besuch gekommen war, sie gefunden.

»Aber ich konnte doch nichts dafür!« erklärte der ungalante Mr. Waterbury. Der aufgeregte und beleidigte junge Mann wurde nach New Haven zurückgeschickt, und Miß Brereton, die diesen Vorfall mit der Sünde der letzten Woche in Zusammenhang brachte, verlor ganz und gar den Kopf. Josephine, gedemütigt und wütend, verlor ihrerseits den Kopf, und Mr. Perry, der zufällig in New York war, traf noch am selben Abend in der Schule ein. Angesichts seiner leidenschaftlichen Entrüstung brach Miß Brereton zusammen und trat den Rückzug an, aber das Porzellan war zerschlagen, und Josephine packte ihren Koffer. Gerade als ihr Schulleben angefangen hatte, wichtig für sie zu werden, war es unerwarteter- und ungeheuerlicherweise bereits zu Ende.

Im Augenblick richteten sich ihre Gefühle gegen Miß Brereton, und die einzigen Tränen, die sie vergoß, als sie die Schule verließ, waren Tränen des Zorns und des Grolls. Als sie mit ihrem Vater nach New York fuhr, merkte sie, daß er, der zuerst instinktiv und rückhaltlos ihre Partei ergriffen hatte, sich doch auch etwas über ihr Pech ärgerte.

»Wir werden es alle überleben«, sagte er. »Leider wird es sogar diese alte Idiotin Miß Brereton überleben. Sie sollte eine Erziehungsanstalt leiten.« Er brütete einen Augenblick vor sich hin. »Jedenfalls kommt morgen deine Mutter her und ihr beide könnt nach Hot Springs fahren, wie du geplant hast.«

»Hot Springs!« rief Josephine mit erstickter Stimme. »Nein, nein!«

»Warum denn nicht?« fragte er erstaunt. »Mir scheint, das ist das Beste, was ihr tun könnt. Dann legt sich die ganze Aufregung, bevor du nach Chicago zurückfährst.«

»Ich möchte lieber gleich nach Chicago zurück«, sagte Josephine atemlos. »Papa, ich möchte viel lieber gleich nach Chicago zurück.«

»Aber das ist doch unsinnig! Deine Mutter ist in den Osten abgereist, und alle Vorbereitungen sind getroffen. In Hot Springs kannst du ausgehen und reiten und Golf spielen und diese alte Hexe vergessen . . .«

»Gibt es im Osten nicht noch was anderes, wo wir hinfahren könnten? In Hot Springs sind Leute, die ich kenne, die über diese Sache genau Bescheid wissen, Leute denen ich nicht begegnen möchte – Mädchen aus der Schule.«

»Aber, Jo, du mußt die Ohren steifhalten – das ist jetzt nötig. Es tut mir leid, daß ich vorhin sagte, die Aufregung in Chicago wird sich legen; wenn wir nicht andere Pläne gemacht hätten, würden wir jetzt zurückfahren und den alten Schreckschrauben und dem Klatsch in der Stadt die Stirn bieten. Wenn man sich in eine Ecke verkriecht, dann denken alle, du hast was ausgefressen. Wenn jemand wissen will, was los war, dann erzählst du ihm die Wahrheit – was ich Miß Brereton gesagt habe. Du erzählst ihnen, daß sie gesagt hat, du könntest zurückkommen, und daß ich dich auf keinen Fall zurücklasse.«

»Die glauben das ja doch nicht.«

Auf alle Fälle würde sie vier Tage Ruhe und Erholung in Hot Springs haben, bevor die Schulferien begannen. Josephine verbrachte diese Zeit mit Golfstunden, die ihr ein Golflehrer erteilte, der gerade erst aus Schottland gekommen war und also bestimmt nichts von ihrem Mißgeschick wußte. An einem Nachmittag ritt sie sogar mit einem jungen Mann aus, zu dem sie beinahe Zutrauen empfand, als er ihr gestand, daß er im Februar aus Princeton ausgeschieden war – ein Geständnis, das sie indessen nicht erwiderte. Doch an den Abenden blieb sie trotz der dringenden Bitten des jungen Mannes bei ihrer Mutter, der sie sich enger verbunden fühlte als je zuvor.

Aber eines Nachmittags erblickte Josephine in der Hotelhalle an der Rezeption zwei Dutzend gutaussehende junge Männer, die neben einem Stapel von Baseballschlägerfutteralen und Reisetaschen warteten, und sie wußte, daß das, was sie befürchtete, nun bevorstand. Sie lief nach oben und aß dort zu Abend, ein erfundenes Kopfweh vortäuschend; nach dem Essen ging sie in ihren Zimmern ruhelos auf und ab. Sie schämte sich nicht nur über ihre Lage, sondern auch über die Art, wie sie darauf reagierte. Nie hatte sie Mitleid mit den Mauerblümchen, die sich in Ankleideräumen herumdrückten, weil sie keine Tanzpartner fanden, oder mit Mädchen, die in Lake Forest Außenseiter waren, und nun war sie genauso wie sie – versteckte sich jämmerlich vor dem Leben. Voller Angst, ob man ihr die Veränderung vielleicht bereits vom Gesicht ablesen könnte, blieb sie vor dem Spiegel stehen, wie immer fasziniert von dem, was sie dort sah.

»Die verdammten Idioten«, sagte sie laut. Und als sie es sagte, ging ihr Kinn hoch, und die zarte Wolke über ihren Augen schwand. Die Sätze der zahllosen Liebesbriefe, die sie bekommen hatte, zogen an ihren Augen vorüber; hinter ihr war schließlich das beruhigende Wissen um hundert vergessene flehende Gesichter, um unzählige zärtliche und flehende Stimmen. Ihr Stolz strömte in sie zurück, bis sie sehen konnte, wie ihr das warme Blut in die Wangen stieg.

Da klopfte es an die Tür – es war der Junge aus Princeton.

»Wie wär's, wenn Sie runterkommen?« schlug er vor. »Unten wird getanzt. Alles voll von E-lies, die ganze Baseballmannschaft von Yale. Ich werde mir einen rausfischen und Sie mit ihm bekannt machen, und Sie werden sich großartig amüsieren. Wie wär's?«

»Gut, aber ich möchte niemand kennenlernen. Sie müssen den ganzen Abend mit mir tanzen.«

»Sie wissen, daß mir das sehr recht ist.«

Eilig schlüpfte sie in ein neues Frühlingsabendkleid von zartestem Feenblau. Es war aufregend, sich in diesem Kleid zu sehen; es war, als habe sie die alte Winterhaut abgestreift und sei als schimmernde fleckenlose Puppe wieder zum Vorschein gekommen; und als sie die Treppe hinunterging, verfielen ihre Füße in den Takt der Musik, die von unten heraufklang. Es war eine Melodie aus einem Stück, das sie vor einer Woche in New York gesehen hatte, eine Melodie mit Zukunft, geeignet für ungeahnte Feste, für Liebhaber, wie sie ihr noch nicht begegnet waren. Als sie anfing zu tanzen, war sie sicher, daß das

Leben zahllose Anfänge hatte. Sie hatte kaum zehn Schritte getanzt, als sie von Dudley Knowleton abgeklatscht wurde.

»Ah, Josephine!« Noch nie hatte er sie beim Vornamen genannt – er stand da und hielt ihre Hand. »Ah, ich freue mich so, Sie zu sehen. Ich habe so sehr gehofft, daß Sie hier sein würden.«

Sie stieg zum Himmel empor auf einer Rakete der Überraschung und des Entzückens. Er freute sich tatsächlich, sie zu sehen – der Ausdruck seines Gesichts war ganz bestimmt aufrichtig. Konnte es möglich sein, daß er nichts gehört hatte?

»Adele schrieb mir, daß Sie vielleicht hier sind. Sie wußte es nicht genau.« Dann wußte er es, und es war ihm egal; er mochte sie trotzdem gern.

»Ich gehe in Sack und Asche«, sagte sie.

»Das steht Ihnen aber sehr gut.«

»Sie wissen, was passiert ist . . .«, wagte sie zu sagen.

»Ich weiß. Ich hätte nicht darüber gesprochen, aber alle sind der Meinung, daß Waterbury sich wie ein Trottel benommen hat – und das wird ihm bei den Wahlen im nächsten Monat nicht gerade nützen. Hören Sie – Sie sollten mit ein paar Männern tanzen, die nach etwas Schönheit hungern.«

Gleich darauf tanzte sie, so schien es ihr, mit der ganzen Mannschaft auf einmal. Ab und zu klatschte Dudley Knowleton sie ab und ebenso der Mann aus Princeton, der wegen der unerwarteten Konkurrenz etwas ungehalten war. Es waren viele Mädchen aus vielen Schulen im Saal, aber mit bewundernswertem Teamgeist legten die Männer aus Yale eine deutliche Vorliebe für Josephine an den Tag;

man wählte sie bereits auf den Stühlen aus, die in einer Reihe an der Wand standen.

Aber innerlich wartete sie auf das, was kommen mußte, auf den Augenblick, in dem sie mit Dudley Knowleton in die warme südliche Nacht hinausgehen würde. Es kam ganz von selbst, genau am Ende eines Tanzes, und sie schlenderten einen Weg entlang, der von frühblühenden Fliederhecken eingefaßt war, und bogen um eine Ecke und wieder um eine Ecke . . .

»Sie freuten sich, mich zu sehen, nicht wahr?« sagte Josephine.

»Natürlich.«

»Zuerst hatte ich Angst. Ihretwegen bedauerte ich, was in der Schule passiert war. Ich hatte mir solche Mühe gegeben, anders zu sein – Ihretwegen.«

»Sie dürfen nicht mehr an diese Schulgeschichte denken. Alle, auf die es ankommt, wissen, daß man Sie ungerecht behandelt hat. Vergessen Sie das Ganze und fangen Sie neu an.«

»Ja«, stimmte sie ruhig zu. Sie war glücklich. Der leichte Wind und der Fliederduft – das war sie, schön und unfaßbar; die aus Baumästen verfertigte Bank, auf der sie saßen, und die Bäume – das war er, hart und stark neben ihr, sie beschützend.

»Ich habe immer gedacht, daß ich Sie hier treffen würde«, sagte sie nach einem Augenblick. »Sie haben mir soviel gegeben, daß ich dachte, ich könnte Ihnen vielleicht in anderer Art auch etwas geben – ich meine, ich kenne Möglichkeiten, sich angenehm die Zeit zu vertreiben, die Sie nicht kennen. Zum Beispiel müssen wir unbedingt mal abends im Mondschein ausreiten. Das wird fein.«

Er antwortete nicht.

»Ich kann sehr nett sein, wenn ich jemand mag – das ist wirklich nicht oft der Fall«, warf sie hastig ein, »jedenfalls nicht im Ernst. Aber ich meine, wenn ich im Ernst das Gefühl habe, daß ein Junge und ich wirklich Freunde sind, dann will ich nicht, daß eine ganze Meute von andern Jungen immer um mich rum ist und mir die Zeit wegnimmt. Ich möchte die ganze Zeit mit ihm zusammen sein, den ganzen Tag und den ganzen Abend. Geht es Ihnen nicht auch so?«

Er bewegte sich ein wenig auf der Bank; er beugte sich vor, die Ellbogen auf die Knie gestützt, und betrachtete seine kräftigen Hände. Ihre sanfttönende Stimme wurde noch etwas leiser.

»Wenn ich jemand gern habe, mag ich nicht mal tanzen. Es ist viel schöner, allein zu sein.«

Einen Augenblick Stille.

»Ach, wissen Sie« – er zögerte und runzelte die Stirn – »im Augenblick habe ich eine Menge Verabredungen, die ich schon früher mit ein paar Leuten getroffen habe.« Er stockte betreten. »Tatsächlich bin ich nur noch bis morgen im Hotel. Dann bin ich bei Leuten, die ein Haus weiter unten im Tal haben – auf einer Art Hausparty. Und übrigens kommt morgen Adele her.«

In ihre eigenen Gedanken versunken, hörte sie zuerst kaum hin, aber als der Name fiel, hielt sie plötzlich den Atem an.

»Wir gehen beide zu der Hausparty, und ich glaube, mehr oder weniger steht es schon fest, was wir tun werden. Den Tag über bin ich natürlich hier zum Baseballtraining.«

»Ich verstehe.« Ihre Lippen zitterten. »Sie werden nicht – Sie werden mit Adele zusammen sein.«

»Ich glaube – doch, bestimmt – mehr oder weniger. Sie wird Sie – natürlich sehen wollen.«

Erneutes Schweigen, während er seine großen Finger ineinander verschränkte und sie diese Gebärde hilflos imitierte.

»Ich habe Ihnen nur leid getan«, sagte sie. »Sie mögen Adele – viel lieber.«

»Adele und ich, wir verstehen uns. Sie ist mehr oder weniger mein Ideal gewesen, seit wir beide Kinder waren.«

»Und ich bin nicht die Art Mädchen, die Sie mögen.« Josephines Stimme zitterte vor Angst. »Sicher, weil ich eine Menge Jungen geküßt habe und als leicht gelte und einen Skandal hervorgerufen habe.«

»Das ist es nicht.«

»Doch, das ist es«, erklärte sie leidenschaftlich. »Ich bezahle jetzt eben für alles.« Sie stand auf. »Bringen Sie mich jetzt lieber wieder hinein, damit ich mit der Art Jungen tanzen kann, die sich was aus mir machen.«

Sie ging schnell den Weg zurück, und Tränen des Jammers strömten aus ihren Augen. An der Treppe holte er sie ein, aber sie schüttelte nur den Kopf und sagte: »Entschuldigen Sie, daß ich so unverschämt war. Ich werde schon einmal erwachsen werden. Ich habe nur bekommen, was ich verdient habe – es ist in Ordnung.«

Als sie sich ein wenig später auf der Tanzfläche nach ihm umschaute, war er verschwunden – und es bedeutete einen Schock für Josephine, als ihr klar wurde, daß sie sich zum ersten Mal in ihrem Leben vergeblich um einen Mann bemüht hatte. Aber außer bei sehr jungen Menschen kann nur Liebe Liebe wecken, und von dem Augenblick an, da Josephine entdeckt hatte, daß sein Interesse für sie nichts als Freundlichkeit war, merkte sie, daß nicht ihr Herz, sondern nur ihr Stolz verwundet war. Sie würde ihn schnell vergessen, aber sie würde nie vergessen, was sie von ihm gelernt hatte. Es gab zwei Arten von Männern – solche, mit denen man spielte, und solche, die man vielleicht heiraten würde. Und als ihr dies durch den Kopf ging, glitten ihre ruhelosen Augen zufällig an einer Gruppe von jungen Männern und jungen Damen entlang und blieben ganz flüchtig auf Mr. Gordon Tinsley haften, der besten Partie von Chicago, von dem es hieß, er sei der reichste junge Mann des Mittelwestens. Bis zu diesem Abend hatte er Josephine nie die geringste Aufmerksamkeit geschenkt; vor zehn Minuten jedoch hatte er sie gebeten, morgen eine Autopartie mit ihm zu machen.

Aber sie fand ihn nicht anziehend – und sie beschloß, seine Einladung abzulehnen. Man durfte Leute nicht vorzeitig verbrauchen und um einer romantischen halben Stunde willen eine Möglichkeit verschenken, die sich später, zur richtigen Zeit, ganz ernsthaft entwickeln konnte. Sie wußte nicht, daß dies der erste erwachsene Gedanke ihres Lebens war, aber er war es.

Die Kapelle packte ihre Instrumente zusammen, und der Mann aus Princeton war immer noch an ihrer Seite, bestürmte sie immer noch, sie solle mit ihm einen Spaziergang in die Nacht hinaus machen. Ohne zu überlegen, wußte sie, zu welcher Sorte Männer er gehörte – und der Mond war hell, sogar in den Fenstern. Also nahm sie mit einem gewissen Gefühl der Erleichterung seinen Arm, und sie schlenderten zu der freundlichen Laube hin, die sie erst vor kurzem verlassen hatte, und ihre Gesichter wandten sich einander zu wie kleine Monde unter dem großen weißen Mond, der hoch über dem Blue Ridge hing; sein Arm senkte sich sanft auf ihre willfährige Schulter.

»Na?« flüsterte er.

»Na.«

Hinweis

»Anziehung«: Copyright 1928 by F. Scott Fitzgerald, Copyright renewed 1956 by Frances Scott Fitzgerald Lanahan;

»Vor der Möbeltischlerei«: Copyright 1928 by F. Scott Fitzgerald, Copyright renewed 1956 by Frances Scott Fitzgerald Lanahan;

»Die letzte Schöne des Südens«: Copyright 1929 by The Curtis Publishing Company, Copyright renewed 1956 by Frances Scott Fitzgerald Lanahan;

»Majestät«: Copyright 1929 by The Curtis Publishing Company, Copyright renewed 1957 by Frances Scott Fitzgerald Lanahan;

»Die rauhe Überfahrt«: Copyright 1929 by F. Scott Fitzgerald, Copyright renewed 1957 by Frances Scott Fitzgerald Lanahan;

»Die Hochzeitsparty«: Copyright 1930 by The Curtis Publishing Company, Copyright renewed 1957 by Frances Scott Fitzgerald Lanahan;

»Erste Leidenschaft«: Copyright 1930 by The Curtis Publishing Company, Copyright renewed 1957 by Frances Scott Fitzgerald Lanahan;

»Eine Frau mit Vergangenheit«: Copyright 1930 by The Curtis Publishing Company, Copyright renewed 1957 by Frances Scott Fitzgerald Lanahan.

F. Scott Fitzgerald
im Diogenes Verlag

Der große Gatsby

Roman. Aus dem Amerikanischen
von Walter Schürenberg
detebe 20183

New York 1925. Auf der Suche nach seiner verlorenen
Liebe gibt Gatsby sagenhafte Parties: bei Swing und
Champagner treffen sich Welt und Halbwelt, Holly-
wood-Stars und Glamour-Girls, Intellektuelle, Play-
boys, Habe- und Taugenichtse. Über Gatsbys Her-
kunft und Reichtum kursieren die tollsten Gerüchte:
der Emporkömmling, Großsprecher, Kriegsheld,
Alkoholschmuggler und Gangster Gatsby wurde zum
amerikanischen Traum und Trauma, sein Schicksal die
Essenz von Glanz und Illusion der zwanziger Jahre.

Der letzte Taikun

Roman. Aus dem Amerikanischen
von Walter Schürenberg
detebe 20395

Der letzte Taikun (›Tycoon‹ heißt etwa, bewundernd,
›Super-Boss‹) ist das Porträt des letzten großen allge-
waltigen produktiven Produzenten am Ende der klas-
sischen Hollywood-Ära, die Fitzgerald selbst als Film-
autor (sein Drehbuch zu ›Vom Winde verweht‹ wurde
abgelehnt) unmittelbar erlebt und erlitten hat.

»Die amerikanische Filmindustrie wird hier aus näch-
ster Nähe betrachtet, aufmerksam und gründlich stu-
diert und mit einem solchen Scharfsinn dramatisiert,
wie er in keinem anderen Roman zu diesem Thema zu
finden ist: der beste Hollywood-Roman.«
Edmund Wilson

Zärtlich ist die Nacht

Roman. Aus dem Amerikanischen von
Walter E. Richartz und Hanna Neves
detebe 21119

»In *Zärtlich ist die Nacht* sieht Fitzgerald sein kommendes Schicksal voraus. Es schildert den Zerfall des Arztes und Psychiaters Dick Diver. Es ist ein Dasein zwischen Côte d'Azur, Rom und Zürich, in Hotels, Bars, inmitten von Filmstars, Adligen und Millionären. Diver handelt als Arzt, wo er als Mensch handeln sollte, und als Wissenschafter, wo er als Gatte empfinden sollte. Es ist die Seelenforschung eines Isolierten.« *Jürg Federspiel*

Pat Hobby's Hollywood-Stories

Aus dem Amerikanischen und mit
Anmerkungen von Harry Rowohlt
detebe 20510

Der Rest von Glück

Erzählungen. Aus dem Amerikanischen von
Walter Schürenberg
detebe 20744

Ein Diamant – so groß wie das Ritz

Erzählungen. Aus dem Amerikanischen von
Walter Schürenberg, Walter E. Richartz,
Elga Abramowitz und Günter Eichel
detebe 20745

Der gefangene Schatten

Erzählungen. Aus dem Amerikanischen von
Walter Schürenberg, Anna von Cramer-Klett,
Elga Abramowitz und Walter E. Richartz
detebe 20746

»Die Erzählungen entstanden unmittelbar an Ort und Stelle und fangen die Emotion des Augenblicks mit ein. Aber sie sprechen nicht nur für ihre Zeit, sondern auch für ihren Autor und fügen sich in ihrer Gesamtheit zu einem Tagebuch seiner ganzen Karriere. Was heute bedeutsam erscheint, sind nicht so sehr der frühe Erfolg und dann die Vernachlässigung und das Leid der späteren Jahre, und nicht einmal der Gegensatz davon, es ist vor allem der Kampf gegen die Niederlage und der einigermaßen eingeschränkte Triumph, den er im

Kampf davontrug. Fitzgerald bleibt ein Beispiel, arche-
typisch, aber nicht allein für die zwanziger Jahre. Im
letzten vertritt er das menschliche Erleben in einer
seiner permanenten Formen.« *Malcolm Cowley*

»Wir sind Schriftsteller, und wir sollen schreiben.
Alles, was Du wirklich brauchtest, war Disziplin an
Deiner Arbeit. Natürlich bist Du ein sonderbarer
Kauz, aber Du bist es nicht mehr als Joyce; fast jeder
gute Schriftsteller ist es. Du schreibst heute zweimal so
gut als zu einer Zeit, da Du Dich für großartig
hieltst... Alles, was Dir not tut, ist, *wirklich* zu schrei-
ben und Dich nicht drum zu kümmern, was das
Schicksal Deiner Arbeit sein wird...«
Ernest Hemingway an F. Scott Fitzgerald

Ring Lardner
im Diogenes Verlag

Geschichten aus dem Jazz-Zeitalter
Herausgegeben und mit einem Nachwort
von Fritz Güttinger. Aus dem
Amerikanischen von Fritz Güttinger,
Elisabeth Schnack und Ingeborg Hucke
detebe 20153

»Was Ring Lardner erzählt, das stiftet einen authentischen Beitrag
zur Chronik der zwanziger Jahre. In Lardners Geschichten geht
es quer durch alle gesellschaftlichen Schichten: die Leute aus der
hintersten Provinz, die Karrierejäger am Broadway, die Stars in
den Sport-Arenen, die feinen Herren auf ihren Golfwiesen...was
immer das Denken und Verhalten seiner Figuren bestimmt, es
wird an ihrer Sprache, die Lardner aufzeichnet, entlarvend kennt-
lich.« *Jürgen Becker*

»...etwas in seiner Art Einmaliges, etwas Einheimisches, das der
Reisende als Trophäe mitnehmen kann, um den Ungläubigen zu
beweisen, daß er in Amerika war.« *Virginia Woolf*

Amerikanische Literatur
im Diogenes Verlag

● **Woody Allen**
Manhattan. Vollständiges Drehbuch mit 20 Szenenfotos. Deutsch von Hellmuth Karasek und Armgard Seegers. detebe 20821
Der Stadtneurotiker. Vollständiges Drehbuch mit 19 Szenenfotos. Deutsch von Eckhard Henscheid und Sieglinde Rahm detebe 20822
Interiors. Vollständiges Drehbuch mit 16 Szenenfotos. Deutsch von Hellmuth Karasek und Armgard Seegers. detebe 20823
Stardust Memories. Vollständiges Drehbuch mit 32 Szenenfotos. Deutsch von Hellmuth Karasek und Armgard Seegers. detebe 20824
Zelig. Vollständiges Drehbuch mit 16 Szenenfotos. Deutsch von Armgard Seegers detebe 21154
Was Sie schon immer über Sex wissen wollten, aber nie zu fragen wagten. Vollständiges Drehbuch mit 10 Szenenfotos. Deutsch von Walle Bengs. detebe 21346
Hannah und ihre Schwestern. Vollständiges Drehbuch mit 22 Fotos. Deutsch von Walle Bengs. detebe 21470
Weitere Werke in Vorbereitung

● **Charlotte Armstrong**
Schlafe, mein Kindchen. Roman. Deutsch von Nikolaus Stingl. detebe 21601
Die sanfte Stimme des Bösen. Roman. Deutsch von Brigitte Mentz. detebe 21761

● **Louis Armstrong**
Mein Leben in New Orleans. Autobiographie. Deutsch von Hans Georg Brenner detebe 20359

● **Der Baum mit den bitteren Feigen**
Meistererzählungen aus den Südstaaten von William Faulkner und Carson McCullers bis Tennessee Williams und Truman Capote. Herausgegeben von Elisabeth Schnack detebe 21831

● **John Bellairs**
Das Haus, das tickte. Roman. Deutsch von Alexander Schmitz. Mit Zeichnungen von Edward Gorey. detebe 20368

● **Ambrose Bierce**
Die Spottdrossel. Erzählungen und Fabeln. Auswahl und Vorwort von Mary Hottinger

Deutsch von Joachim Uhlmann, Günter Eichel und Maria von Schweinitz. Zeichnungen von Tomi Ungerer. detebe 20234

● **Robert Bloch**
Nacht im Kopf. Roman. Deutsch von Monika Elwenspoek. detebe 21414
Ich küsse deinen Schatten. Horrorstories. Deutsch von Kurt Bracharz. detebe 21771

● **Ray Bradbury**
Der illustrierte Mann. Erzählungen. Deutsch von Peter Naujack. detebe 20365
Fahrenheit 451. Roman. Deutsch von Fritz Güttinger. detebe 20862
Die Mars-Chroniken. Roman in Erzählungen. Deutsch von Thomas Schlück detebe 20863
Die goldenen Äpfel der Sonne. Erzählungen. Deutsch von Margarete Bormann detebe 20864
Medizin für Melancholie. Erzählungen Deutsch von Margarete Bormann detebe 20865
Das Böse kommt auf leisen Sohlen. Roman. Deutsch von Norbert Wölfl. detebe 20866
Löwenzahnwein. Roman. Deutsch von Alexander Schmitz. detebe 21045
Das Kind von morgen. Erzählungen. Deutsch von Hans-Joachim Hartstein. detebe 21205
Die Mechanismen der Freude. Erzählungen Deutsch von Peter Naujack. detebe 21242
Familientreffen. Erzählungen. Deutsch von Jürgen Bauer. detebe 21415
Der Tod kommt schnell in Mexico. Erzählungen. Deutsch von Walle Bengs. detebe 21641
Der Tod ist ein einsames Geschäft. Roman Deutsch von Jürgen Bauer. detebe 21774

● **Harold Brodkey**
Erste Liebe und andere Sorgen. Erzählungen. Deutsch von Elizabeth Gilbert. detebe 20774

● **Fredric Brown**
Flitterwochen in der Hölle. Science-Fiction-Geschichten. Deutsch von B. A. Egger. Mit Illustrationen von Peter Neugebauer detebe 20600

● **W. R. Burnett**
Little Caesar. Roman. Deutsch von Georg Kahn-Ackermann. detebe 21061
High Sierra. Roman. Deutsch von Armgard Seegers und Hellmuth Karasek. detebe 21208

Asphalt-Dschungel. Roman. Deutsch von Walle Bengs. detebe 21417

● Peter Cameron
So oder anders. Geschichten. Deutsch von Dirk van Gunsteren. Leinen

● Truman Capote
»Ich bin schwul. Ich bin süchtig. Ich bin ein Genie.« Ein intimes Gespräch mit Lawrence Grobel. Deutsch von Thomas Lindquist. Mit einem Vorwort von James A. Michener. Mit 15 Fotos. detebe 21606

● David Carkeet
Minus mal Minus. Roman. Deutsch von Dorothee Asendorf. detebe 21478

● Raymond Chandler
Der große Schlaf. Roman. Deutsch von Gunar Ortlepp. detebe 20132
Die kleine Schwester. Roman. Deutsch von Walter E. Richartz. detebe 20206
Der lange Abschied. Roman. Deutsch von Hans Wollschläger. detebe 20207
Das hohe Fenster. Roman. Deutsch von Urs Widmer. detebe 20208
Die simple Kunst des Mordes. Essays, Briefe, eine Geschichte und ein Romanfragment. Herausgegeben von Dorothy Gardiner und Kathrine Sorley Walker. Deutsch von Hans Wollschläger. detebe 20209
Die Tote im See. Roman. Deutsch von Hellmuth Karasek. detebe 20311
Lebwohl, mein Liebling. Roman. Deutsch von Wulf Teichmann. detebe 20312
Playback. Roman. Deutsch von Wulf Teichmann. detebe 20313
Mord im Regen. Frühe Stories. Vorwort von Prof. Philip Durham. Deutsch von Hans Wollschläger. detebe 20314
Erpresser schießen nicht. Gesammelte Detektivstories I. Mit einem Vorwort des Autors. Deutsch von Hans Wollschläger detebe 20751
Der König in Gelb. Gesammelte Detektivstories II. Deutsch von Hans Wollschläger detebe 20752
Gefahr ist mein Geschäft. Gesammelte Detektivstories III. Deutsch von Hans Wollschläger. detebe 20753
Englischer Sommer. Geschichten, Parodien, Essays. Mit einem Vorwort von Patricia Highsmith, Zeichnungen von Edward Gorey und einer Erinnerung an den Drehbuchautor Chandler von John Houseman. Deutsch von Wulf Teichmann, Hans Wollschläger u.a. Mit einer kompletten Chandler-Bibliographie und -Filmographie. detebe 20754

Meistererzählungen. Deutsch von Hans Wollschläger. detebe 21619
Als Ergänzungsband liegt vor:
Frank MacShane
Raymond Chandler. Eine Biographie
Deutsch von Christa Hotz, Alfred Probst und Wulf Teichmann. detebe 20960

● James Fenimore Cooper
Lederstrumpf in 5 Bänden. Deutsch von C. Kolb u.a. Vollständige Ausgabe. detebe 21820
Der Wildtöter oder Der erste Kriegspfad
Roman. Mit Anmerkungen und Nachwort Deutsch von G. Pfizer. detebe 21815
Der letzte Mohikaner. Ein Bericht über das Jahr 1757. Mit Anmerkungen und Nachwort Deutsch von L. Tafel. detebe 21816
Der Pfadfinder oder Das Binnenmeer. Roman Mit Anmerkungen und Nachwort. Deutsch von C. Kolb. detebe 21817
Die Ansiedler oder Die Quellen des Susquehanna. Ein Zeitgemälde. Mit Anmerkungen und Nachwort. Deutsch von C. Kolb detebe 21818
Die Prärie. Roman. Mit Anmerkungen und Nachwort. Deutsch von G. Friedenberg detebe 21819

● Stephen Crane
Das blaue Hotel. Erzählungen. Herausgegeben, übersetzt und mit einem Nachwort von Walter E. Richartz. detebe 20789
Die rote Tapferkeitsmedaille. Roman
Deutsch von Eduard Klein und Klaus Marschke. Mit einem Nachwort von Stanley J. Kunitz und Howard Haycraft detebe 21299

● Henry F. Ellenberger
Die Entdeckung des Unbewußten. Geschichte und Entwicklung der dynamischen Psychiatrie von den Anfängen bis zu Janet, Freud, Adler und Jung. Mit 45 Abbildungen. Deutsch von Gudrun Theuser-Stampa detebe 21343

● Ralph Waldo Emerson
Essays. Herausgegeben und übersetzt von Harald Kiczka. Mit zahlreichen Anmerkungen und einem ausführlichen Index detebe 21071
Natur. Deutsch von Harald Kiczka. Mit einem Nachruf auf Emerson von Herman Grimm. detebe 21657
Repräsentanten der Menschheit. Sieben Essays. Deutsch von Karl Federn. Mit einem Nachwort von Friedell. detebe 21696

● William Faulkner

Brandstifter. Gesammelte Erzählungen
Deutsch von Elisabeth Schnack
detebe 20040
Eine Rose für Emily. Gesammelte Erzählungen. Deutsch von Elisabeth Schnack
detebe 20041
Die Unbesiegten. Roman. Deutsch von Erich Franzen. detebe 20075
Sartoris. Roman. Deutsch von Hermann Stresau. detebe 20076
Als ich im Sterben lag. Roman. Deutsch von Albert Hess und Peter Schünemann
detebe 20077
Schall und Wahn. Roman. Revidierte Übersetzung von Elisabeth Kaiser und Helmut M. Braem. detebe 20096
Der große Wald. Vier Jagdgeschichten
Deutsch von Elisabeth Schnack
detebe 20150
Griff in den Staub. Roman. Deutsch von Harry Kahn. detebe 20151
Der Springer greift an. Kriminalgeschichten. Deutsch von Elisabeth Schnack
detebe 20152
Soldatenlohn. Roman. Revidierte Übersetzung von Susanna Rademacher. detebe 20511
Moskitos. Roman. Revidierte Übersetzung von Richard K. Flesch. detebe 20512
Wendemarke. Roman. Revidierte Übersetzung von Georg Goyert. detebe 20513
Die Freistatt. Roman. Deutsch von Hans Wollschläger. Vorwort von André Malraux
detebe 20802
Die Spitzbuben. Roman. Deutsch von Elisabeth Schnack. detebe 20989
Eine Legende. Roman. Deutsch von Kurt Heinrich Hansen. detebe 20990
New Orleans. Skizzen und Erzählungen. Deutsch von Arno Schmidt. detebe 20995
Briefe. Nach der von Joseph Blotner edierten amerikanischen Erstausgabe von 1977, herausgegeben und übersetzt von Elisabeth Schnack und Fritz Senn. detebe 20958

Als Ergänzungsband liegt vor:
Über William Faulkner. Essays, Rezensionen, ein Interview, Zeichnungen, Chronik und Bibliographie. Herausgegeben von Gerd Haffmans. detebe 20098

● F. Scott Fitzgerald

Der große Gatsby. Roman. Revidierte Übersetzung von Walter Schürenberg
detebe 20183
Der letzte Taikun. Roman. Deutsch von Walter Schürenberg. detebe 20395
Pat Hobby's Hollywood-Stories. Erzählungen. Übersetzt und mit Anmerkungen versehen von Harry Rowohlt. detebe 20510
Der Rest von Glück. Erzählungen. Deutsch von Walter Schürenberg. detebe 20744
Ein Diamant – so groß wie das Ritz. Erzählungen 1922 – 1926. detebe 20745
Der gefangene Schatten. Erzählungen 1926 bis 1928. detebe 20746
Die letzte Schöne des Südens. Erzählungen Deutsch von Walter Schürenberg, Elga Abramowitz und Walter E. Richartz. detebe 20747
Wiedersehen mit Babylon. Erzählungen 1930 bis 1940. detebe 20748
Alle Erzählungen in der Übersetzung von Walter Schürenberg, Walter E. Richartz u.a.
Zärtlich ist die Nacht. Roman. Neu übersetzt von Walter E. Richartz und Hanna Neves. Vorwort von Malcolm Cowley. detebe 21119
Das Liebesschiff. Erzählungen. Deutsch von Alexander Schmitz. detebe 21187
Der ungedeckte Scheck. Erzählungen
Deutsch von Alexander Schmitz
detebe 21305
Meistererzählungen. Ausgewählt und mit einem Nachwort von Elisabeth Schnack. Deutsch von Walter Schürenberg, Anna von Cramer-Klett, Elga Abramowitz und Walter E. Richartz. detebe 21583

● Dashiell Hammett

Der Malteser Falke. Roman. Deutsch von Peter Naujack. detebe 20131
Rote Ernte. Roman. Deutsch von Gunar Ortlepp. detebe 20292
Der Fluch des Hauses Dain. Roman. Deutsch von Wulf Teichmann. detebe 20293
Der gläserne Schlüssel. Roman. Deutsch von Hans Wollschläger. detebe 20294
Der dünne Mann. Roman. Deutsch von Tom Knoth. detebe 20295
Fliegenpapier. Detektivstories I. Deutsch von Harry Rowohlt, Helmut Kossodo, Helmut Degner, Peter Naujack und Elizabeth Gilbert. Vorwort von Lillian Hellman
detebe 20911
Fracht für China. Detektivstories II. Deutsch von Elizabeth Gilbert, Antje Friedrichs und Walter E. Richartz. detebe 20912
Das große Umlegen. Detektivstories III.
Deutsch von Walter E. Richartz, Hellmuth Karasek und Wulf Teichmann. detebe 20913
Das Haus in der Turk Street. Detektivstories IV. Deutsch von Wulf Teichmann
detebe 20914
Das Dingsbums Küken. Detektivstories V.
Deutsch von Wulf Teichmann. Nachwort von Steen Marcus. detebe 20915

Meistererzählungen. Ausgewählt von William Matheson. Deutsch von Wulf Teichmann, Walter E. Richartz und Elizabeth Gilbert
detebe 21777

Als Ergänzungsband liegt vor:

Diane Johnson
Dashiell Hammett. Eine Biographie. Aus dem Amerikanischen von Nikolaus Stingl. Mit zahlreichen Abbildungen. detebe 21618

● **O. Henry**
Wege des Schicksals. Erzählungen
detebe 20874
Streng geschäftlich. Erzählungen
detebe 20875
Rollende Steine. Erzählungen. detebe 20876
Alle Erzählungen deutsch von Annemarie und Heinrich Böll, Hans Wollschläger u.a.

● **Patricia Highsmith**
Suspense oder Wie man einen Thriller schreibt
Deutsch von Anne Uhde. Broschur
Geschichten von natürlichen und unnatürlichen Katastrophen. Deutsch von Otto Bayer
Leinen
Der Stümper. Roman. Deutsch von Barbara Bortfeldt. detebe 20136
Zwei Fremde im Zug. Roman. Deutsch von Anne Uhde. detebe 20173
Der Geschichtenerzähler. Roman. Deutsch von Anne Uhde. detebe 20174
Der süße Wahn. Roman. Deutsch von Christian Spiel. detebe 20175
Die zwei Gesichter des Januars. Roman. Deutsch von Anne Uhde. detebe 20176
Der Schrei der Eule. Roman. Deutsch von Gisela Stege. detebe 20341
Tiefe Wasser. Roman. Deutsch von Eva Gärtner und Anne Uhde. detebe 20342
Die gläserne Zelle. Roman. Deutsch von Gisela Stege und Anne Uhde. detebe 20343
Das Zittern des Fälschers. Roman. Deutsch von Anne Uhde. detebe 20344
Lösegeld für einen Hund. Roman. Deutsch von Anne Uhde. detebe 20345
Der talentierte Mr. Ripley. Deutsch von Barbara Bortfeldt. detebe 20481
Ripley Under Ground. Deutsch von Anne Uhde. detebe 20482
Ripley's Game. Roman. Deutsch von Anne Uhde. detebe 20346
Der Schneckenforscher. Gesammelte Geschichten. Vorwort von Graham Greene. Deutsch von Anne Uhde. detebe 20347
Ein Spiel für die Lebenden. Deutsch von Anne Uhde. detebe 20348

Kleine Geschichten für Weiberfeinde
Deutsch von Walter E. Richartz. Zeichnungen von Roland Topor. detebe 20349
Kleine Mordgeschichten für Tierfreunde
Deutsch von Anne Uhde. detebe 20483
Venedig kann sehr kalt sein. Roman. Deutsch von Anne Uhde. detebe 20484
Ediths Tagebuch. Roman. Deutsch von Anne Uhde. detebe 20485
Der Junge, der Ripley folgte. Roman
Deutsch von Anne Uhde. detebe 20649
Leise, leise im Wind. Zwölf Geschichten. Deutsch von Anne Uhde. detebe 21012
Keiner von uns. Erzählungen. Deutsch von Anne Uhde. detebe 21179
Leute, die an die Tür klopfen. Roman
Deutsch von Anne Uhde. detebe 21349
Nixen auf dem Golfplatz. Erzählungen
Deutsch von Anne Uhde. detebe 21517
Elsie's Lebenslust. Roman. Deutsch von Otto Bayer. detebe 21660
Meistererzählungen. Ausgewählt von Patricia Highsmith. Deutsch von Anne Uhde, Walter E. Richartz und Wulf Teichmann
detebe 21723

Als Ergänzungsband liegt vor:

Über Patricia Highsmith. Essays und Zeugnisse von Graham Greene bis Peter Handke. Mit Bibliographie, Filmographie und zahlreichen Fotos. Herausgegeben von Fritz Senn und Franz Cavigelli. detebe 20818

● **Carol Hill**
Amanda. The Eleven Million Mile High Dancer. Roman. Deutsch von Manfred Ohl und Hans Sartorius. detebe 21757

● **Edward D. Hoch**
Frankensteins Fabrik. Roman. Deutsch von Monika Elwenspoek. detebe 21561

● **John Irving**
Die wilde Geschichte vom Wassertrinker
Roman. Deutsch von Edith Nerke und Jürgen Bauer. Leinen
Das Hotel New Hampshire. Roman. Deutsch von Hans Hermann. detebe 21194
Laßt die Bären los! Roman. Deutsch von Michael Walter. detebe 21323
Eine Mittelgewichts-Ehe. Roman. Deutsch von Nikolaus Stingl. detebe 21605
Gottes Werk und Teufels Beitrag. Roman
Deutsch von Thomas Lindquist. detebe 21837

● **Shirley Jackson**
Wir haben schon immer im Schloß gelebt
Roman. Deutsch von Anna Leube und Anette Grube. Leinen

Die Teufelsbraut. 25 dämonische Geschichten
Deutsch von Anna Leube und Anette Grube
Leinen

● **Ring Lardner**
Geschichten aus dem Jazz-Zeitalter. Auswahl, Nachwort und Übersetzung von Fritz Güttinger. detebe 20153

● **Jonathan Latimer**
Leiche auf Abwegen. Roman. Deutsch von Ulrike Wasel und Klaus Timmermann
detebe 21592
Wettlauf mit der Zeit. Roman. Deutsch von Nikolaus Stingl. detebe 21825

● **Jack London**
Südsee-Abenteuer. Erzählungen. Deutsch von Christine Hoeppener. detebe 21508
Der Seewolf. Roman. Deutsch von Christine Hoeppener. detebe 21509
John Barleycorn oder Der Alkohol. Deutsch von Günter Löffler. detebe 21510
Der Ruf der Wildnis. Roman. Deutsch von Günter Löffler. detebe 21511
Weißzahn, der Wolfshund. Deutsch von Günter Löffler. detebe 21512

● **Anita Loos**
Blondinen bevorzugt. Das lehrreiche Tagebuch einer Dame von Beruf. Roman. Deutsch von Lisette Mullère. detebe 21471
Gentlemen heiraten Brünette. Das lehrreiche Tagebuch einer Dame von Beruf. Deutsch von Marie-Therese Morel. Mit einem Nachwort von Ursula von Kardorff. detebe 21472

● **Alison Lurie**
Varna oder Imaginäre Freunde. Roman. Deutsch von Otto Bayer. Leinen
Affären. Eine transatlantische Liebesgeschichte. Deutsch von Otto Bayer. detebe 21600
Ein ganz privater kleiner Krieg. Roman
Deutsch von Hermann Stiehl. detebe 21614
Liebe und Freundschaft. Roman. Deutsch von Otto Bayer. detebe 21756

● **Carson McCullers**
Wunderkind. Erzählungen. Deutsch von Elisabeth Schnack. detebe 20140
Madame Zilensky und der König von Finnland. Erzählungen. Deutsch von Elisabeth Schnack. detebe 20141
Die Ballade vom traurigen Café. Novelle. Deutsch von Elisabeth Schnack. Diogenes Evergreens. Auch als detebe 20142

Das Herz ist ein einsamer Jäger. Roman. Deutsch von Susanna Rademacher
detebe 20143
Spiegelbild im goldnen Auge. Roman. Deutsch von Richard Moering. detebe 20144
Frankie. Roman. Deutsch von Richard Moering. detebe 20145
Uhr ohne Zeiger. Roman. Deutsch von Elisabeth Schnack. detebe 20146

Als Ergänzungsband liegt vor:
Über Carson McCullers. Essays von und über Carson McCullers; Chronik und Bibliographie. Deutsch von Elisabeth Schnack und Elizabeth Gilbert. Herausgegeben von Gerd Haffmans. detebe 20147

● **Ross Macdonald**
Dornröschen war ein schönes Kind. Roman. Deutsch von Wulf Teichmann. detebe 20227
Unter Wasser stirbt man nicht. Roman
Deutsch von Hubert Deymann
detebe 20322
Ein Grinsen aus Elfenbein. Roman. Deutsch von Charlotte Hamberger. detebe 20323
Die Küste der Barbaren. Roman. Deutsch von Marianne Lipcowitz. detebe 20324
Der Fall Galton. Roman. Deutsch von Egon Lothar Wensk. detebe 20325
Gänsehaut. Roman. Deutsch von Gretel Friedmann. detebe 20326
Der blaue Hammer. Roman. Deutsch von Peter Naujack. detebe 20541
Durchgebrannt. Roman. Deutsch von Helmut Degner. detebe 20868
Geld kostet zuviel. Roman. Deutsch von Günter Eichel. detebe 20869
Die Kehrseite des Dollars. Roman. Deutsch von Günter Eichel. detebe 20877
Der Untergrundmann. Roman. Deutsch von Hubert Deymann. detebe 20878
Der Drahtzieher. Sämtliche Detektivstories um Lew Archer I. Mit einem Vorwort des Autors. Deutsch von Hubert Deymann und Peter Naujack. detebe 21018
Einer lügt immer. Sämtliche Detektivstories um Lew Archer II. Deutsch von Hubert Deymann und Peter Naujack. detebe 21019
Sanftes Unheil. Roman. detebe 21178
Blue City. Roman. Deutsch von Christina Sieg-Welti und Christa Hotz. detebe 21317
Der Mörder im Spiegel. Roman. Deutsch von Dietlind Bindheim. detebe 21303

● **Herman Melville**
Moby-Dick. Roman. Deutsch von Thesi Mutzenbecher und Ernst Schnabel
detebe 20835

● Margaret Millar

Gesetze sind wie Spinnennetze. Roman. Deutsch von Barbara Rojahn-Deyk und Jobst-Christian Rojahn. Leinen
Liebe Mutter, es geht mir gut... Roman Deutsch von Elizabeth Gilbert detebe 20226
Die Feindin. Roman. Deutsch von Elizabeth Gilbert. detebe 20276
Fragt morgen nach mir. Roman. Deutsch von Anne Uhde. detebe 20542
Ein Fremder liegt in meinem Grab. Roman. Deutsch von Elizabeth Gilbert. detebe 20646
Die Süßholzraspler. Roman. Deutsch von Georg Kahn-Ackermann und Susanne Feigl detebe 20926
Von hier an wird's gefährlich. Roman Deutsch von Fritz Güttinger. detebe 20927
Der Mord von Miranda. Roman. Deutsch von Hans Hermann. detebe 21028
Das eiserne Tor. Roman. Deutsch von Karin Reese und Michel Bodmer. detebe 21063
Fast wie ein Engel. Roman. Deutsch von Luise Däbritz. detebe 21190
Die lauschenden Wände. Roman. Deutsch von Karin Polz. detebe 21421
Nymphen gehören ins Meer! Roman Deutsch von Otto Bayer. detebe 21516
Kannibalen-Herz. Roman. Deutsch von Michael K. Georgi. detebe 21685
Blinde Augen sehen mehr. Roman. Deutsch von Renate Orth-Guttmann. detebe 21827
Banshee die Todesfee. Roman. Deutsch von Renate Orth-Guttmann. detebe 21836

● Flannery O'Connor

Die Lahmen werden die Ersten sein. Erzählungen. Deutsch von Rolf und Hedda Soellner detebe 21331
Ein guter Mensch ist schwer zu finden. Erzählungen. Deutsch von Elisabeth Schnack und Cornelia Walter. detebe 21332
Die Gewalt tun. Roman. Deutsch von Cornelia Walter. detebe 21562

● Alfred Ollivant

Old Bob. Der graue Hund von Kenmuir. Ein Roman von Menschen und Hunden. Deutsch von Curt Thesing. detebe 21468

● Edgar Allan Poe

Der Untergang des Hauses Usher und andere Geschichten von Schönheit, Liebe und Wiederkunft. detebe 21182
Die schwarze Katze und andere Verbrechergeschichten. detebe 21183
Die Maske des roten Todes und andere phantastische Fahrten. detebe 21184

Der Teufel im Glockenstuhl und andere Scherz- und Spottgeschichten. detebe 21185
Alle vier Bände herausgegeben von Theodor Etzel. Deutsch von Gisela Etzel, Wolf Durian u.a.
Die denkwürdigen Erlebnisse des Arthur Gordon Pym. Roman. Deutsch von Gisela Etzel. Mit einem Nachwort von Jörg Drews detebe 21267
Meistererzählungen. Ausgewählt und mit einem Vorwort von Mary Hottinger. Deutsch von Gisela Etzel. detebe 21721

● Patrick Quentin

Bächleins Rauschen tönt so bang . . . Geschichten. Deutsch von Günter Eichel detebe 20195
Familienschande. Roman. Deutsch von Helmut Degner. detebe 20917
Puzzle für Spinner. Roman. Deutsch von Alfred Dunkel. detebe 21690

● Jack Ritchie

Der Mitternachtswürger. Geschichten Deutsch von Alfred Probst. detebe 21293
Für alle ungezogenen Leute. Detektiv-Geschichten. Deutsch von Dorothee Asendorf detebe 21384
Gedächtnis ade. Kriminalgeschichten Deutsch von Elfriede Riegler und Dorothee Asendorf. detebe 21565

● Henry Slesar

Das graue distinguierte Leichentuch. Roman. Deutsch von Paul Baudisch und Thomas Bodmer. detebe 20139
Vorhang auf, wir spielen Mord! Roman. Deutsch von Thomas Schlück. detebe 20216
Erlesene Verbrechen und makellose Morde. Geschichten. Deutsch von Günter Eichel und Peter Naujack. Vorwort von Alfred Hitchcock. Zeichnungen von Tomi Ungerer detebe 20225
Ein Bündel Geschichten für lüsterne Leser. Deutsch von Günter Eichel. Einleitung von Alfred Hitchcock. Zeichnungen von Tomi Ungerer. detebe 20275
Hinter der Tür. Roman. Deutsch von Thomas Schlück. detebe 20540
Aktion Löwenbrücke. Roman. Deutsch von Günter Eichel. detebe 20656
Ruby Martinson. Geschichten vom größten erfolglosen Verbrecher der Welt. Deutsch von Helmut Degner. detebe 20657
Schlimme Geschichten für schlaue Leser Deutsch von Thomas Schlück. detebe 21036

Coole Geschichten für clevere Leser. Deutsch von Thomas Schlück. detebe 21046
Fiese Geschichten für fixe Leser. Deutsch von Thomas Schlück. detebe 21125
Böse Geschichten für brave Leser. Deutsch von Christa Hotz und Thomas Schlück
detebe 21248
Die siebte Maske. Roman. Deutsch von Gerhard und Alexandra Baumrucker. detebe 21518
Frisch gewagt ist halb gemordet. Geschichten. Deutsch von Barbara und Jobst-Christian Rojahn. detebe 21577
Das Morden ist des Mörders Lust. Sechzehn Kriminalgeschichten. Deutsch von Barbara Rojahn-Deyk und Jobst-Christian Rojahn detebe 21602
Meistererzählungen. Deutsch von Thomas Schlück. detebe 21621

● Henry David Thoreau

Walden oder Leben in den Wäldern. Deutsch von Emma Emmerich und Tatjana Fischer. Mit Anmerkungen, Chronik und Register und mit einem Vorwort von W. E. Richartz detebe 20019
Über die Pflicht zum Ungehorsam gegen den Staat und andere Essays. Auswahl, Übersetzung und Nachwort von W.E. Richartz detebe 20063

● Mark Twain

Gesammelte Werke in 5 Bänden. Herausgegeben, mit Anmerkungen und einem Nachwort von Klaus-Jürgen Popp. detebe 21338
Tom Sawyers Abenteuer. Roman. Deutsch von Lore Krüger. Mit einem Nachwort von Jack D. Zipes. detebe 21369
Huckleberry Finns Abenteuer. Roman Deutsch von Lore Krüger. Mit einem Essay von T.S. Eliot. detebe 21370
Kannibalismus auf der Eisenbahn und andere Erzählungen. Deutsch von Günther Klotz detebe 21488
Der gestohlene weiße Elefant und andere Erzählungen. Deutsch von Günther Klotz detebe 21489
Die Eine-Million-Pfund-Note und andere Erzählungen. Deutsch von Ana Maria Brock und Otto Wilck. detebe 21490
Der Prinz und der Bettelknabe. Eine Erzählung für junge Menschen jeden Alters. Herausgegeben und mit Anmerkungen von Klaus-Jürgen Popp. Deutsch von Lore Krüger. detebe 21507

● Lewis Wallace

Ben Hur. Eine Erzählung aus der Zeit Christi Deutsch und mit einem Nachwort von Hugo Reichenbach. detebe 21291

● Nathanael West

Schreiben Sie Miss Lonelyhearts. Roman. Mit einer Einführung von Alan Ross. Deutsch von Fritz Güttinger. detebe 20058
Tag der Heuschrecke. Ein Hollywood-Roman. Deutsch von Fritz Güttinger
detebe 20059
Eine glatte Million oder Die Demontage des Mister Lemuel Pitkin. Roman. Übersetzung, Anmerkung und Nachwort von Dieter E. Zimmer. detebe 20249

● Walt Whitman

Grashalme. Nachdichtung von Hans Reisiger. Mit einem Essay von Gustav Landauer detebe 21351

● Cornell Woolrich

Der schwarze Vorhang. Roman. Deutsch von Signe Rüttgers. detebe 21625
Der schwarze Engel. Roman. Deutsch von Harald Beck und Claus Melchior
detebe 21626
Der schwarze Pfad. Roman. Deutsch von Daisy Remus. detebe 21627
Das Fenster zum Hof und vier weitere Kriminalgeschichten. Deutsch von Jürgen Bauer und Edith Nerke. detebe 21718
Walzer in die Dunkelheit. Roman. Deutsch von Jobst-Christian Rojahn. detebe 21719
Die Nacht hat tausend Augen. Roman Deutsch von Irene Holicki. detebe 21720
Ich heiratete einen Toten. Roman. Deutsch von Matthias Müller. detebe 21742
Im Dunkel der Nacht. Kriminalstories Deutsch von Signe Rüttgers. detebe 21759

● Das Diogenes Lesebuch amerikanischer Erzähler

Geschichten von Washington Irving bis Harold Brodkey. Mit einleitenden Essays von Edgar A. Poe und Ring Lardner, Zeittafel, bio-bibliographischen Notizen und Literaturhinweisen. Herausgegeben von Gerd Haffmans. detebe 20271